天蚕土豆

著

武动乾坤

MARTIAL UNIVERSE

16

山巅之战

浙江出版联合集团

浙江文艺出版社

目录

CONTENTS

第一章

登山

唰！

林动的身影，快若闪电般掠过，然后化为一道青光，顺着一条山道，直奔峰顶而去。

无量山有十峰，每一座山峰之中，都有着三条直通山顶的山道，而想要通过这三条山道直达峰顶，一番惨烈之战必不可免。

林动犹如灵猴般敏捷地闪避着山道上密集的枝叶，在那不远处他已是能够看见一些气息雄浑的人影，而正在飞奔的那些强者，也同样察觉到了后方急速赶来的林动。

哧哧。

林动眼中青光闪烁，手掌一握，雷帝权杖闪现而出，雷光疯狂地跳跃着。

轰！

惊雷之声在山道响彻而起，雷光闪烁间，一道瘦削身影，直接以一种蛮横的姿态，强行冲过那重重阻拦，而在其身影过处，满地狼藉。

此时的林动，显然已将体内元力运转到极致，他明白，他必须以最快的速度抵达峰顶，然后获得峰印，取得争夺雷霆祖符的十个名额之一！

而面对着这种状态的林动，这条山道上的人群，无疑变得相当混乱，到得后

来，竟有众多强者同时出手，不过，却依旧无法阻拦此时如同蛮兽般的林动，轰隆隆巨响中，那道青光身影，直接以一种惊人速度，奔向峰顶。

"喊，这个混蛋……跟野兽一样。"

"老子都没动手，就挨了他一腿！"

"老子脸上也挨了他一棒，鼻子都塌了，要不一起弄死他得了！"

"……"

"这条山道上，这家伙怕是最强的了吧？真是倒霉，竟然跟他一起。"

"倒也不一定，之前不是还有个混蛋东西也冲过去了吗，这两个混蛋……"

"是秦源？呵，不知道这两头蛮兽撞在一起，谁能硬过谁？"

而在那道青光身影暴掠而出时，后方也是有着漫天骂声传出，但不少人都是无奈地放弃了，有林动在这里，这条山道，他们怕是冲不过去了。

咻！

而对于那些后方的骂声，林动却是充耳不闻，他身形闪电般掠过，半晌后，抬头望向那越来越接近的峰顶，眼神有些火热起来。他知道，在这座山峰的另外两条山道上，或许同样有强者在一马当先……

"来人止步，这条山道，只有本大爷能走！"

就在林动心中念头闪烁间，一道雷鸣般的暴喝响彻，而后一道巨大身影暴冲而起，一股极端强悍的力量对着林动暴轰而下。

砰！

劲风尚未接触到林动，下方的地面已崩塌，一道道裂缝蔓延而出。

"哼！"

突如其来的霸道攻击，让林动眼神一寒，手掌紧握雷帝权杖，竟是没有丝毫闪避，权杖挥出，硬生生地与那股霸道力量扛在一起。

咚！

震耳欲聋的巨声传荡而开，劲风犹如风暴般席卷，下方的一片密林，直接被那股劲风生生地夷为平地。

林动肩膀一震，体内吞噬之力涌动，直接将侵入体内的力道尽数化解，然后抬头，只见得那道壮硕身影，也是连连倒退，最后一脚踏在巨石上，那块巨石在刹那间化为粉末。

"好强的力量！"

那壮硕人影稳住身形，面色一阵变幻，而此时林动才将他看清：来人上身赤裸，浑身肌肉如同铁疙瘩般堆积着，一股可怕的力量在皮肤之下荡漾，而在他的手中，握着一柄数丈庞大的铁锤，这种形象，倒极有视觉冲击性。

"新秀榜第六，巨灵锤秦源？"

林动目光微眯，倒是一眼就认了出来，难怪力量如此凶悍，原来并不是寻常角色。

"你是那个林动？"铁塔大汉望着林动，面色也是变了一下，显然对于后者的名头也是有所听闻。

"朋友，让条路可行？"林动此时却没时间与他纠缠，沉声道。

"嘿嘿，让你上去了，那我岂不是就没戏了？"秦源咧嘴笑道，旋即挥了挥手中硕大的铁锤，"想要过去，问问我的铁锤同意不同意，别以为你有唐心莲那小娘们罩着，大爷我就不敢对你怎么样！"

"既然这样，那我便只能不客气了。"

林动嘴角有着一抹笑容浮现，那握着雷帝权杖的手掌，缓缓地用力。

"你来试试！"秦源声若闷钟，手中铁锤挥舞起来，连空气都爆炸而开。

璀璨青光，疯狂地自林动体内席卷而出，一道道青龙光纹，带着龙吟，腾飞而去。

一道……五道……十道……二十道……三十道……

整整三十道青龙光纹，缠绕在林动周身，低沉龙吟传荡而开，空气都在此时发出震动，一股可怕的力量波动散发而出。

秦源望着林动周身缠绕的青龙光纹，面色终于变得凝重起来，他此时方才明白，眼前的林动能够迅速地在乱魔海中声名鹊起，的确有着相当强横的力量。

"一招解决你！"

林动眼瞳深处，有着青龙盘踞，他仰天大笑，豪气冲云霄，而其身形携带着三十道青龙光纹，直接对着那秦源暴冲而去。

"大爷倒要试试，你有没有这般本事！"

秦源怒笑，磅礴元力也被催动到极致，而后一步跨出，双手抬起铁锤，犹如天神，怒砸而下。

巨灵天锤！

百丈庞大的光锤呼啸而出，携带着一股令人骇然的可怕力量，轰爆天空，最后狠狠地与林动硬扛在一起。

吼！

龙吟以及巨响，刺耳地传开，而在两者撞击的那一霎，这座山峰仿佛都在剧烈地颤抖着，一道道巨大的裂缝，飞速地蔓延开来。

青光陡然冲天而起，而那百丈庞大的光锤，竟是倒飞而出。

咔嚓！

光锤最终炸裂而开，一个黑色铁锤无力地飞出，重重地落至地面，大地都为之一抖。

扑哧！

半空中，那秦源也一口鲜血喷出，狼狈射出，将地面轰出一个巨大深坑。

"承让了。"

天空上，青光闪烁，手持雷帝权杖的林动闪现而出。他望着下方那狼狈的秦源，淡淡一笑，没有废话与逗留，身形一动，便冲向峰顶，留下后方一片片倒吸冷气的声音。谁能想到，这新秀榜第六的秦源，竟然被林动一招便打败……

"这就是那家伙的真实实力吗？"

一些人面面相觑，皆从对方的眼中看出一抹骇然。新秀榜上，能够做到这一步的人，恐怕也就那前三的猛人了，而眼下，似乎又是要多出一人了……

而对于身后的那些震惊目光，林动却没有时间理会，速度提升到极致，最后一点地面，暴冲而起，终于冲上了山顶。

然而，就在林动刚刚冲上峰顶时，一道低沉闷声传进耳中，一道身影狼狈地从不远处倒射而来，最后在地面上擦出一道深深的痕迹，停了林动的前方。

"咳。"那道狼狈身影一阵剧烈咳嗽，鲜血喷出来，显得格外惨烈。

"青藤？"林动望着那狼狈的身影，却是一怔，旋即眼中有着凝重浮现——此人竟是那在新秀榜上排名第四的青藤！能够将青藤伤成这样，那他的对手，又是何方神圣？

林动抬头，望向峰顶的另外一处，接着，那浑身包裹在血红光芒中的赤臂人影，带着浓浓的煞气出现在了他的眼中。

此人，竟是那血魔鲨族的鲨力！

"呵，竟然能够走到这里来，看来有点儿能耐啊。"鲨力望着出现的林动，先是一愣，旋即咧嘴一笑，笑容狰狞，"不过，你也该到此为止了！"

血光弥漫在鲨力周身，透着一股浓浓的血煞味道，而此时的他正笑容狰狞地望着登上峰顶的林动，眼中的红芒，充斥着凶残。

对于这位先前胆敢对他们出手的人，他心头显然噙着难掩的杀意。

林动同样微皱着眉头望着鲨力，他倒是没想到，这家伙竟然也会选择这座山峰，而且最后连青藤都败在了他的手中。

对于青藤的实力，林动有所了解，其速度更是相当不错，按照他的预料，只要不出意外的话，这十峰之席，应该有青藤的位置，可眼下……却是因为这鲨力的出现，终结了其登顶之路。

这鲨力打败青藤，足以显露他惊人的实力，血魔鲨族，的确名不虚传。

“没事吧？”林动低头看向青藤，道。

青藤强行从地面上撑起身子，抹去嘴角的血迹，看了看赶来的林动，面色有些复杂地摇摇头，道：“这家伙有些古怪，原本顶多与我不相上下，但实力却突然暴涨……”

“孤陋寡闻的家伙，这是我血魔鲨族的秘技，蒸发体内血液，壮大自身之力。虽说有些后遗症，不过，待会儿将你们二人宰了，再把你们精血吸收一些便差不多了。”鲨力咧嘴一笑，他的牙齿有些密集，闪烁着令人心悸的寒芒。

他扭了扭脖子，骨骼间发出清脆声响，手指伸出，对着林动弯了弯：“小子，刚才你不是挺嚣张吗？现在来试试。”

话音落下，他突然转头看向另外一座山峰，怪笑道：“想来这个时候鲨灵应该也和不死圣鲸族那个小丫头撞在一起了吧。嘿嘿，那小丫头，会相当凄惨的。”

林动闻言，微眯的眼中顿时有着凌厉寒光闪过，旋即他轻声道：“或许你会失望的。”

那个叫作鲨灵的少女实力的确不弱，想来也是拥有着冲进新秀榜前十的能耐，不过慕灵珊同样不是什么好捏的软柿子，那个小丫头身上的一些秘密，就连林动都是捉摸不透，若真要对战起来，他可不认为那鲨灵能够轻松地打败慕灵珊。

“是吗？”鲨力不屑地一撇嘴，旋即他摆了摆手，“算了，先不管她们，你这条小命，我可是想先收了，就算那小丫头能活下来，到时候把你尸体丢过去，想来她神情会很让人愉悦的。”

“青藤兄，这个对手，交给我来？”林动对着青藤轻声道。

“我已落败，自然得你上，小心点。”青藤苦笑道，旋即眼中掠过一抹凶狠之色，森然道，“废了这王八蛋！”

“正有此意。”

林动冲着青藤一笑，旋即他的手掌缓缓紧握雷帝权杖，雷光一丝丝地倾泻开来，哧哧地响个不停。

"两只丧家之犬，待会儿你们一个都跑不掉！"

鲨力森然笑道，旋即眼中红光大盛，双掌一握，只见其身体表面，竟有红色的鳞片浮现出来。他双掌并拢，化为两柄狰狞的血色骨刃，骨刃之上，一缕寒芒游走而过，那一霎，仿佛连空间都被波动了一下。

此时的鲨力，就犹如一只布满着鳞片的怪物，他那猩红的眼瞳盯着林动，旋即一声怪笑，身形一动，一道红色光线撕裂空气，笔直冲向林动。

咻咻！

血红刀光在这一刹那撕裂了空间，以一种无法形容的速度，交叉着切割向林动咽喉。

雷帝权杖之上雷光暴涌，旋即化为道道残影爆轰而出，精准无比地狠狠点在那两道刀芒交叉之点。

铛！

金铁之声响彻而起，一道狂暴的劲风涟漪席卷开来，地面之上的一些巨石被波及，当场爆成粉末。

唰唰唰！

劲风席卷，一道血光身影却瞬间出现在林动身后。

"鲨齿裂！"

血光如同暴雨般呼啸而出，每一道血光，都化为一枚极端锋利的鲨齿，其上弥漫着一种惊人的凌厉。那种凌厉程度，即使是生玄境大成的强者，都难以防御。

这鲨力并非善茬，出手间显然是抱着真正的杀意。

"雷罩！"

感受到身后那般惊人的凌厉劲风，林动眼神一沉，手中雷帝权杖猛然重重戳地，旋即璀璨雷光疯狂地蔓延而开，竟化为一道雷霆光罩，将其护在其中。

砰砰砰！

血光狠狠地轰在雷罩之上，惊雷声传开，虽说那等凌厉攻击将雷罩震得不断泛起涟漪波动，却始终无法将其破开。获得雷帝权杖后，林动的攻守显然是愈发完美。

涟漪在雷之上爆开，某一霎，林动眼中寒芒一闪，手中雷帝权杖陡然爆轰而出，一道雷芒穿透雷罩以及那重重血芒攻势，重重地落在那道鬼魅身影之上。

嘭！

闷雷声传开，那道身影顿时剧烈一颤，漫天攻势湮灭而去，而其本身，则是接连倒退了数步，血光弥漫的身体上，偶尔有着雷光闪过。

"不错的攻守……"鲨力狰狞一笑，旋即摸了摸被林动雷帝权杖轰中的胸膛处。那里有着一片焦黑，但随着他手掌抹去，那焦黑顿时消散，其下的血色鳞片闪烁着一种坚不可摧之感。

"即便你手中这权杖威力不弱，也无法攻破我这层魔鲨鳞皮。"

林动望着鲨力身体上的那层古怪鳞皮，血红的光芒闪烁着诡异。在先前接触的刹那，林动能够清晰地感觉到，那传进鲨力体内的庞大力量，皆被那层鳞皮分散化解，这东西，的确有一些古怪。

"林动，那魔鲨鳞皮是血魔鲨族的一种秘技，它并不是武学，而是由数以亿计的血魔鲨蚁汇聚而成，这些鲨蚁能够吞食各种力量，极难攻破！"那后方的青藤喝道。先前的他，便是在这上面吃了大亏。

"这鳞皮，竟然是活物？！"林动心头微惊，难怪这鳞皮让他感到分外古怪。

"你们的攻击，对我而言无效，但我的攻击，却能取你们的小命！"鲨力仰天大笑，旋即身影再度暴掠而出，凌厉攻势施展而开。

"你们这些平庸的人类，怎能与我血魔鲨族相比？！"

林动眼神漠然，丝毫不理会他的狂笑，身形掠出，避开鲨力的攻势，手中雷帝权杖划起刁钻弧度，再度轰向鲨力。

"我说过，我有魔鲨鳞皮，你根本伤害不了我！"鲨力见状，冷笑嘲讽道。

林动力道不减，而就在手中权杖即将落到那鲨力身体之上时，他的唇角却挑起一抹冷笑："那便破了你这鲨鱼皮便是！"

"凭你？"鲨力不屑地笑道。

林动眼神冰冷，心神一动，只见得在那雷帝权杖顶端，突然有着一个巴掌大小的奇异光阵闪现，阵法旋转间，一股奇特的力量爆发而出。

哧哧！

一道奇异光线自光阵之中暴射而出，射至鲨力胸膛，而随着那道光线落下，只见得其身体之上的魔鲨鳞皮，竟传出凄厉的尖叫之声。坚不可摧的鳞皮，直接是在光束的照耀下，出现了一个拳头大小的空洞，那番模样，仿佛被分解一般。

"没了这层皮，你算什么？"

林动望着面色剧变的鲨力，咧嘴一笑，手臂一抖，青龙光纹腾飞而起，手中雷帝权杖，已是夹杂着狂暴力道，狠狠地轰在了那被腐蚀出的空洞之上。

嘭！

　　刺耳低沉的声音在这峰顶传荡而开，那鲨力一口鲜血喷出，身体倒飞而出，在地面上擦出一道上百米长的痕迹，最后身体都嵌进了一块巨石之中，狼狈异常。

　　此时的他，脸庞上有着浓浓的难以置信，他低头望着胸膛处的伤痕，身体忍不住地颤抖起来。魔鲨鳞皮的防御程度有多强他再清楚不过，先前即便是青藤全力攻击，都未能将其攻破，然而现在，却在实力不过生玄境圆满的林动手中被轻易地破开！

　　"怎么可能?！"鲨力喃喃着，脸庞变得有些扭曲起来。

　　"你这废物，怎么可能破得了魔鲨鳞皮！"鲨力猛地抬头，目光凶狠无比地望着林动，厉声大喝。

　　唰！

　　然而，就在他喝声刚刚落下时，一道鬼魅身影，已闪现至其身前，旋即雷芒闪烁，一道蕴含着极端猛烈劲风的杖影，已毫不留情地对着他咽喉洞穿而去。

　　那劲风之中，蕴含着冰冷杀意。

　　而就是这股杀意，让鲨力额头瞬间被冷汗布满，此时他方才明白过来，眼前的林动，竟打算杀了他……

　　"混蛋！"

　　鲨力一咬牙，急忙双臂交叉护在身前，体内元力如同洪水般奔涌而动。

　　砰！

　　雷帝权杖狠狠地轰在鲨力双臂之上，在那雷杖顶端，巴掌大小的光阵再度闪烁，鲨力双臂处的魔鲨鳞皮再度犹如遇见烈火的残雪般飞速地消融而去。

　　"该死！"

　　双臂上魔鲨鳞皮消融而去，让鲨力面色剧变，然而嘴中的怒骂刚刚脱口，庞大的力道便在其双臂间喷发而出，直接将其身后巨石震爆而去，而其本人，也被再度冲退。

　　在鲨力身形尚未彻底稳下来时，林动的身影鬼魅般再度出现在其前方，手中雷帝权杖化为铺天盖地的杖影，对着那面如土色的鲨力笼罩而去。

　　砰砰砰砰！

　　低沉刺耳的声音，如同鞭炮般在半空中传荡开来，一道道凌厉杖影蕴含着可怕的力道在鲨力身体之上爆炸，而此时的后者，身体也飞快地从半空中坠落……

　　青藤望着那在林动攻击下毫无反抗之力的鲨力，一时间有些目瞪口呆。只有先前与鲨力亲自交过手的他方才能够明白后者那恐怖的耐打能力，但即便是如此，这个家伙此时也是有着变成死狗的迹象……

此时这座峰顶上，也陆续有着一些强者冲上来。不过他们才刚刚爬上来，便见到那在林动狂轰猛炸下坠落下来的鲨力，一时间有些目瞪口呆，这家伙的暴力，真是让人胆寒呢。

"给我滚出去！"

林动眼神冷冽如刀锋，手掌紧握雷帝权杖，怒抡而下，重重地轰在满身鲜血的鲨力肩膀之上。

咔嚓。

骨骼断裂的声音传开，那鲨力又是一口鲜血喷出，旋即他望着那握着雷帝权杖满身杀气的身影，那阴沉的脸庞上，终是有着恐惧之色涌出来，旋即他手掌急忙握拢，一把捏碎手中的灵印。

随着灵印破碎，鲨力周遭的空间开始扭曲，直接是将那满身鲜血狼狈到极点的鲨力给吞了进去。

"林动，我不会放过你的！"

而在鲨力消失时，一道凄厉到极点的咆哮传出，在山峰之上回响着。

那咆哮虽然蕴含着愤怒，不过却不难从其中听出一些惊恐。显然，先前林动那番暴力到极点的攻势，让这来自血魔鲨族的强者，心中有了不小的阴影。

"喊。"

林动撇了撇嘴，旋即他紧握着雷帝权杖的手掌微微松了松。那家伙所谓的魔鲨鳞皮的确有些独到之处，那种防御，恐怕只有达到死玄境大成的强者方才能够攻破，如果不是林动的乾坤古阵拥有着分解之力的话，他也很难将其击败。

此时的山峰上，除了青藤，已再度出现了一些人影，不过他们望着半空中的林动，却无人再敢动手。

林动低下头，望着山峰上的众人，扬了扬手中的雷帝权杖，笑道："还有要打的吗？"

下方众人对视，旋即齐齐摇头。开玩笑，这家伙一路冲过来就跟杀神一样，现在还有谁敢跟他动手？

"你赢了，这座山峰的峰印是你的了。"青藤也苦笑了一声，叹道。到了这种时候，他也不得不承认，眼前的林动的的确确拥有着超越他们的本钱与资格。

"承让了。"林动一笑，也不客气，抬头望着这座山峰的峰巅，那里，一枚光印缓缓旋转着，只要取得它，便拥有了争夺雷霆祖符的最终资格……

林动身形一动，直接穿过云雾，出现在那峰顶之上，一把将那峰印抓在手中，而随着峰印到手，林动便是感觉到周遭云雾愈发浓郁，一道光波自脚下呈平行状散发而出……

林动抬头，此时的他，几乎已抵达了这片空间的最高处，目光透过云雾，还能够看见那蔓延到尽头的苍茫森林。

浓浓的光柱，从林动手中的光印里冲天而起，将他的身体包裹着，引人注目……

林动望向远处，在那浓浓的云雾中，还有着九座山峰被遮掩着。

咻！

不过这种遮掩并没有持续多久，一道道璀璨的光柱便冲天而起，随即浓浓的云雾散去。在那些光柱中，一道道弥漫着强大气息的人影，开始变得清晰起来。

林动望着那些光柱中的人影，拳头忍不住地微微紧握……

视线越来越清晰，接着两道最为显眼的人影，率先出现在林动视线中。

一身黑衣，脸庞上噙着令人不寒而栗的笑容的家伙，那是华辰……

而在华辰左方的峰顶上，一名黑袍人斜靠着石壁，轻风吹来，吹得斗篷掀起，露出下面一张被绷带布满的诡异脸庞。

"无面人，徐修……"

林动望着这两人，眼神陡然凌厉，这两个家伙，果然是顺利地出现在了这里。

"那两个家伙……也该现身了吧？"

林动深吸一口气，然后转头望向另外的两座峰顶，再接着，两道熟悉的身影，开始闪现出来，火红秀发以及蓝色的身影，正是唐心莲以及周泽。

另外四座峰顶光柱也是冲天而起，其中一人倒算是熟悉，乃是那在新秀榜排名第五的滕奎，实力不弱，能够取得一道峰印也是意料之中，而至于其他三人，倒是有些陌生，但那气息却是强悍，显然是此届争霸赛中闯出来的黑马……

从峰顶现出身来的唐心莲与周泽目光也在此时扫视了一圈，接着与林动对视一眼，最后将目光都凝聚在了华辰以及那徐修身上。

他们都知道，这两个家伙，才是此次争霸赛上最为棘手的对手！

"还有一座山峰……"

林动突然看向那最后一座山峰，那里也在此时有着光柱升腾，只见一道娇小的身影清晰地浮现出来。

砰！

那道娇小身影，手中硕大的棺盖重重地砸在峰顶上，旋即那精致的小脸上，冲着林动的方向露出一抹灿烂的笑容。

此时的慕灵珊衣衫有些破裂，显然是经历了一番苦战，不过让林动有些惊讶的是，此时慕灵珊的气息，比起之前，竟是强悍了太多。

这小妮子，竟然突破到了死玄境！

"真是个出人意料的小妮子啊……"

林动轻笑，这才将心中的担忧彻底地放下。

"接下来……才是重头戏啊。"

林动目光再度转向远处的两道黑色人影，漆黑双瞳深处，雷光犹如雷龙盘踞般，缓缓地凝聚。

第二章　顶上之争

火炎城。

此时天空上那无数道细碎的光镜已再度凝聚在一起，化为万丈庞大，笼罩着天空。

城市中，无数道目光汇聚在那里，云雾缭绕中，显示出来的，正是那登上了峰顶的人的身影。

十道身影，傲立峰顶，强大气息，即便是有着无量镜的遮掩，依旧让火炎城中无数强者神情凝重。能够最终站在那峰顶的人，可不是光靠运气就能办到的。

“徐修、唐心莲与周泽果然是登顶了啊，新秀榜前三，名不虚传……”

“新秀榜上的，除了他们三人，那滕奎和林动也闯进去了啊……”

“另外几人倒是有些陌生，看来此次争霸赛，黑马也是不少呢。”

“不过最终有能耐争夺雷霆祖符的，或许也就徐修、唐心莲、周泽几人了吧，重头戏总算是要来了啊……”

“……”

随着光镜中人影的出现，火炎城中，爆发出诸多窃窃私语声。

“林动哥和灵珊都登顶了呢！”楼阁上，古雅望着那两道熟悉身影，惊喜地道。

古梦琪微微一笑，慕灵珊能够登顶她的确有点儿讶异，但林动，在她看来是理所当然的事。

"不过接下来，才是最重要的啊。"古嫣轻声道。

古梦琪点点头，美眸望着天空上的万丈光镜。同时登上峰顶的，还有新秀榜前三那近乎变态般的存在，虽然她明白林动的强悍，但这些对手可并不简单，想要战胜他们并且最终获得雷霆祖符，绝对不是什么轻松的事。

而同时，谁能够在这场争霸赛中登顶，那么其名声，也会在这乱魔海年轻一辈中，达到巅峰。

"林动……你一定可以的吧……"

古梦琪凝视着那手持雷帝权杖迎风而立的青年，红唇轻抿。她很想看看，这个一年之前在乱魔海还不过是无名小辈的林动，真正站在那顶峰时，该会是何等的意气风发与耀眼？

"都登顶了啊……"

在炎神殿的一座主殿之上，摩罗负手而立，他同样看着天空的庞大光镜，而他的目光在光镜中略作扫视，最后停留在了华辰和徐修的身体上。

"这种波动……果然是异魔啊，这两个家伙。"

摩罗双目微眯，片刻后缓缓睁开，只是那眼中已有冷冽寒芒掠过，在他全力的感应下，现出身来而且身处无量镜中的华辰二人，显然难逃他的察觉。

"这两人，实力很强。"一身红袍的炎神殿大长老自摩罗身后出现，他白眉皱起，紧紧地望着华辰二人，沉声道。

"是啊，心莲二人想要胜他们，可还有着不小的变数。"

摩罗眼中也掠过一抹晦色，旋即他抬头，望着蔚蓝天际，淡淡地道："我们等待的目标，至今未曾现身，若是再被发现雷霆祖符是假货，此番计划，便算彻底失败，以后想要再引出他们，难度将会增大。"

"现在也只能希望心莲他们能够阻拦下华辰二人了啊。"大长老叹道。

"嗯。"摩罗点了点头。

"殿主，青雉大人他们可抵达？"红袍老者略显担忧地问道。谁也不知道此番会出现何种等级的异魔，不过想来以雷霆祖符的诱惑力，来者必定不是寻常异魔，面对着那种等级的异魔，即便他们炎神殿也有些吃力。

"放心吧，只要异魔出现，他们便会现身。"摩罗淡淡地道，"当然，若是我们计划失败，青雉也不会出现。"

红袍老者微微点头。他明白，对于青雉这种天地间巅峰般的强者，那些异魔

必定会异常注意，只要一出现，说不定就会被他们盯上。

"现在最重要的，还是让计划顺利进行……只要不让雷霆祖符落到华辰二人手中，那些隐藏在暗处的异魔头子，才会真正出手。"

摩罗深吸一口气，盯着无量镜的目光微微移动了一下，看向了峰顶之上的一道瘦削年轻身影，手掌缓缓紧握。

"林动，若是心莲他们失败的话，就只能靠你了啊……希望不会到那一步吧。"

云雾缭绕，十座巍峨山峰自云雾中穿透而出，十道人影站于其上。

在十座山峰的中央位置，则是无量主峰，峰顶之上，雷光闪烁，一种可怕的波动带着低沉的雷鸣之声散发而开。

峰顶上，众人的目光也汇聚向那主峰，不少人眼神灼热，雷霆祖符，近在咫尺！

"呵呵，能够在这里跟乱魔海的年轻强者交手，真是荣幸之至。"

一身黑衣的华辰视线从雷霆祖符之上收回，看向周围的人，微微一笑，笑容竟是略显谦卑。

林动、唐心莲、周泽三人冷眼旁观，这华辰实力强大得恐怖，这般作态，反而让人心中发寒。

其余一些并不知道华辰来历的人，倒是斜瞥了他一眼，旋即撇撇嘴。虽说他们都知道能够走到这里的人绝对不寻常，但前者这番态度，还是让他们略感不屑。

"我对这雷霆祖符向往已久，所以极其希望能够得到，还望大家能够了却我这个心愿。"华辰继续微笑，旋即他身形一动，直接掠向那座主峰。

"哪里来的不开眼东西，雷霆祖符可轮不到你！"

而就在华辰出手时，一道冷笑声却是响起，一名模样略显陌生的男子暴冲而起，狂暴元力化为一道匹练，直奔华辰而去，在那元力匹练之上，有着死气缠绕，此人竟然也是一名踏入死玄境小成的强者。

"呵呵。"

华辰望着出手之人，嘴角笑容更甚，旋即他竟不闪不避，任由那道元力匹练狠狠地轰中他的身体，但狂暴劲风席卷间，他的身体，却毫发无损。

"什么？"

那出手的强者见状，面色顿时一变，这才感觉到一些不妙，然而，就在他刚欲后退时，眼前空间扭曲，华辰的身影，已出现在其面前。

"看来这位朋友对我很有意见，既然如此……"华辰冲着那男子一笑，笑容却瞬间狰狞，"那你就去死吧！"

黑光自华辰指尖暴涌而出，旋即其手掌犹如利爪般穿透空间，一把便落在了那名男子天灵盖上，眼神凶残，一把抓下。

砰！

低沉声音传开，那男子的脑袋，竟瞬间爆裂而开，鲜血混杂着脑浆四射开来，紧接着，一道金光急忙从其体内遁出。

"嘿嘿，想跑？"

华辰咧嘴一笑，嘴巴一张，黑光涌动，吸力爆发，直接将那道元神金光，吞进体内。

伴随着那道元神金光被华辰吞入体内，那异常凄厉恐惧的尖叫声，方才从其牙缝中传出，令这片空间陡然阴寒下来。

"什么？"

其他峰顶上的强者望着这一幕，面色剧变，眼神骇然，一名死玄境小成的强者，在这华辰手中，竟然是如此不堪一击？这家伙，究竟是何方神圣？

"还有谁有意见？"华辰舔了舔嘴唇，这个动作令众人心中寒气直冒，而他却是笑眯眯地看向众人。

无人出声。

"嘿。"华辰咧嘴一笑，眼神讥讽。

林动眼神冷冽如刀锋，握着雷帝权杖的手掌缓缓紧握，而就在他脚步即将踏出的那一刹那，远处一道妖娆的火红倩影，携带着满身冰冷杀意，率先走出。

华丽而危险的火凰枪缓缓抬起，遥遥地指向华辰，唐心莲双眸如冰，一股令人动容的强悍元力，如同风暴般在其周身汇聚起来。

"这里是炎神殿的地盘，元门的人，滚！"

火红倩影手持火凰长枪，凌空而立，一头火红秀发随着轻风摇摆，而那张精致动人的脸颊，此时却满含肃杀之气。

轰轰！

狂暴的元力如同龙卷风暴一般在唐心莲周身升腾起来，甚至连空气都是被挤压得吱吱作响，那般声势，相当骇人。

无量镜内外，那一道道惊艳的目光皆望着此时走出来的火红倩影，在这乱魔海中，唐心莲的名声显然与其美貌是成正比的。

"呵呵，不愧是炎神殿的火仙子，这般魄力，不输男儿。"华辰望着那手持长

枪的唐心莲，眼神微凝，旋即含笑道。

唐心莲盯着华辰，原本明媚的眼瞳此时却变得冰冷肃杀，她手中火凰枪遥遥地指向华辰，淡淡地道："我来做你的对手吧。"

华辰双目微眯，他清楚唐心莲的实力，若真是要动手的话，还的确能够纠缠他一阵，但现在的他，却是想先将雷霆祖符弄到手。

一座峰顶上，靠着石壁的黑袍人突然缓缓地掀起斗篷，将那布满着绷带的诡异脸庞露了出来，绷带间，一对菱形的瞳孔犹如蛇一般地盯着唐心莲，旋即他缓步走出。

咔嚓。

而随着他脚步的走出，那落脚之处的岩石竟崩裂出一道道裂缝，一种令人心悸的波动，散发而出。

"呵呵。"

不过，就在这徐修步伐踏出时，一道轻笑声却是响起，旋即一道蓝光闪烁，直接出现在了徐修前方。

"抱歉，他们的战斗，你还是不要插手了吧。"周泽含笑望着徐修，道。

"你不是我的对手。"徐修盯着眼前的周泽，声音沙哑地道。

"不试试的话又怎么知道呢。"周泽微笑，淡淡的白光自其体内散发出来，隐约间，仿佛有着白象震天般嘶吼的声音传出，令空间震荡。

"看来想要得到雷霆祖符，依旧是少不了一番交手呢。"华辰望着这一幕，笑了笑，旋即他那双目之中阴寒之色涌起，"既然如此……那也只好都杀了啊。"

"就怕你没这等本事！"唐心莲美目含煞，冷笑一声，旋即她偏头看向林动所在的方位，"林动，不要让人染指雷霆祖符。"

林动轻轻点头，看来一场大战，依旧在所难免……

"你这家伙，又要当无用的看客吗？倒是让我有些失望呢。"华辰看了林动一眼，轻笑了笑，笑声中有着些许嘲讽。

林动眼皮微垂，仿佛并未听见华辰的挑衅，反而盘坐而下，体内元力运转，他要将自己的状态，调整到巅峰！

"喊。"

华辰见到林动对自己的挑衅不理不睬，嘴角一撇，刚欲再度说话，那唐心莲眸子已是彻底冰寒下来，身形一动暴掠而出，手中火凰枪舞出道道枪影，携带着凌厉劲气，铺天盖地对着华辰笼罩而去。

"少说废话，你的对手可是我！"

"哈哈，既然火仙子有这份豪气，若是我华辰退避，岂不是显得我与那林动一般软弱？"华辰望着那携带着肃杀之气而来的唐心莲，倒是仰天一笑，旋即双掌一握，森森黑气自其指尖升腾而起，而后一拳轰出。

嘭！

黑光巨拳呼啸而出，直接以一种摧枯拉朽般的姿态将那道道枪影震碎。

"不过火仙子既然要出手，那便认真一些吧，这种无力把戏，于我而言可是毫无作用。"

唐心莲明眸寒光凝聚，玉手陡然紧握火凰枪，磅礴元力呼啸而出，赤红光华犹如滔天火焰般自枪身之中席卷出来，清澈的凤鸣之声，响彻天宇。

"天凰赤月！"

赤红光华凝聚，竟直接将唐心莲手中枪尖化为一轮百丈赤月，赤月边缘，火焰升腾，一种惊人的破坏力弥漫而开。

谁都看得出来，唐心莲已在动用真正的手段，面对着华辰这等强者，任何的试探，作用都不大。

"赤月斩！"

唐心莲玉手挥下，娇喝传开，那轮赤月，已化为一道赤红光线，撕裂空间，快若闪电般对着远处的华辰呼啸而去。

"哈哈，这才有些看头。"华辰仰天大笑，旋即他一步跨出，黑气疯狂地从其体内涌出，而其双瞳，也在此时变得异常黑暗。

"修罗魔劲，崩碎！"

华辰的身体，在那浓浓黑气笼罩下仿佛化为一尊阴森修罗，面对唐心莲这般凌厉攻势，他没有任何闪避，黑气弥漫，一指点出。

咻！

一道黑光洞穿空间，以一种无法形容的速度，狠狠地与那轮赤红相撞。

惊人的能量波动，在天空上席卷而开，那种可怕的能量狂暴程度，让一些死玄境小成的强者都面色剧变。

而在唐心莲与华辰大打出手间，那对峙片刻的周泽与徐修身体上，杀气陡然涌起。

璀璨白光以及黑光暴冲天际，各自占据半壁天，低沉的象鸣之声蕴含着可怕的力量波动，响彻天际。

轰轰轰!

两处战场,几乎是顷刻间成为无量镜内外所有人瞩目的焦点,那种惊人对碰,让不少人深感震撼,这种战斗,几乎算是这年轻一辈之中的顶尖交手了……

其余峰顶上的那些强者,也被交手四人所展露的强悍所震慑,一时间,竟无人敢率先对雷霆祖符出手。

而在天空上狂暴元力如同惊雷传开时,林动却安静地盘坐在峰顶上,双目平淡如幽潭。

一道娇小身影从远处掠来,落到林动身旁。慕灵珊看着一脸平淡的林动,嘟了嘟小嘴,道:"林动哥,那家伙那么讨厌,为什么不扁他啊。"

她自然看得出来,先前林动面对华辰咄咄逼人的退却,让一些人不屑地撇了撇嘴。那些人并不明白林动与唐心莲之间的约定,所以当他们见到林动面对华辰的挑衅毫无反应,反而要让唐心莲出手时,心中在嫉妒之余不免有些轻蔑。

听得慕灵珊的抱怨,林动却轻笑一声,他抬头,望着那两处已经成为无数人瞩目的战场,道:"我需要点时间调整状态。"

慕灵珊闻言,则是有点儿茫然,现在林动的状态,应该还不错的啊……

"后面的战斗,连我都没太大的把握。"林动摸了摸慕灵珊小脑袋,他深吸了一口气,道,"他们不是华辰和徐修的对手……"

慕灵珊小脸一变,她看了看那两处战场,讷讷地道:"心莲姐姐与那周泽并没有落多少下风啊……"

话到此处,她也是停了下来,旋即担忧地看着林动:"如果他们失败的话……林动哥就要一个人上了?"

林动微微点头,喃喃道:"虽然这两个家伙是我至今为止见到的年轻一辈中最强的人,不过……答应了摩罗前辈的事,总要做到吧。"

轰!

赤红的火焰犹如流星般呼啸过天际,火焰过处,空气都变得灼热起来,而在那火焰之中,一道倩影若隐若现。

"火凰红莲!"

娇喝蕴含着冰冷肃杀自火焰中传出,旋即火焰猛地炸开,凌厉而灼热的枪影,直接化为一朵绚丽红莲,而后红莲旋转,快若闪电般地对着远处一道黑光人影暴掠而去。

"哈哈。"黑光人影望着这等惊人的凌厉攻势，却是仰天大笑，笑声之中，有着掩饰不住的骄狂之意。

"修罗魔劲，灭灵掌！"

黑光弥漫，直接化为一道百丈庞大的黑光巨掌，巨掌之上，黑气缭绕，那种阴煞之气，令灼热的空气都逐渐变得冰凉。

黑红两光掠过天际，最后轰然相撞，火焰与黑芒，占据着半壁天空，这座庞大的无量山竟然都在这种对碰中震动起来。

红黑交织，显得颇为绚丽，无数人视线聚焦在这里，眼中充斥着凝重和震撼。

他们原本认为，这场战斗唐心莲应该轻而易举地取得胜利，但随着两人战斗的白热化，那华辰却是越战越猛，气势咄咄逼人。虽说唐心莲攻势也是凶猛，但眼光毒辣者却能够看出来，她的攻击，似乎并没有对华辰造成太大的伤害。

"这家伙究竟是从哪里冒出来的，竟然如此厉害……"不少强者暗中骇然。唐心莲的名声，乃是经过无数挑战积累起来的，乱魔海中年轻一辈，鲜有人能够与其抗衡，但眼下，却被一个名不见经传的诡异家伙，缠得丝毫占不到上风。

这黑马，也黑得太离谱了吧？

"另外一处，也是一场惨战啊……"

一些人的目光转向另外一处引人瞩目的战场，两道人影如闪电般交错，狂暴的波动，令空间都有些扭曲。

"白象崩天掌！"

低沉喝声陡然在人影交错间响彻，璀璨白光席卷而出，竟是在那周泽身后化为一头数百丈庞大的巨象，而随着巨象的出现，周泽一条手臂，也瞬间膨胀起来，一股可怕的力量涌动其中。

轰！

周泽面容冰冷，猛然一拳轰出，身后巨象奔腾，天空仿佛都在这一刹那颤抖。

众人望着这一幕，暗中咂舌。周泽所修炼的万象天法，乃是一种极为强横的炼体武学，据说修炼到极致，肉体堪比万象之力，那般力量，足以搬山填海！

"天魔印！"

徐修望着那携带着恐怖力量奔腾而来的周泽，菱形瞳孔中寒光涌现，旋即其掌心一翻，黑芒凝聚，直接是化为一道百丈黑印，而后一掌轰出。

铛！

巨象夹杂着滔天之力，狠狠地撞击在那黑印之上，刺耳的金铁之声响彻天宇，

可怕的力量直接将周遭山峰震出道道巨大裂纹。

"我说过,你不是我的对手。"徐修望着前方的周泽,淡漠地道。

"哼。"周泽脸庞冰冷,一声冷哼,双掌紧握,白象再度浮现,磅礴攻势,铺天盖地。

这两处战场,都火爆激烈得令人移不开视线,众人都知道,眼下的战斗,恐怕便是代表着乱魔海年轻一辈最为巅峰的较量了。

峰顶上,其他一些同样握有峰印的强者望着这两处战场,面色凝重,只有在亲眼看见这番战斗后,他们方才能够察觉到自己与他们的差距,新秀榜前三,果然都是变态。

而在那无数人为这交锋震撼时,林动却静如幽潭般地盘坐在峰顶上,那对漆黑眸子,没有因为眼前的战斗而起任何的波澜。

"林动哥。"慕灵珊守在林动身旁,她能够隐约地感觉到,在林动的体内,似乎所有的力量,都在逐渐地凝聚……

"林动哥,你有把握吗?"慕灵珊担忧地道。强如唐心莲二人,都在逐渐地将上风拱手相让,林动要依靠一人之力阻拦徐修两人,实在是太过困难了。

"把握……哪有什么绝对的把握……"

林动望着慕灵珊,轻笑了一声,唐心莲、周泽二人,几乎代表着乱魔海年轻一辈的最强者,若是连他们都失败了,那徐修二人该有多强?

面对着这种强敌,即便是自信如林动,也不敢说能够稳胜。

这将会是当初在异魔城那场战役之外,最为凶险的一场,而且,在这种无数人盯着的情况下,他显然也不能轻易动用两大祖符的力量,一旦被异魔发现,他必然会被盯上……

听得连素来自信的林动此时都说出这番话,慕灵珊不由得咬了咬嘴唇,看来眼下的局面,差得出乎她想象。

"都是这两个该死的家伙……"

"唐姑娘与周泽,应该还能坚持一会儿……"

林动望着远处天空的激烈战场,双目微眯,旋即他深吸了一口气,双掌缓缓紧握,他能够感觉到,身体深处所隐藏的力量,也是在此时,被他一点一点地抽调出来。

"好久没有这样彻彻底底地动手了啊……"

伴随着时间的持续,战斗愈发白热化,那一道道扩散出来的能量波动,即便是死玄境大成的强者，也不敢轻易接下。

嘭！

能量冲击波炸开，旋即两处战圈中，皆有着两道身影倒射而出，身躯颤晃间，气息都出现了些许紊乱。

"呵呵，你二人似乎并不是我们的对手。"华辰双瞳阴沉黑暗，淡笑道。

远处，徐修周身，也是黑气缭绕，一种可怕的波动，若隐若现。

唐心莲一头火红秀发倾洒而下，她冰眸望着周身黑气缭绕的华辰，玉手紧握，若是他们失败的话，那雷霆祖符也将会落到异魔手中，而到时候，摩罗的计划，也将会宣告失败！

这是她绝对不能容许的事！

"你高兴得未免也太早了！"

唐心莲冰彻的声音缓缓地传荡开来，旋即她轻咬玉指，殷红的鲜血渗透出来，纤细指尖飞舞，竟在面前化为道道火红之印。

而随着这些光印的出现，唐心莲娇躯之上，璀璨红光猛地席卷而出，那些红光，犹如一片火海。

"炎神化生诀！"

火海弥漫，冰冷喝声，也陡然自唐心莲嘴中响彻而出，那滔天火焰包裹着她的娇躯，火焰缓缓凝聚，竟在其身后，化为一对庞大异常的火焰之翼，而同时，她的气息也在此时霍然暴涨。

"动用炎神化生诀了……既然如此……"

远处的周泽见状，也是一声轻叹，旋即眼神逐渐凌厉，磅礴白光，也是自其体内如同洪水般席卷出来，而在白光涌出时，他的身体，竟然节节攀高！

"圣象不灭体！"

周泽那低沉雄浑的声音在天空中回荡，他的身体，已达数十丈高，其身后空间扭曲，隐约间，仿佛是有着千丈圣象脚踏虚空，矗立天地。

无数人目露惊色地望着天空上那滔天火焰和圣象，他们都明白，唐心莲与周泽，已是在动用最强的手段。

华辰见状，淡淡一笑，眼神无情而漠然。

"呵，开始拼命了……既然如此，那就彻底抹杀你们的信心吧。"

第三章 青锋出鞘

　　磅礴得近乎恐怖的元力波动，犹如滔滔大海，在天际之上席卷开来，而在那种元力的冲击下，整座无量山，都是在颤抖着。

　　无数道目光，凝重地望着天空上弥漫的火海以及千丈圣象，谁都能够感觉到唐心莲以及周泽这般手段的强大。

　　"那徐修乃是新秀榜第一，能将周泽逼到这一步倒是不足为怪，可那与唐心莲对战的又是何人？竟然也是如此的厉害……"

　　一些疑惑的声音在不少人心中回荡着，此番争霸赛，实在是有些让人看不透。

　　在那炎神殿的主殿上，摩罗眼神平静地望着天空上的无量镜，只是那负在身后的手掌，却缓缓紧握。

　　身为唐心莲的师父，他自然最清楚她手中最为强大的手段，如果连炎神化生诀都阻拦不了华辰的话，那这场交锋，也该有个结果了。

　　而周泽那边显然也是如此，圣象不灭体，即便是在那万象山中，也是堪称顶级的武学。

　　"还是没出现……"

　　摩罗视线锐利，犹如能撕裂空间般地扫视着这片天地，脸庞上掠过一抹晦暗之色，直到现在，他都未能感应到任何异魔的波动，但隐隐间，他又是察觉到，

22

在那空间最深处，正有着邪恶无情的目光，注视着这里发生的一切。

"这些该死的东西，倒是越来越狡诈了啊。"摩罗喃喃着抬头，继续注视着无量镜。

轰！

火海弥漫，一道倩影玉足轻踏火焰，庞大的火焰之翼在其身后轻轻扇动，那股炽热，令天地间的温度都陡然高涨起来。

此时的唐心莲，气息比起之前无疑强悍了太多，赤红的火焰缠绕在她的周身，那种火焰，充斥着一种极为强大的破坏力。

而远处的周泽，也已化为一个巨人，他浑身皮肤散发着玉般的光芒，身后千丈巨象矗立天地，威猛霸气。

所有人都有些紧张地望着施展出最终手段的两人，他们都能够感觉到，接下来的对碰，将会决定两处战场的胜负。

峰顶上，慕灵珊也望着天空，小手紧握，那张精致的脸上布满着紧张。

不过与慕灵珊的紧张相比，一旁的林动，脸庞却依然毫无波动，甚至他在看了一眼天空后，那双目，竟然缓缓地闭上。

"林动哥。"慕灵珊偏头看着身旁那身子笔直的青年，能够隐约地感觉到后者体内力量的汇聚，似乎加快了速度。

"雷霆祖符，绝不会交给你们这些该死的东西！"

天空之上，唐心莲眼神冰冷彻骨，旋即其身后火焰之翼猛地一振，身体竟是如同凤凰展翼般冲上云霄，滔天火焰弥漫而开。

"涅槃之焰！"

火海弥漫，一道清澈凤鸣之声夹杂着冰冷娇喝，陡然在天地间响彻。一只庞大的火焰凤凰呼啸而下，火焰在它的身体上熊熊燃烧，仿佛是要焚烧天地，那股气势，一往无前！

"圣象不灭体，圣象怒！"

低沉的吼声，同样自另外一处响彻而起，周泽所化的巨人仰天怒吼，而其身后的千丈圣象，也是嘶吼阵阵，磅礴白光弥漫，空间震动间，巨人身骑圣象，猛然冲出，那一霎，空间扭曲，犹如万象奔腾，其力可毁山岳！

这般攻势，看得无数人心神震撼。

"不愧是新秀榜前三啊……"

华辰凌空虚踏，他抬头望着那华丽凤凰，在那华丽之下，却是蕴含着致命的

危险。

"不过……却还不够呢……"

华辰双瞳深处，仿佛有着黑暗之光涌起，他的唇角缓缓掀起一抹森然笑容。

轰！

滔天黑光，犹如黑墨瀑布，自华辰体内呼啸而出，仿佛天地都是变得暗沉下来。

而在华辰体内有着滔天黑芒涌出时，那远处，徐修也是淡漠伸手，而其手臂则是以一种惊人的速度黑化起来，一种诡异的波动，散发而出。

轰隆隆！

赤红如陨石般划过天际，那展翅的凤凰，以一种惊人的速度掠过，眨眼间，便出现在了华辰头顶上空，那种炽热，竟让无量山上的一些树木都燃烧起来。

华辰望着火焰凤凰，眼中黑芒陡然浓郁到极致，手掌霍然紧握，一道异常阴冷的声音陡然传出："大天罗魔身！"

咻！

无数道黑色光华呼啸而出，那黑光之中，仿佛有暴戾的咆哮声传出，黑光蠕动，那华辰的身体也闪电般地膨胀起来，一对布满着骨刺的黑色魔翼，猛地自其身后弹开，一道道黑色的诡异符文，布满他的身体。

一种可怕的邪恶波动，弥漫开来。

轰！

黑暗中的巨大生物，仰天嘶啸，而后巨拳轰出，黑光在其拳下凝聚，竟有着诡异的黑炎浮现。

徐修望着那奔腾而来的巨人圣象，菱形瞳孔似乎放大，旋即他抬起化为黑色的手臂，轻轻挥下，沙哑的声音，缓缓传开。

"吞灭魔渊！"

一条数百丈庞大的黑线直接裂开，然后迅速地推移开来，一道庞大无比的黑暗深渊，凭空出现在了这天地间。

深渊犹如远古魔兽大嘴，黑芒翻滚，伸展开来，然后与那呼啸而来的巨人圣象，轰然相撞。

轰！

四道近乎恐怖的攻势，撞出一道巨声，犹如九天雷鸣，响彻天地，可怕的能量冲击波扩散开来，那一座座巨峰，都出现了崩塌的迹象。

唉！

又是一道凤鸣响起，然而此次那凤鸣声中，却仿佛充斥了一种凄厉。只见那庞大的火光倒飞而出，火焰凤凰竟寸寸崩裂，最后露出其中的一道倩影，不过此时的那道倩影，浑身软甲破裂，鲜血渗透出来，颇为狼狈。

吼！

愤怒的低吼声，也在此时从那黑暗深渊之中传出，旋即深渊翻滚，一个巨人直接被抛出，最后重重地砸进一座山峰之中，整座山峰，都在那股可怕的力量下出现了崩溃。

漫天寂然。

不论是无量镜内，还是火炎城中，都陷入了一片压抑的死寂，那一道道目光怔怔地望着无量镜中那两道狼狈的身影，一时间，竟无人言语。

唐心莲与周泽，败了。

楼阁上，古梦琪三人也轻咬着红唇，旋即一声轻叹。这结局有些出人意料，但也没办法，那两个家伙，实在是太强了……

炎神殿主殿上，摩罗望着这一幕，负在身后的手掌也是轻轻颤了一下。

"唉。"那炎神殿大长老叹息了一声，此次的计划，就此宣告失败了吗？连唐心莲与周泽都拦不住那两个家伙，那无量镜内，还有谁敢对华辰、徐修出手？

"结束了吗……"摩罗手掌紧握，眼中满是不甘。

炎神殿大长老苦笑，刚欲出言安慰，神色突然一动，而同时身前的摩罗也是霍然抬头，惊异地望着那无量镜。

"咦……"

惊哗声此起彼伏地在火炎城中扩散开来，一道道惊讶目光望着无量镜，在那里，他们突然察觉到一股战意澎湃的雄浑气息，刺破天宇而现。

那股气息，犹如出鞘青锋，凌厉惊人。

无数道惊异目光霍然转移，他们见到，在那一座峰顶上，先前如同磐石般静坐的瘦削身影，手持雷帝权杖，缓缓站起。

那一霎，风雷俱动。

"那是……林动？"

突如其来的澎湃战意，瞬间将全城无数道目光都吸引了过去，而当他们见到那道缓缓站起身来的瘦削身影时，皆是一怔，旋即将其认出。

"他想做什么？难道还想争夺雷霆祖符不成？"

"这家伙，太逞强了。"

"现在可不是逞威风的时候。"

不少人面面相觑，虽说此时林动能够站出来的确勇气可嘉，但先前连唐心莲与周泽都是败在了徐修二人手中，如今他再出手，又能有何意义？

除了惨败和再让徐修二人凶名更甚之外，还会有第二个结果？

"林动要出手了……"

而在那满城掀起哗然声时，那殿宇上方，炎神殿那位大长老眼神波动了一下，旋即一声暗叹，眼中倒并没有太多的希望。

"现在担心已是无用，还不如相信这个小家伙能够创造奇迹。"摩罗淡淡地道。

大长老苦笑，道："我不怀疑林动的能力，若是对上心莲与周泽之中的任何一人，他或许都能够不落下风，但眼下，那华辰与徐修的实力，皆是要强于二人，而且……林动如今将以一敌二……"

摩罗默然，这徐修二人的实力，莫说在年轻一辈中，即便是一些老一辈强者都无法与他们媲美，林动实力的确不弱，但要以一敌二的话，想来也会有些勉强，不过，这种时候，他们还有其他的选择吗？

一切，都只能相信眼前这个青年了啊……

"他果然是要出手的……"

楼阁上，古梦琪凝视着无量镜内的那道身影，红唇轻抿，眸子中有些无奈，但同时又深藏着一些仰慕，试问这乱魔海年轻一辈，又有何人能够在唐心莲与周泽皆是失败后，依然敢迎战那两个状若魔神般的对手？

一旁的古嫣与古雅也是轻声苦笑，总是在那平凡之中，屡屡做出不平凡的事，只是不知道，这一次，他是否又能够再度创造出属于他的奇迹。

无量镜内。

凌厉而澎湃的战意，冲天而起，甚至连天空之上的云层，都被生生地绞裂。

无量山上，众人皆被这股突如其来的战意惊了一下，旋即错愕的目光凝聚在那道身影上。

雷芒在其周身闪烁，此时的林动，犹如一头自沉睡中苏醒过来的雷龙，一种惊人的气势，如同潮水般弥漫开来。

"林动哥。"慕灵珊望着身旁站起身来，身子如同权杖般凌厉笔直的林动。她能够清晰地感觉到，后者的体内，狂暴的力量如同大海般奔腾呼啸。

"林动……"唐心莲抹去嘴角的血迹，望着踏空而出的林动，眸子中掠过一抹复杂之色。

"接下来就交给我吧，我没办法说必胜的话，但这一次，我会竭尽全力。"林动看了一眼唐心莲，不再多说什么，转过身，手掌紧握雷帝权杖，一步步走向远处那眼神玩味地盯着他的华辰二人。

唐心莲望着林动的背影，略微有些失神。

在唐心莲的眼中，这个背影仿若有了一些摩罗给予她的那般伟岸沉稳。

"小心一点！"唐心莲银牙轻咬，旋即道。她明白，这个时候，没有任何人能够阻拦下这个战意滔天的男子。

林动的身体微微顿了顿，旋即他轻摆了摆手，步伐踏出，在距徐修，华辰二人尚有百丈时停下。

"呵呵，没地方躲了，终于要出来了吗？"华辰戏谑地盯着林动，只是那眼神却格外阴冷。

徐修只是眼神淡漠地看着林动，在其指尖，黑光如电弧般闪烁跳跃。

两人的气息，都是极端危险，而经过先前一役，也不会再有人对他们抱有任何的轻视，如果不出意外的话，他们将会是这乱魔海年轻一辈之中最厉害的人。

"雷霆祖符怕是不能落在你们这些肮脏生物的手中。"林动与华辰对视，缓缓地道。

"就凭你这种只会躲在女人身后的家伙，也有资格与我说这番话？"华辰咧嘴一笑，白森森的牙齿透着寒意。

"霍元三人是死在我手中，而你，也将会如此。"林动一笑，道。

华辰笑容扩大，只是那眼中有着凶虐之色闪过，旋即他偏头，冲着徐修道："你先去取雷霆祖符，这个小子，我来收拾掉吧。"

徐修漠然地看了林动一眼，点点头，转身就走。

林动见状，双目一眯，手掌一翻，一道光印以一种惊人的速度扩散开来，短短十数息间，便化为一道将近千丈庞大的光阵，笼罩了这片天地。

哧哧！

光阵运转，一道光幕笼罩而下，直接将那华辰和徐修覆盖在其中。

"你难不成还想独战我二人？"华辰望着那扩散而开的庞大阵法，笑容愈发讥诮，他微偏着头盯着林动，犹如看待一个傻子。

他无法想象，眼前的林动究竟是何来的勇气，竟然敢凭一人之力，来阻拦他和徐修。

林动面色平淡，双目微闭，经脉之中元力滚滚呼啸，而磅礴的精神力，也自

泥丸宫内冲出。

　　两股力量在乾坤古阵之内汇聚，阵法运转，隐隐有着融合的迹象，一种惊人的波动散发而出。

　　"动手，杀了他吧。"徐修的目光从天空上的阵法中收回，轻声道。

　　华辰耸耸肩，眼神陡然变得狰狞，他身后布满骨刺的魔翼缓缓扇动，声音阴森："既然他要找死，那便成全了他吧。"

　　话音落下，华辰魔拳紧握，猛地爆轰而出，黑光疯狂凝聚，化为一道黑色光束呼啸而出。

　　"吞灭魔指！"

　　徐修眼神冰冷，漆黑的手指陡然划下，一道诡异黑芒掠过，空间都在此时出现了一些扭曲。

　　两道攻击，一明一暗，皆蕴含着极为可怕的波动，这般凌厉攻势，足以瞬间重伤一名死玄境大成的强者！

　　不少人望着那暴掠而出的攻击，心中皆是一声暗叹，那林动有些不知天高地厚了，他简直是找死。

　　黑光洞穿虚空，直接出现在了林动前方，而林动那紧闭的双目，霍然睁开，双目之中，磅礴能量如同实质般涌现。

　　"乾坤古阵，逆转灭魔！"林动手印闪电般变幻，低沉的声音，响彻而开。

　　轰轰！

　　天空上，那千丈阵法，缓缓地逆转，而在那阵法中央，一道光柱，暴冲而下，最后在林动身前笔直降落，与那两道凌厉黑光重重相撞。

　　砰！

　　随着一声惊天巨响，黑光爆裂而开，无数道目光凝聚在那里。

　　黑光逐渐散去，一道瘦削的身影，手持雷帝权杖，缓步走出。

　　哗然声传荡开来，不少人的眼神都在此时涌上震动。

　　面对华辰与徐修的联手攻击，那林动，竟然真的挡了下来！

　　华辰望着那自黑光中走出的人影，眼中也划过一抹诧异，旋即他的面庞变得扭曲与狰狞。

　　"这才有些意思啊……"

　　璀璨的光华缓缓地消散，谁能料到，这林动，竟然将华辰与徐修两人的联手攻势都阻拦了下来……

"好厉害的阵法。"

一些眼光老练之人，从那千丈阵上，察觉到了一股澎湃的能量波动。

这林动，敢出来迎战华辰、徐修二人，果然是有着一些底牌。

林动脚踏虚空，磅礴的能量如同狂风般激荡在其周身，手中雷帝权杖上不断有着雷光倾泻而下，那双目凌厉如刀锋。

他明白眼前两人的强大，所以未曾有丝毫的试探，面对两人的联手攻势，一出手，便召唤出了乾坤古阵这等厉害的撒手锏。

但阵法厉害，却依旧无法彻底阻拦眼前这两尊煞星。

"阵法有些能耐，我来对付，你去杀了他。"徐修抬头，菱形瞳孔漠然地望着大阵，淡淡地道。

"嗯。"华辰咧嘴一笑，旋即眼神阴冷，背后布满骨刺的魔翼猛然一振，身影直接诡异消失而去。

轰！

在华辰身影消失的瞬间，林动印法变幻，天空阵法运转，一道蕴含着分解之力的光束瞬间暴冲而下。

不过此次的光束刚刚掠下，一道黑光便横贯天际，快若闪电般地轰来，直接将光束拦截而下，正是徐修出手阻拦。

"以一敌二，勇气不错，可惜太过愚昧！"

林动身前空间陡然扭曲，华辰的身影闪现而出，他冲着林动狰狞一笑，手掌一握，只见得其拳头之上竟延伸出一些极为锋利的黑色魔刺，然后一拳轰出。

砰！

空气在华辰拳下爆炸，一股足以将一名死玄境小成强者重伤的强悍劲风，狠狠地对着林动暴轰而去。

铛！

雷光自雷帝权杖之上呼啸而下，重重地与华辰拳风凶悍相撞，金铁之声响彻，一股肉眼可见的力量波纹，自天空上蔓延而开。

劲风蔓延，林动身形急退了十数步，旋即权杖重重戳下，这才将劲力卸去，抬头望着那仅仅退后了一步的华辰，眼神凝重。

不管他手段如何繁多，但这华辰，毕竟是货真价实的死玄境大成的强者，而且身怀武学也是强大，想要胜他，可并不容易。

"你就这点本事？！"华辰讥诮地看着林动，在其身体上，黑芒如同毒蛇般伸

缩不定，旋即其眼神陡然一寒，背后魔翼震动，竟再度化为一道黑光暴射而出。

林动望着那道速度惊人的黑光，身体一震，青龙之翼伸展开来，瞬间消失于原地。

砰！

一道被浓浓黑光包裹的拳头自一侧空间狠狠地轰在林动消失的地方，压缩的空气，犹如空气炮般呼啸而出，将下方的一座山峰都轰出百丈深坑。

"速度提升了吗？"

华辰身形闪现出来，他瞥了一眼出现在远处的林动，眉头一挑。

一座山峰上，慕灵珊扶着唐心莲，两女望着天空上那惊人的交锋，眼神皆有些凝重，任谁都看得出来，在与华辰的正面交锋中，林动是有些落下风的。

而且，那实力并不弱于华辰的徐修还未出手，此时的他，只是在阻拦着天空上的大阵，若是再腾出手来参与战斗，林动必定会危险。

"让我略作休养，便能恢复一些。"唐心莲轻咬银牙，道。

慕灵珊咬了咬红唇，看着天空上那惊人的战斗，小手也忍不住地缓缓紧握起来，眸子深处，有着蓝光涌动。

天空上，战斗愈发猛烈，两道身影犹如电光般闪烁着，每一次的交错，都会有着惊人的能量波动爆发开来。

"神雷诛魔眼！"一道厉喝响彻，顿时雷光闪烁，一道璀璨雷芒，自林动眉心浮现的妖眼中呼啸而出，快若闪电般地轰在了前方的一道黑影之上。

嘭！

惊雷传开，那道身影顿时被轰退上百丈，身体之上的黑芒，也都削弱了一些。

"雷龙锁天杖！"

林动这些年来与人交手无数，战斗经验自然很是丰富，眼见这华辰破绽暴露，攻势陡然凶猛起来，一闪之下便是出现在华辰前方，手中雷帝权杖暴轰而出，雷龙奔腾，以一种惊人的速度轰出。

咚！

狂暴的雷霆散发而开，那华辰身形再度暴退，黑烟从其身体之上升腾起来，身上的一些焦黑痕迹，令他看上去略微有些狼狈。

而自现身后首次变得狼狈的华辰，也是令无量镜内外皆是传出一些哗然声，不少人暗暗咂舌，这林动倒的确是有些本事，竟然能够在下风之中如此刁钻地寻出破绽进而反攻……

天空上，华辰面色阴沉地看了一眼身体上的焦黑痕迹，被林动逮住破绽轰了这么一记，显然令他颜面有损。

"解决掉他吧，迟则生变，别忘记最主要的任务。"远处，徐修突然淡淡地道。

华辰微微点头，旋即他森森地盯着林动，滔天的黑光自其体内涌出，而他身体之上的那些黑色符文，也愈发明显。一缕缕诡异的黑炎，在其皮肤之上跳跃，火炎燃烧间，空间都出现了一些扭曲。

在华辰身体之上有着黑炎升腾时，那徐修也再度缓缓抬起漆黑的手臂，看这模样，显然是打算再度出手。

呼。

林动见到这一幕，不由得深吸一口气，只有与华辰正面交手过才能知道这家伙的厉害，而若此时那徐修也加入，他的压力，也将会成倍翻涨。

面对着这种强敌，即便是林动，也是头疼啊，而这种时候，也只能倾尽全力。

轰轰！

天际之上，庞大的乾坤古阵，再度缓缓地逆转起来，一种极端强悍的波动，弥漫出来。

咻！

一道赤红光华，直接自林动掌心呼啸而出，旋即迎风暴涨，化为一个巨大的赤红鼎炉，鼎炉一颤，突然有着八道赤红光华掠出，在天空上化为八座巨大的赤红门户，一股股惊人的炽热波动，弥漫开来。

"八极焚天门！"

八座赤红门户一现，天地间的元力仿佛都变得狂暴了起来，不少人的眼神都凝重了一些。

召唤出焚天鼎内的焚天门，林动依旧未曾停下，他手中雷帝权杖重重一戳，万道雷光铺天盖地地呼啸而出。

吼！

震天龙吟在此时传出，旋即无数人便见到，九条巨大雷龙腾空而起，惊雷之声，震天动地。

"雷帝权杖，九龙归元！"

天空之上，千丈巨阵逆转，八座门户矗立，九龙归元，那般浩浩荡荡的磅礴攻势，即便那华辰二人，面色也终是有所变化。

第四章　异魔附体

咚！

天地间，元力呈现一种狂暴姿态，巨阵、赤红门户、雷龙呼啸，那种可怕的波动，让无数人面色剧变。

这般三重强大攻势，足以秒杀任何死玄境小成的强者，甚至即便是死玄境大成的强者，都不敢小觑！

这家伙，竟然能够凭借着生玄境圆满的实力，施展出这等攻势。

"乾坤古阵，逆转！"林动凌空虚踏，磅礴的能量呼啸在其周身，此时他体内的所有力量都被调动起来，旋即其印法变幻，低沉喝声，震荡而出。

轰隆隆！

天空上，千丈巨阵缓缓旋转，浩瀚的能量在阵法之中凝聚，一种极为强大的波动，不断地扩散出来。

"八极焚天门，成阵！"林动再度厉喝，焚天鼎嗡嗡颤抖，旋即八道赤红光华陡然呼啸而出，径直投入天空上那八座焚天门之中。

轰！

而随着这八道赤红光华的灌注，那八座焚天门顿时膨胀起来，旋即赤红光华射出，互相交织间，一座千丈庞大的火山，隐隐成形。

"九龙归元，雷帝印！"

林动一步跨出，手中雷帝权杖猛地爆发出惊雷声响，璀璨的雷浆呼啸而出，一股惊人的威压，自权杖之中散发而出。

雷帝权杖乃是不弱于焚天鼎的纯元之宝，而且在纯粹的攻击性上，还犹有胜之，不过以往林动并未彻底地将其威力施展出来，但这一次……想要对付眼前的劲敌，林动显然也必须倾尽手段。

轰隆隆！

天空上，九条雷龙咆哮，旋即首尾相接，雷芒运转间，竟化为了一方雷龙巨印，悬浮天际！

"好强的攻势……"

唐心莲望着天空之上运转的三重攻势，那玉手也陡然紧握，眼中有着掩饰不住的惊愕，这番攻势即便是她都感觉到了危险的味道。

"这个家伙……"

唐心莲盯着天空上那凌空踏立的年轻身影，看来摩罗会如此地看重他，果然是有一些道理。在那瘦削的身体之中，似乎隐藏着即便是她都无法媲美的力量。

"林动……只能靠你了啊……"

天空上，华辰与徐修望着那惊人攻势，素来冷漠讥诮的眼中，终是有着惊讶浮现。

眼前的攻势，已远远超出了一名生玄境圆满的强者所拥有的极限。

"真是越来越让人惊讶了呢……"华辰笑了笑，而其身体之上，也开始有着越来越多的黑炎涌出来，那黑瞳之中，阴森更甚。

"此子危险，除掉为好。"徐修盯着林动，缓缓地道。

"放心，他活不过今天！"华辰狞笑道。

林动眼神漠然地望着远处的两人，手掌缓缓抬起，遥遥地指向两人，下一霎，眼中猛然有着凌厉涌起。

"三重攻势，斩魔！"

轰！

伴随着林动低喝声，天空上、巨阵之中，光芒以一种惊人的速度汇聚而来，旋即一道约莫百丈庞大的能量光束，陡然呼啸而出。

火焰阵法中，千丈火山彻底凝聚，火山之巅，岩浆喷射而出，整座火山直接压破空间，而后携带着庞大的阴影，直接对着华辰二人镇压而去。

吼！

雷帝印悬浮天际，其上仿佛雷龙缠绕，龙吟响彻间，也化为璀璨雷芒，呼啸而下。

三道极端强悍的攻势撕破天际，那般声势，看得不少强者心惊胆战。如此攻势，想来就算是死玄境大成的强者，也唯有暂避锋芒吧？

"林动，我会让你明白，我们之间的差距，可不是你这些手段能够弥补的！"

面对着这番凌厉攻势，华辰仰天大笑，滔天黑炎猛地席卷而出，那遮天蔽日之态，也是相当恐怖。

"大天罗魔身，森罗俱灭！"

黑炎席卷天地，这一霎，仿佛整个无量镜内的世界，都变得黑暗下来。

"生灵吞灭掌！"

徐修漆黑手臂探出，眼神冷漠，旋即陡然一握，其身后空间顿时崩裂，一道足有千丈庞大的黑色巨掌，带着无穷的邪恶，单掌迎上。

轰隆！

整片天地，仿佛都爆炸开来，无量山上，一道道巨大的裂缝迅速地蔓延开来。磅礴的攻势呼啸过天际，最终犹如划过天际的陨石，轰然相撞。

咚！

巨声在撞击的刹那间响彻而起，无法形容的能量冲击波，如大海浪涛，自天空上扩散开来。

砰砰砰！

无量山上，一座座巍峨的山峰，都在那种冲击下逐渐崩溃，巨石滚落，整片大地，都剧烈地颤抖着。

无量镜内外，无数道目光皆死死地盯着那能量冲击波的中心地带，这般凶悍对碰，究竟孰强孰弱？

狂暴无匹的能量，最终被冲散而开，而随着能量的散去，黑炎升腾，一道大笑之声响彻而起。

"林动，这就是你最强大的手段吗？不过如此！"

在那黑炎之中，华辰身影浮现，虽然此时他的身体上出现了一些伤痕，但那气息，却依旧暴戾强横。

在其身后远处，徐修身后裂开的空间也是逐渐地消失，那千丈巨掌，不知道何时已是尽数消散而去。

"竟然摧毁了我们二人的攻击……"徐修盯着远处的瘦削人影，瞳孔都忍不住地微微一缩。虽说他们阻拦下了林动这相当惊人的三重攻势，但也是施展了相当强大的手段。

他知道，虽说华辰嘴上冷笑不屑，但心中也必然因为林动这番手段而震动。

这个对手可不简单。

"攻击被阻拦下来了呢……"慕灵珊望着这一幕，大眼睛中掠过一抹不甘，道。

"这可不算丢脸，先前华辰两人的攻击，可没丝毫的留手……两人联手方才拦下林动那三重攻势，这对于林动来说，并不算失败。"唐心莲微微摇头，道。

先前华辰二人的攻击，即便是换作她也难以抵御，可至少，那般攻势，被林动防御住了。

"你高兴得也未免太早了……"天空上，能量涟漪消散而去，一道瘦削身影浮现出来，林动遥遥地望着远处被分开的华辰以及徐修，唇角陡然有着一抹弧度掀起，旋即其双掌紧握，"青龙光纹，全部出来吧！"

璀璨青光，猛然自林动体内呼啸而出，整整五十道青龙光纹，在此时夹杂着一种令人动容的可怕力量波动，席卷而开！

吼！

震天般的龙吟响彻而起，那龙吟之中，弥漫着一种极端可怕的力量波动，声波过处，甚至连空间都有些颤抖。

无数道目光怔怔地望着那在天空中腾飞的道道青龙光纹。青龙伸展着庞大的身躯，盘旋间苍劲有力，青色的龙鳞之下，仿佛蕴藏着可摧毁山岳般的可怕力量。

整整五十道青龙光纹！

那般力量波动，无数人为之色变。

"这种力量……竟然比周泽的万象天法更强……"唐心莲眼中泛着愕然，此时林动周身所翻涌的强悍力量，竟是远远地超越了周泽。

"那是林动哥的撒手锏，据说是远古的青龙王青雉的绝学。"一旁的慕灵珊有些崇拜地看着那在道道盘旋青龙光影中凌空而立的身影，自从认识他以来，她从未见过后者有过退缩的时候……

他的心中，仿佛是有着无尽的自信，而正是那种自信，方才令他能够屡屡在平凡之中，做出不平凡的事。

"这家伙……"

不远处，周泽的眼神也有些复杂。从唐心莲那里，他也知道此次的计划，摩罗最为看重林动，这令他最开始心中有些不太舒服。毕竟不管怎样，他周泽在这乱魔海的名气，都远非最近才突然蹿出来的林动可比。虽说对于后者的种种事迹他都有所听闻，可他从未想过，后者的实力能够将他超越。

但眼下……这种情绪，却在逐渐地消退。

那最后时刻挺身而出的青年，的确正在用他的双手，竭尽全力地逆转着局面。

轰！

青龙奔腾，林动双目也是青光凝聚，眼神异常凌厉地盯着远处的华辰，下一霎，其脚尖猛地一点，天际的龙影呼啸，磅礴青光，仿若是洞穿了空间，以一种极端惊人的速度，出现在了华辰前方。

"好快！"陡然奔掠而来的林动，令那华辰眼瞳微缩，而且前者周身奔腾的五十道青龙光纹，也令他浑身皮肤泛起阵阵刺痛。

"一起出手！"黑炎疯狂地自华辰体内暴涌而出，他刚欲厉喝，但旋即面色微变，因为他察觉到，此时的徐修，却处于他后方一个颇为遥远的距离，根本来不及同他一起出手。

"这家伙，先前那般惊人攻势，竟只是想要将我二人分开吗？！"华辰目光闪烁，眼中惊色更甚。

"哼，即便只有我一人，要杀你也易如反掌！"华辰眼中，很快有凶狠之色涌起，一声冷笑，身体之上黑炎急速涌动，而后汇聚向其掌心。

"大天罗火魔掌！"低沉的喝声，陡然自华辰嘴中传出，一股惊人的波动自其体内弥漫而开，旋即其手掌紧握，一拳轰出！

华辰这一拳朴实无奇，但在出拳时，所有人都能够见到其周身的空间竟然都扭曲起来，黑炎在其拳上疯狂汇聚，一种可怕的破坏力散发出来。

"一招解决你！"华辰眼中寒芒涌现，目光阴森森地望着那近在咫尺的人影。

林动眼中的青光也在此时猛地凝聚，面对着华辰凶猛的反扑攻势，他没有丝毫的退避，手掌紧握，而后轰出。

吼！

五十道青龙光纹齐齐嘶啸，如同猛龙出海，尽数汇聚向林动拳头。

"青龙天座印！"

喝声响彻，青光暴涌，一道凝聚到极致的青龙拳印，在林动拳下成形，而后一拳洞穿虚空，在那无数道惊骇的目光之中，狠狠地与那呼啸而来的黑炎拳风相碰!

嘭!

低沉巨声如同闷雷回荡而开,一股青黑两色的龙卷风暴陡然在两人交碰处成形,风暴疯狂旋转,那股散逸而开的狂暴力量,直接是将一座巨峰震得崩裂而去。

咻咻!

那些原本靠近战圈的强者,面色剧变,急忙后退,生怕被牵连进去,那种青黑龙卷风暴,想来就算是死玄境大成的强者被扯进去,都将会相当凄惨。

"竟然对碰成这种地步……"远处天空,徐修望着天空上的青黑龙卷风暴,那菱形瞳孔中,掠过些许凝重。林动这一次的攻击,即便是他都无法小觑。

而就在无数道目光汇聚向那疯狂旋转的青黑龙卷风暴时,那风暴的两侧,突然扭曲起来,旋即青光与黑炎皆是喷射而出。

砰!

青光黑炎喷出,而两道身影也是猛地倒飞而出,各自皆是在天空上急退了上千丈后,方才将身形稳下来。

伴随着两道身影飞出,不论是无量镜内外,几乎所有的目光,都是在第一时间汇聚了过去。

首先散去的是青光,而在那青光中,瘦削身影浮现出来。此时的林动,双臂衣袖竟被震成粉末,手臂之上,鲜血滴滴答答地落下来。

"那华辰……"

而就在一些人为林动这副模样惊愕时,突然又有惊呼声响起,旋即一道道目光急忙转向另外一处天空,只见得那里的黑炎徐徐地散去,包裹在其中的华辰,也是显露在了注视之中。

嘶。

在华辰现出身来时,当即便有着一些倒吸冷气的声音响起,此时的华辰,上身近乎赤裸,一道道伤痕从其双拳处蔓延而上,最后波及了他整个上半身,看上去相当狼狈。

当然,让众人如此震动的并不仅仅只是狼狈,此时的华辰,一条右臂竟呈现一种扭曲之状,一根尖锐的骨刺从其肩膀处刺出来,血流滚滚。

他的一条手臂,竟在先前那种惊人的对碰中,生生被折断!

"竟然……断了华辰一只手……"

唐心莲、周泽,甚至连那远处的徐修,眼瞳皆是猛地一缩,脸上有着一抹震

惊之色涌出。

谁也无法想到，先前强势击败唐心莲的华辰，居然会在这种正面交手中，被林动断去一臂！

先前林动一拳，竟可怕到了这种程度吗？

漫天寂静。

林动喘了一口有些粗重的气息，旋即双掌轻握，吞噬之力涌动，将那些侵入体内的诡异黑炎尽数吞噬而去。

"才断了一臂……实力真是强啊。"

化解掉侵入体内的劲力，林动这才抬头望着华辰，眉头却微微一皱，旋即一声轻叹。这华辰的实力的确强大，没想到他在催动了五十道青龙光纹后，依旧未能将其斩杀……

"真是厉害啊……"

在林动轻叹时，远处天空上的华辰，也偏头望着那只扭曲的手臂，他的眼芒疯狂地闪烁着，片刻后眼神回归一种令人心悸的漠然，旋即他手掌伸出抓住右臂，狠狠一扯。

咔嚓！

骨骼碎裂的声音响起，鲜血飞扬，那华辰，竟然将他这条手臂生生地撕断。

林动望着脸庞上所有情绪都开始收敛起来的华辰，双目也微微眯起。

"这应该便是你最强的手段了吧？"华辰缓缓抬头，那漆黑得仿佛没有焦距的瞳孔盯着林动，毫无情感的声音，在天空上传开。

"徐修，解开封印吧……我想……杀了他啊……"

天地间，一片寂然。

无数道目光汇聚向天空上那弥漫着浓浓血腥味的华辰，他的脸庞经过先前一种恐怖的扭曲后，逐渐地平静下来，只是那种诡异的平静，在其断臂处不断滴落的鲜血渲染下，令人感到愈发心寒。

远处的徐修来到华辰身旁，看了一眼后者的伤势，眼中掠过一抹惊色，想来是没料到林动竟然能够将华辰伤到这种程度。

"我早说过，这小子有些古怪，小觑不得。"徐修声音阴沉地道。

"没事。"华辰淡淡一笑，旋即他遥遥地盯着远处的那道年轻身影，一种怨毒以及暴虐缓缓地涌出来，"不管他怎么挣扎，结果都只有一个……那就是……死。"

华辰的笑容，逐渐变得狰狞，旋即其手掌抹过断臂处，鲜血染满掌心，指尖轻划，血线在面前汇聚，一笔一划，最后化为一道道诡异的血色符文。

"要解开封印吗？"徐修望着这一幕，菱形瞳孔却微微一缩。这林动，竟然将华辰逼到这一步了。

哧哧！

血色符文悬浮在华辰的面前，突然间，黑炎从符文中升腾起来，旋即华辰指印一变，那一道道燃烧着黑炎的血色符文飞掠而回，最后射进他眉心、心脏、丹田等等要害之内……

而随着这些符文的入体，华辰的身体，陡然静止，那一霎，他的气息，仿佛都诡异地消失在了这天地间。

唐心莲、周泽等人望着这一幕，面色却是一变，一种不安涌上心头。

林动也是眉头微皱，看着气息消失的华辰，手掌缓缓紧握。

诡异的寂静，笼罩在天地间，不过这般状态并未持续多久，突然有人察觉到周围的温度，似乎开始变得阴凉下来……

吱吱！

黑雾不知何时从华辰的体内一丝丝地涌出来，那种黑雾散发而开，竟连周围的空间都发出了一种哀鸣之声。

黑雾弥漫，华辰猛地抬头，此时他的一对瞳孔深处，竟有着血色凝聚，那血色瞳孔之中，弥漫着一种难掩的邪恶。

轰！

血眼睁开，华辰那消失的气息猛然再度爆发，而且这一次，那气息却是在以一种惊人的速度膨胀变强！

天地间，狂风骤起，吹动华辰衣袍，而在那滔天黑雾的渲染下，此时的他，犹如一尊邪神降世。

"这股气息……"

无量镜外，无数人都被华辰陡然暴涨的气息所震惊，谁都没料到，后者竟然还隐藏着如此强大的力量。

"该死的。"古梦琪玉手紧握，原本俏脸上因为华辰被断一臂涌出来的喜色也消散殆尽，林动好不容易才占据一些上风，没想到如此迅速地便被逆转。

在其身旁，古嫣二女脸上也是有着担忧，这华辰的实力，实在是太恐怖了，即便是她们古家之中，能够胜过他的人，恐怕都不会超过一手之数。

"果然是异魔的气息啊……"炎神殿上，摩罗赤红的目光陡然间变得锐利起来，他盯着无量镜内那肆虐的黑气，身体表面，有着淡淡的火焰升腾起来。

"的确是异魔的气息，不过却并不纯粹……"炎神殿大长老眉头皱着，道，"不过即便如此，此时的华辰实力也是大涨，林动想要再抵御，恐怕会变得相当困难。"

先前林动的攻势，即便是连这位炎神殿大长老都颇感惊艳，而前者能够断去华辰一臂，更是令他惊诧欣喜，但可惜的是，先前好不容易积累出来的优势，却将会变得荡然无存。

这些异魔的实力，对于林动这种年轻一辈来说，的确是有些难以抗衡。

摩罗盯着无量镜内，那里，有着瘦削体形的年轻人也正注视着异变中的华辰，但从他那张年轻脸庞上，摩罗却并未见到惊慌失措，旋即他一笑，眼中有着掩饰不住的欣赏，道："青雉的眼光可不低，能够被他赞赏的年轻人，也不是简单的……战局未到最后一刻，下任何的结论，都过早了一些……"

"应该是魔种的力量吧……的确有些棘手啊……"林动盯着那弥漫而来的滔天邪恶之气，抿了抿嘴，旋即目光垂下。对于华辰的这番手段，他并没有感到太过的惊讶，因为这种手段，霍元三人在当日已是动用过。

"看来你知道的东西倒是不少。"华辰血瞳看向林动，那瞳孔中有着无尽的怨毒在涌动，旋即他冲着林动咧嘴一笑，"刚才那几轮攻势，应该也将你体内元力消耗了大半吧？"

林动眉头微皱，手掌握了握。他的元力修为毕竟只是生玄境圆满，比起华辰他们这种货真价实的死玄境大成的确是弱了不少，如果不是因为有着精神力辅助以及吞噬祖符暗中吞噬天地元力补充自身的话，想来他也难以坚持这么久。

"现在的你，还拿什么与我抗衡？"华辰讥诮道，"放心，待得将你打败，我会把你四肢都生生撕断的。"

"林动，我们一起出手。"后方的山峰，略作休养的唐心莲和周泽皆是掠出，沉声道。

"你们这种状态……"林动看了他们两人一眼，无奈地摇摇头。两人先前皆是受了不轻的伤，而他们也并不具备吞噬祖符，想要短时间内恢复力量，显然是不可能的事情。

"至少能阻拦一会儿！"周泽咬了咬牙，他极为不甘与忌惮地盯着浑身黑气缭绕的华辰，犹豫了一下，道，"这家伙比刚才强了太多，你……不会是他对手的。"

"你一人独战这么久，也消耗了太多力量。"唐心莲道。

林动叹了一声，摆了摆手，两人这状态出手，对战局并没有太多的帮助，所以他偏头注视着唐心莲，轻声道："相信我。"

唐心莲一怔，望着那眼神认真的林动，即便是这种时候，后者的眼中，依旧没有任何的惧意……

"小心点。"唐心莲玉手轻握，虽然理智告诉她，此时的林动状态同样不好，但在后者那目光注视下，她却是再说不出阻拦的话语。

一旁的周泽见状，不由得苦笑一声，这家伙，还要逞强吗？

"真不愧是道宗的弟子，一如当年周通那般顽固……"华辰望着这一幕，一声轻笑，旋即语气陡然森然，"不过可惜，你的结果，也会与那周通一模一样！"

然而，对于他的冷笑，林动却是犹若未闻，他的身体，徐徐地自天空落至一座巍峨峰顶之上。

"就这样斗上一场吧……"

林动抬头，漆黑双目盯着远处的华辰和徐修，双手缓缓地摊开，指尖处，有着奇异的印法结成。

在那无数道略带着疑惑的目光中，林动脚下的大地，突然发出细微的颤抖，一股奇特的脉冲波动，自地底席卷而开。

伴随着这股波动的席卷，天地间猛地有着惊哗声传出，因为他们见到，这方圆千里的大地，竟然是在以一种惊人的速度变得荒芜起来。

"这是……"华辰血瞳望着这一幕，瞳孔陡然一缩，一种极端危险的感觉，涌上心头。

"大荒芜经？！"

第五章 破镜

　　整片大地，仿佛都是发生地震一般，山岳颤抖，巨石滚落，一种枯黄的荒芜之色，自林动脚下蔓延而出，然后以一种惊人的速度向着远处弥漫而去……

　　原本葱郁的山岳，迅速变得枯黄，一种莽荒般的荒芜，悄然笼罩这片天地。

　　这般惊人变化，也立即引得无数强者注意，他们面色剧变，眼中满是不可思议，因为他们能够隐隐地感觉到，这大地之中的生机力量正潜入地底，汇聚在一起，涌向同一个方向。

　　唰！

　　所有目光顺着那个方向望去，在那里，青年脚踏大地，双手摊开，瘦削的身影，仿佛有着顶天立地般的伟岸。

　　"这是……"唐心莲、周泽等人目光惊异地望着脚下。他们实力强横，所以感知更敏锐。他们察觉到，此时的大地处于一种极为狂暴的状态，那一股股属于大地的力量，正在飞快地灌注进入远处那道身影之中。

　　"竟然能够吸收大地的力量……好霸道奇妙的武学！"唐心莲美目微亮，旋即灼灼地望着那道瘦削身影。这个年龄与她相仿的青年，虽然初见或许略显平凡，但那平凡中却是透着种种神秘，令人难以摸透。

　　一旁的周泽点点头，他蹲下身子，抓了一把泥土，泥土中，一种荒芜的气息散发出来。

"不知道这样，能不能抗衡那华辰……"

轰！

林动所处的山峰，突然崩裂出一道道裂缝，裂缝之中，狂暴的能量冲天而起，竟是将那天空云层都生生撕裂而去。

在他的周身，磅礴的能量如海水般汇聚着，周遭的空间都在这种雄浑能量的涌荡下愈发扭曲。

那种能量的雄浑程度，即便是一些死玄境大成的强者都极其凝重。

而此时从天空俯视这片地域，则会发现，无量山周围百多里内，已尽数化为荒芜的世界，这片地域的力量，已全部被抽调而出，被林动所吸纳……

"你果然将道宗的大荒芜经修炼成功了啊……"华辰望着那气息同样在此时暴涨的林动，脸上的冷笑终是逐渐散去。虽说其眼神依旧阴沉，但此时即便是他也不得不承认，眼前的林动，的确是有着让他重视的本钱……

"不过，你以为这样就能阻挡我吗？！"

华辰眼神陡然狰狞，其双手猛地结印，喉咙间有着低吼声传出，只见得在其眉心处，隐隐有着一道黑色符文浮现，滔天黑气弥漫开来，整片天地，愈发黑暗。

无数道目光望着这似乎拼到极限的两人，眼中有着掩饰不住的动容，谁能想到，这次的争霸赛，竟然会拼到这种地步……

这种层次的争斗，莫说年轻一辈，就算是老一辈的强者，都鲜有人能够达到！

"该死的，那华辰的气息又变强了……"唐心莲望着气息再度变强的华辰，银牙忍不住地轻咬。

"现在他们两人，都是在拼命了……"周泽苦笑。这个时候的两人都已无法收手，两虎相斗，必有一伤。

"还不够呢……"林动缓缓地伸出手掌，旋即手掌轻握，磅礴的能量在掌心凝聚，那一握之下，仿佛连空间都是颤抖了一下。此时的林动能够感觉到，只要他愿意，他可以一拳将这座无量山轰得支离破碎！

不过……他抬头望着远处那滔天黑雾，那华辰的气息，同样是在变强，这种程度，想要一击解决所有的问题，还不够！

"大荒芜经……把你的力量全部施展出来吧，让你的声名，即便是在这遥远的乱魔海，也要响彻！"

低低的呢喃之声，在林动的心中流淌而过，下一霎，他陡然弯身，双掌重重

地拍在地面之上。

嘭!

整座山峰，都是在此刻狠狠地颤抖了一下。一股极端强大的脉冲猛地自其掌心之中散发而出，大地颤抖间，所有人都见到，那原本逐渐停止蔓延的荒芜，竟然再度飞快地延伸出去!

一百里……三百里……五百里……

伴随着林动实力的不断提升，大荒芜经的威力显然也是在不知不觉间达到一种惊人的程度。在那异魔城时，林动催动大荒芜经，顶多只能将百里之内的大地化为荒芜，然而现在，这种面积，却是成倍成倍翻涨!

荒芜疯狂地蔓延，最终在那无数道震骇的目光中逐渐地减缓，而待得那荒芜的界限彻底停止时，无量山之内八百里，已尽数化为枯黄的荒芜世界……

荒芜的气息升腾起来，涌荡天地，竟连那肆虐的黑雾，都是节节败退。

咔嚓。

林动缓缓站起身来，巨大的裂缝自其脚下蔓延而出，转瞬间便密布了这座峰顶。他抬头望向远处面色难看的华辰，唇角却是有着一抹冰冷弧度掀起。

吼!

耀眼的青光自林动体内铺天盖地地席卷而出，紧接着，震天动地的龙吟声响彻，一道道青龙光纹，以一种惊人的速度，自林动的体内盘旋飞出。

十道……五十道……一百道……两百道……三百道!!

整整三百道青龙光纹盘旋在林动周身，仰天嘶啸间，一股肉眼可见的空间波动扩散而开，周遭大地，疯狂地迸裂。

"三百道……"

唐心莲、周泽等人皆是震撼地望着那被漫天青龙光纹包围的林动，先前林动仅仅只是召唤出五十道青龙光纹，便断去华辰一臂，而现在这三百道，就连他们，都是感觉到一种浓浓的毁灭味道。

这三百道与五十道之间，绝对是质的差距!

"混蛋!"华辰此时的瞳孔，同样是陡然紧缩，旋即他一声怒骂，在那盘旋的三百道青龙光纹下，他感觉到了死亡的波动。"徐修，一同出手!"

虽然心中极其不甘，但华辰最终还是怒喝出声，他能够感觉到，林动这拼尽全力的攻击，凭他一人，似乎极难抵御。

一旁的徐修眼中也被凝重与震动所布满。他望着远处的林动，忍不住地有些恼怒："我早便与你说过一起出手杀了他就好，这小子根本不简单！"

恼怒归恼怒，但徐修也明白此时情况，当即双掌一握，整个身体迅速地黑化起来，一种阴森的波动散发而出。

林动身体缓缓地悬空而起，他漆黑双瞳深处，青光凝聚成青龙盘踞。他遥遥地望着远处的两人，手掌轻轻抬起，轻语声悄然地回荡而起。

"去。"

漫天龙吟响彻，整整三百道青龙光纹呼啸而出。

那一霎，整座无量山，开始崩溃！

吼！

惊天动地的龙吟在天地间回荡而起，耀眼的青光弥漫开来，三百道青龙光纹携带着滔天之力，呼啸而过。

砰砰砰！

青光弥漫处，一座座山峰开始以一种惊人的速度崩塌，甚至连空间，都呈现了一种扭曲的迹象。

那般力量，实在是太过恐怖。

此时的无量山上，一道道人影狼狈地倒射而出，众多瞳孔反射着那席卷而出的青龙波动，眼中有着掩饰不住的骇然。

这攻势，真是一个生玄境圆满的家伙搞出来的吗？

"妖孽……"一些人面面相觑着，只能在心中如此评价那个家伙。

"大天罗魔身，吾魔不灭！"华辰面色凝重地望着那在眼瞳之中急速放大的滔天青光，一道厉喝之声也是猛地自嘴中发出。

轰！

阴沉邪恶的黑光犹如潮水般自华辰体内涌出，而他的身体，也是在黑光弥漫间再度膨胀，仅仅数息间，便化为一尊将近百丈庞大的魔影，嘶吼传出，仿若一尊异世之魔降临。

"吞灭魔像！"徐修同样在此时暴喝出声，旋即其眼瞳之中邪恶之光弥漫，身后空间仿佛被无形大手撕裂开来，一尊巨大的诡异魔像自其中踏出。魔像无面，仅仅只是在眉心处，有着一个巨大的黑色旋涡，看上去怪异得令人发寒。

此时的华辰二人，显然也同样是将手段施展到了极致。

林动凌空虚踏，他遥遥地望着魔气滔天的华辰二人，脸庞上的凌厉愈发浓郁，

旋即其手掌猛然握下。

"青龙，镇魔！"低沉的声音在天空上传荡而开，那三百道青龙光纹瞬间汇聚在一起，青光弥漫，竟化为了一只千丈庞大的青龙巨爪！

龙爪之上，布满着巨大的龙鳞，一种可怕的威压弥漫出来，那一刻，仿佛是一头真正的巨龙撕裂空间，降临在了这片天地一般。

在当初异魔城青雉撕裂空间阻拦元门三巨头时，便用了相同的招数，只不过青雉那洞穿空间而来的龙掌，比起林动这个，要强横威猛太多。

当然，此时林动的对手，也并不是元门三巨头那般强大……他有着自信，迟早有一天，凭借自己的力量，将那曾经视他为蝼蚁的元门三巨头打败！

龙掌凝聚，直接是撕裂空间，狠狠地拍向华辰二人。

吼！

魔影魔像厉声咆哮，黑光滚滚，也同样以一种极为凶悍的姿态暴冲而出，最后轰然相撞！

碰撞在顷刻间完成，然而，这般惊人对碰，却并没有任何巨声传出，只见耀眼的青光黑芒弥漫开来，充斥了整个眼球。

火炎城天空上那万丈光镜之中，任何景象都是被青黑两色光芒遮掩，所有人都能够清晰地感觉到，一股无法形容的狂暴波动，正将那镜面冲击得泛起阵阵涟漪……

炎神殿上，摩罗望着那无量镜，脸庞上也是划过了一抹惊异之色，旋即喃喃道："无量镜要被冲破了……真是惊人的交手啊……"

"什么？"一旁的大长老闻言，顿时一惊。

咔嚓！

然而他的惊声刚刚落下，这片天空陡然暗沉下来，那万丈光镜之上，竟裂开了一道道裂纹。

裂纹一出现便以一种惊人的速度蔓延开来，裂纹间，有着刺眼的青黑光芒射出来。

"无量镜要破了！"

这一幕也被不少人所察觉，当即惊呼声便此起彼伏。

整个火炎城都是在此时变得混乱起来，那无量镜周围千丈之内，几乎是短短十数息间，人都跑得干干净净。

咔嚓咔嚓！

裂纹愈发密集，当一道裂纹延伸到无量镜边缘时，声音终于悄然停息，再下一霎，万道青黑光华暴射而出，那万丈光镜，终在那无数道震撼的目光中，爆炸开来。

所有的视线，都在这种耀眼的青黑光芒下失去了焦距，原本缤纷多彩的世界，仿佛在此时尽数被这两种颜色所充斥。

不过这种感受仅仅只是刹那，旋即众人便是感觉到视线再度变得清晰，当众人视线恢复过来时，几乎第一时间便是将目光投向了那片光华的中心。

此时那里还弥漫着刺眼的青光，那般光华，令人无法看透其中的景象。

砰砰砰！

在众人迫切地想要看清楚一些时，突然众多破风之声自其中响起，一道道人影狼狈地被抛飞而出。

"是那些进入无量镜的人……"众人望着那些被狼狈抛出来的人影，一阵哗然，显然也将他们给认了出来。

咻。

三道光虹此时也是自那光芒中倒飞出来，旋即落到一座建筑之上，仔细看去，赫然便是唐心莲、周泽、慕灵珊三人。

而现身的三人，也并未理会周围的视线，他们同样望着那光芒的源头，眼神之中充满紧张。

整座城市，仿佛都变得安静了许多，所有的目光聚焦在那光芒源头，紧张地等待着光芒的散去。他们很想知道，先前那连无量镜都震破的可怕交手，究竟胜负如何？

漫天的光华逐渐消退，最终彻底地消散，而那其中景象，也是清晰地出现在了所有人的眼球中。

首先出现的，是一个约莫千丈庞大的巨坑，巨坑之中的所有建筑物，都已是化为粉末。

"看那里！"

突然有着惊声传出来，一道道目光瞬间转移，然后他们便看见，在那巨坑的中心位置，三道人影对峙。

而这三道人影，正是此次争霸赛最为耀眼的主角，也是弄出这般破坏的罪魁祸首……

"不分胜负吗？"众人望着那身体纹丝不动对峙的三人，脸庞皆划过一抹愕

然之色。

"怎么会这样……"唐心莲等人也是满脸错愕，都拼到这种地步了，难道还没个胜负？

炎神殿上，摩罗望着巨坑中的三人，旋即其嘴角有着一抹如释重负般的笑容缓缓掀起，缓缓地道："真是个了不得的小家伙啊……"

而就在摩罗声音刚刚落下，两道血柱，猛地自华辰、徐修二人体内暴射而出，旋即两人缓缓地倒下。

嘭！

两人的身体，重重地落在地面上，低沉的响声却让整座城市的人眼皮都狠狠一跳，再接着，无数道目光几乎是瞬间转向了那巨坑中唯一还站立的一道瘦削身影，眼神陡然灼热。

这场惊天之战，终是分出了胜负。

整座城市，寂然无声。

人们很明白，想要战胜眼前这两人，将需要进行一场何等惨烈的战斗。

整个乱魔海年轻一辈，能够做到这种程度的，恐怕也就这个叫作林动的变态家伙了吧……

"竟然真的赢了……真是，厉害啊……"

周泽的目光恍惚地望着那道背影，旋即深深地吐了一口气。此时此刻，即便心傲如他，也不得不心悦诚服。只有真正与华辰、徐修交过手，方才能够明白他们的强大，而林动如今却是以一敌二将他们战胜，这份能耐，乱魔海年轻一辈，无人能出其右。

"师父的眼光，果然……很好呢。"唐心莲明媚的双眸泛着光泽，凝视着巨坑中的背影，此时她的声音竟相当柔和，这在她的身上显然是极为罕见的。

"我就知道林动哥一定会赢的！"慕灵珊雀跃地道。或许三人中，一直相信着林动能够获胜的就是她了。

"以后的林动哥，可就要成为乱魔海的大名人了呢……那邪风洞天的邪骨老人若是知道的话，恐怕以后都不敢出现在他的面前了。"在距巨坑不远的一座建筑上，古雅悬起来的心也放了下来，笑嘻嘻地道。

一旁的古梦琪与古嫣对视一眼，旋即皆轻轻一笑。她们知道，此战过后，林动的声名，必将响彻整个乱魔海，虽然她们并不知道林动在那东玄域有着什么身份，但这里的事传过去，也必然会引起巨大的骚动。

这个从东玄域走出来的男人，足以让任何人感到震撼。

火炎城的寂静，持续了好半晌，而不知道何时突然有着一道喝彩声响起，旋即整座城市犹如溃堤一般，无数的喝彩声爆发起来，最后汇聚在一起。

这般精彩的战斗，足以折服任何人。

在整座城市排山倒海般的喝彩声中，巨坑中的那道身影也微微颤了颤，旋即开始剧烈地咳嗽起来，鲜血从其嘴中喷出，被他用手掌捂住，一张面色，也是惊人的煞白。

"真是……难缠的家伙啊。"林动望着面前的两人，忍不住地苦笑一声，他能够感觉到，体内的元力已被榨得干干净净。

林动刚欲抬脚，身体却忍不住地踉跄着就欲倒下去。

不过林动倾斜下去的身体，并未狼狈地贴到地面，他似是见到一道红光，再接着，感觉到身体碰到了一处柔软，一股幽香，悄然地钻进鼻中。

突如其来的柔软，令林动脑中的眩晕散去了一些，旋即他偏头，见到一对明媚的美目，而他的身体，则是近乎贴在了她那柔软的身子上。

唐心莲倒是丝毫不闪避林动的视线，精致的脸颊上，有着一抹浅笑浮现，那般柔和，与她以往的强硬相比非常罕见。

唐心莲将他搀扶着盘坐下来，而她则是跪坐在身旁，仰头看着蔚蓝的天空，那般安宁，哪还有先前的那般惊天杀伐。

"谢谢了。"唐心莲偏头，盯着林动，微笑道。她知道摩罗对此次的计划付出了多大的心血，若是林动失败的话，那所有的心血都将会付诸一炬，而同时他们炎神殿，名声怕也是会受到不小的打击。

"都被逼成那样了，想退也没办法啊……"林动苦笑，旋即他看了看满手脏乱的血迹，脸庞上苦笑更甚，好久没拼得这么狠了……

而在林动注视着自己那对布满鲜血的脏乱手掌时，一只修长纤细的皓白玉手突然从旁边伸了出来，握住他的手掌，再接着从怀中取出一道柔软丝巾，以一种很轻柔的动作，擦拭着他手中的血迹。

林动有点儿发愣，手中的冰凉犹如握着一块软玉般，那触感极好，不过林动却有点儿头皮发麻，因为他能够听见这座城市中突然传出来的一些哗然声以及一些突然间凌厉起来的视线……

"你这是想要害死我吧？"林动有些尴尬，唐心莲在这炎神殿身份可相当不一般，那些对她怀着爱慕的人不知道有多少，而现在自己被她这样的对待，岂不

是直接将无数仇恨给拉过来了……

所以他第一时间的反应是收手，但他却是忘记此时以他的状态，似乎根本不是唐心莲的对手，手掌抽了抽，根本抽不回来。

"我一个女孩子都不怕，你担心个什么？"唐心莲看都没看林动，淡淡地说了一声，然后继续认真地将林动那布满鲜血的手掌擦得干干净净。

此时，这里几乎是这座城市的焦点，唐心莲这种举动也是很快便掀起滔然大波。乱魔海火仙子的名头几乎无人不晓，而其实力也是与其美艳成正比，从某种程度上来说，她算得上是无数青年俊杰梦寐以求的女孩，只是这个女孩平时太过英姿飒爽，那不输男子的实力以及魄力，足以让很多人望而却步，但眼下……这个手握着炎神殿将近百分之八十军队的女孩，却跪坐在一个男子身旁，顾不得那脏乱，为其擦拭着手中刺眼的血迹……

这一幕的冲击性相当大，因此很快城市中便响起一连片的口哨声，哨音中，倒是有着掩饰不了的羡慕，能够受到这种艳福，再大的苦也值啊。

巨坑之外，周泽望着这一幕，眼神微黯，洒脱地耸了耸肩。

唐心莲在将林动手中血迹擦拭干净后，这才若无其事地收回，她看了林动一眼，道："只是很感谢你今天的帮忙，你别多想。"

说完她微微偏过头，留给林动一个好看的精致侧脸。她的脸颊一直很平静，仿佛先前所做的事并不算什么一般，只不过，素来眼力过人的林动，还是在唐心莲玉手收回时感觉到了一丝微微的颤抖，显然，这个女孩的心中，似乎并不是表面上这般古井无波。

虽然发现了这点，林动却不敢多说什么，只能尴尬地点点头，旋即他看向前面倒下来的华辰二人，道："他们还没死。"

说出这话时，林动看见唐心莲那精致的俏脸立刻变得冰冷下来，然后玉手一握，那火凰枪便是出现在其手中。

"那便杀了。"

唐心莲起身，这一霎，先前看似柔软的女孩，立即变回了那杀伐果断的炎神殿火仙子，那种冰冷杀意，看得林动眉头都是跳了跳。

唐心莲做事相当雷厉风行，没有任何的废话，快步上前，明眸冰寒，手中长枪划起寒芒，毫不留情地对着两人天灵盖狠狠地刺了下去。

然而，就在长枪即将刺中两人天灵盖时，一圈黑光突然自两人身体表面涌现，叮的一声，便是将长枪抵挡了下来。

　　这般变故，让唐心莲美目轻轻收敛，但那俏脸上，却是没有任何的意外，反而是抬起脸颊，望着天空，淡淡地道："终于是要现身了……"

　　林动也是在此时抬头，只见那蔚蓝的天空之上，突然有着巨大的黑色裂缝蔓延开来，一种可怕的魔气，铺天盖地地涌出。

蔚蓝的天空，巨大的黑色裂缝犹如怪兽的巨嘴一般蔓延开来，一种惊人的邪恶之气喷薄而出。

那种邪恶之气，与华辰、徐修二人身上的如出一辙，但浓度却强横了无数倍。

邪恶之气弥漫，这片天地间充斥的天地元力都沸腾起来，而从那些躁动的天地元力中，几乎所有人感受到了一种抗拒与排斥……

这般发现，让不少强者都有些愕然，这是他们第一次感受到天地元力排斥某种东西，它们不是任由这世界中的生灵吞纳吸收的吗？

"那是什么啊……"

一些人茫然地望着天空上的异变。那些席卷出来的邪恶之气让他们不舒服，他们丝毫猜不透它们的来路。

林动盘坐在地，眼神凝重地望着天空上撕裂的黑色裂缝，手掌缓缓地紧握，喃喃道："终于忍不住了啊……"

"火神卫！"唐心莲明眸冰寒，陡然冷喝出声。

其喝声刚刚落下，天空上猛地破风声响彻，上千道身着厚重赤红甲胄的身影便同时出现在半空，他们手中巨大的长枪缓缓抬起，那一霎，所有火神卫的气息仿佛都联结在了一起，那种可怕的波动，看得无数人骇然变色。

"轰!"

而就在那火神卫出现时,天空上的黑色裂缝之中,突然有着一道黑色光束暴冲而出,然后化为一只黑光大手抓向地面上的华辰二人。

"炎神殿的地方,还轮不到你们这些东西放肆!"

赤红光华陡然自唐心莲体内席卷而出,再度在其身后化为火凤之翼,其娇躯一动,直接出现在那火神卫的最前方,玉手紧握火凰枪,冰冷喝声,响彻全城。

"火神卫,聚神!"

"是!"

整齐得犹如一体的低沉喝声爆喝而起,旋即滔天般的赤红元力弥漫出来,直接在他们上空,化为一只千丈庞大的火焰凤凰。

这只火焰凤凰,比起之前唐心莲凝聚出来的无疑强大了太多,展翅间,整片天地的温度都升了起来,连周围的空间,也呈现一种极度扭曲之状。

唐心莲倒飞而上,直接落至那千丈凤凰之上,而后手中火凰枪重重戳下,凤凰仰天清鸣,巨嘴之中,赤红火焰如同火海般席卷出来,直接与那自裂缝中呼啸下来的磅礴黑光重重相撞。

砰!

巨声回荡,赤红火焰弥漫,将那凌厉到极点的攻势真正阻拦了下来。

林动惊异地望着这一幕,他能够清晰地感觉到那自裂缝中呼啸而出的攻击是多么强大,那种程度,就算是死玄境圆满的强者都必须全力相迎,但眼下,却是在唐心莲手中,被轻易阻拦。

"她竟然能够驱动那火神卫的力量……"

林动看了一眼唐心莲后方整齐的火神卫,先前那一击,显然是联合了他们所有人的力量。一般说来,这种力量的融合,需要一种近乎变态般的默契,即便是处于同一宗派的师兄弟想要做到这一点都很困难,但这火神卫能够成功做到,显然,这么一支战力惊人的军队,炎神殿付出了不少的心血。

而能够成功驱动这股力量的唐心莲,比起她单独作战时,也强横了太多,面对着这种状态的唐心莲,即便是林动全盛时期,也唯有暂避锋芒。

"既然来了,那就现身吧,何必鬼鬼祟祟!"唐心莲玉足轻踏火凰,双眸冰寒地望着巨大裂缝,冷声喝道。

"好个不知天高地厚的小丫头!"裂缝之中黑雾涌动,一道尖笑声刺耳地传出,邪恶黑气犹如潮水般涌出来,旋即在那天空之上迅速地回缩,最后化为一道黑影。

黑影体形比人类更为壮硕，在其身后，更有着一对伸展开来布满锋利骨刺的魔翼，魔翼展开时，仿佛连天色都暗沉了下来。

黑影同样有着类似人类的五官，不过在其脸庞上，却布满着金色的魔纹，看上去相当诡异，而且他的那对魔翼，同样弥漫着金色的纹路，隐隐间，有一种相当可怕的波动散发出来。

"这是……"林动望着那伸展着金纹魔翼的黑影，手掌都忍不住地紧握起来，"将阶异魔！"

这是林动第一次真正亲眼见到将阶异魔，按照人类的等级，这家伙，也是一个相当于转轮境的超级强者。

看来摩罗此次的计划，真是引出来了一些大鱼啊……

"看本将破了你这融合阵法。"那将阶异魔一现身，便仰天大笑，旋即其眼瞳之中凶残之色涌现，大手一抓，便有着滔天黑气在其前方凝聚，而后化为一道黑色旋涡。他袍袖挥动，旋涡便高速旋转，带着一种惊人的破坏力，冲向火神卫。

"孽畜，在我炎神殿可还轮不到你来撒泼！"

就在这将阶异魔出手时，一道怒喝也陡然响彻，旋即一名红袍老者便出现在唐心莲前方，手掌拍出，浩瀚元力滚滚而出，元力之中，生死之气完美融合，这红袍老人，居然也是一名转轮境的超级强者！

嘭！

两道可怕的攻击在半空相撞，整座城市仿佛都颤抖了一下，冲击波自交轰处席卷开来，将附近那些强者掀得人仰马翻。

"那是……炎神殿的大长老赤云长老！"

"这……那可是转轮境的超级强者啊……这突然出现的究竟是什么东西？竟然能够与赤云长老交手？！"

天空上那惊人的交手，也引得无数人目瞪口呆，旋即面色变幻，一些心思敏锐者，已是隐隐地察觉到不对劲。

转轮境的超级强者，在这乱魔海，足以成为一方霸主。寻常时候，他们大多都是闭关修炼，也极少需要这种层次的强者出手，但每当这种强者出手时，那必定是有什么大事……

"哈哈，倒不愧是炎神殿，底蕴倒是不弱……"天空上，那将阶异魔身形后退了数步，大笑着望向那出现在唐心莲身前的红袍老者，"不过，你炎神殿如此大张旗鼓地将我们引来，光靠这点能耐，恐怕只能引火烧身了。"

"你们两个家伙……也出来吧。"在说这句话时，这位将阶异魔看向了后方那巨大的黑色裂缝，"看来这世界，从此以后，又该要混乱起来了啊……"

随着他的音落，那裂缝之中，又是两道壮硕的身影闪现出来，这两道人影同样是有着布满着金纹的魔翼伸展……

这三道魔影一出现，邪恶的黑气顿时遮天蔽日，那一刻，仿佛连天空的烈日，都失去了原本的炽热。

三大将阶异魔！

林动望着这一幕，瞳孔紧缩，这一刻，即便是他的定力，都忍不住地吸了一口冷气，这可是货真价实的三名转轮境超级强者啊……

同时，这座城市忽然暴动起来，无数人的眼神近乎呆滞，谁能想到，那平日里神龙见首不见尾的超级强者，如今一下子就是出现了三个……

"要出大事了。"一些人面面相觑，皆从对方眼中读出了这种意思。

"三大将阶异魔……看来你们还是挺看得起我炎神殿啊……"

淡淡的声音，也突然在天空上传开，在那炎神殿主殿之上，一道壮硕的身影，缓缓地站起，其眉心间一道火焰符文悄然燃烧，一种极端恐怖的炽热气息，如同风暴一般，自其体内席卷而出……

"不过……"摩罗赤红目光淡漠地望着天空上那三大将阶异魔，旋即视线一转，凝视着那巨大裂缝的最深处，淡淡的声音，却让林动头皮猛地发麻。

"还有一尊王阶异魔也来了吧？现身吧，让我看看你是哪尊异魔王……"

"王阶异魔……"林动头皮发麻，他抬头望着那巨大的黑色裂缝，其中没有任何的光线，那种无尽的邪恶黑暗看得人浑身发寒。

那自摩罗嘴中传出来的话语，显然给他造成了极大的震慑，王阶异魔……那种等级的异魔，即便是放在远古时期，也是极为可怕的存在，而以人类的实力等级来区分的话，那就是一尊货真价实的轮回境强者！

而从某种意义上来说，这么多年来，林动并没有真正见过踏入轮回境的巅峰强者。虽说青雉已是踏入这个层次，可林动却并不算与他正面见过……而至于应欢欢的冰主身份，想来在那远古时候也是恐怖，但那毕竟只是她轮回之前的身份。

他所看见的其他超级强者，如应玄子、元门三巨头、慕岚等等，只是转轮境的实力，这与真正的轮回境比起来，依旧是有着一道难以跨越的坎。

至于摩罗……虽然因为火焰祖符的存在，他拥有着媲美轮回境强者的战斗力，可真要说起来，也并不能算是踏入了轮回境。

但眼下，这所谓的王阶异魔已算是真正达到了那种鲜有人及的巅峰层次。

火凰之上，唐心莲与那赤云长老面色微变，王阶异魔……没想到连异魔中的王者都被引来了啊。

城市中，绝大多数人还是有些茫然地望着这一幕，摩罗嘴中的异魔王令他们一头雾水。虽说异魔的事在如今的天地间逐渐地销声匿迹，但毕竟还是有着一些蛛丝马迹残留，一些与其有些渊源的强者，还是能够隐约知晓一些。这些人也是怔怔地望着天空上的黑色裂缝，面色苍白得可怕，那眼瞳深处，恐惧一点点凝聚着。

"真不愧是火焰祖符的掌控者……"

裂缝之前，那三大异魔将笑眯眯地望着远处的摩罗，眼中有些凝重。显然面对着转轮境实力，并且还手握火焰祖符这等天地神物的摩罗时，他们即便身为异魔，也不敢存有丝毫的小觑。

远古以来，他们已有着太多的强者，折损在了这些祖符掌控者手中……

摩罗目光淡漠地盯着那三大异魔将，旋即其手掌抬起，轻轻挥下。

轰！

伴随着摩罗手掌挥下，只见得那炎神殿中，突然有着众多磅礴气息爆发而出，漫天光影闪烁，一道道身影闪现出来。

那城市之中的无数人望着天空上突然出现的大批人马，眼神皆是一凝，旋即脸庞上涌上骇然之色。他们发现，这些人居然都是炎神殿中名头极响的强者，这一次的炎神殿，竟然出动了他们所有的力量……

天空上，三大异魔将望着那些将这片天地团团围住的炎神殿顶尖强者，眉头也是挑了挑。

"现身吧。"摩罗目光灼灼地盯着那巨大的黑色裂缝，再度出声。

"呵呵，你们这些祖符掌控者，还真是不好应付呢……"

巨大的黑色裂缝之中，黏稠的黑色魔气，突然如同潮水般涌出来，那黑色魔气一接触到这片天地，便爆发出刺耳的声响，原本弥漫天地间的元力，在一接触到这些黏稠的黑色魔气时便彻彻底底地消散而去。

一股恐怖得无法形容的气息，自那裂缝之中出现，无数强者惊骇地抬头，仅仅是这股气息，便压制得他们瑟瑟发抖，甚至是有着跪伏下去的冲动。

咕噜噜！

滔天的黏稠黑气突然蠕动起来，然后一座巨大的黑色王座，缓缓地在天空上成形。在王座成形时，其上，一道人影，却不知何时已出现在了那里……

人影一身紫袍，面目竟是与人类无异，只是其身后，有着一对狰狞魔翼伸展开来，魔翼呈现紫金色泽，伸展之间，仿佛有着一股毁灭般的波动散发开来……

他有着一对紫色的眼瞳，其中不见有任何的感情色彩，那对眼瞳，犹如死神之目。

"这……就是异魔王吗？"林动眼睛眨也不眨地望着那紫袍男子，面色也凝重起来，后者的恐怖气息，令他体内的两大祖符都微微震动着。

摩罗同样凝视着那紫袍男子，片刻后，他眉心间的火焰符文陡然燃烧起来，身体缓缓地悬浮而起，赤红的火焰自其周身席卷开来，那股波动丝毫不弱于那紫袍男子。

"吾名天冥，你可以称我为天冥王……这是我座下三大魔将，承蒙摩罗殿主盛情相邀，今日方才万里而来。"紫袍男子面带笑容地看向摩罗，和气说道。

"明知是局，你还敢来犯，看来信心不小呢。"摩罗淡淡地道。

"呵呵，雷霆祖符诱惑力可不小，值得来一趟，而且，即便雷霆祖符是假的，可火焰祖符却是真的。"天冥王笑道。"早便知晓摩罗殿主身怀火焰祖符，只是一直不能出手，既然今日现身，也顺手将火焰祖符取走。这等神物，还是不要落在你们手中为好。"

"想从本座手中取走火焰祖符，就怕你没这份能耐！"摩罗双目微眯，道。

"呵呵，我族能轻易抹除雷府，自然也能抹除你炎神殿。"

"付出一名王阶异魔的代价，这可谈不上轻易……即便你们异魔还有残党站在这天地间，可王阶，你们又能有多少？"

天冥王淡淡一笑，只是那笑容，却是陡然间变得森厉了许多，他那紫瞳盯着摩罗，缓缓地站起，滔天魔气，也遮天蔽日地弥漫而出。

"这片世界，总归会是我们的……"天冥王笑声落下，旋即望向下方的林动。"这个小家伙怎么让我感到如此讨厌呢……比看见你还要让人讨厌……"

"杀了他。"天冥王咧嘴一笑，露出白森森的牙齿，森寒杀意令人浑身发冷。

"是！"那三大魔将闻言，应道。旋即他们身形一动，空间便是扭曲起来……

"你敢！"唐心莲见到他们竟然要对林动出手，美目顿时冰寒，一声冷喝，那足下火凰便欲呼啸而出。

"嘿嘿，你们还是老实待着吧。"前方空间扭曲，两道黑影闪现出来，魔气升腾间，不仅将火凰挡回，甚至连唐心莲身旁的赤云长老都难以抽身。

见到两大魔将阻拦，唐心莲俏脸一变，目光急忙转下，只见到一道黑光，已

出现在了下方林动前方。

"师父！"唐心莲见状，急忙喊道。

面对她的喊声，摩罗却并未有所动作，他紧紧地盯着远处站起身来的天冥王，面对着这种级别的对手，他不敢有丝毫的怠慢。

林动身前空间扭曲，那全身包裹在黑气之中的异魔将闪现出来，他目光漠然地看了一眼前者，一掌拍出。

"虽然不知道你这小子有什么好重视的，不过既然大人说了，那便收了你的小命吧。"

这异魔将一出手，林动周身大地便崩塌下去，甚至连空间都扭曲起来，封锁了他的所有退路。

以他现在的状态，面对着一名堪比转轮境的超级强者，根本毫无反抗之力！

林动抬头，看着那迎面而来的黑光，一咬牙，眼睛微闭了起来。

然而，就在他眼睛要彻底闭拢的时候，一道璀璨青光陡然闪烁而起，旋即熟悉的龙吟之声响彻。

嘭！

林动身后空间瞬间破裂，一只青龙巨掌直接洞穿而出，狠狠地轰在那异魔将身体之上，一股可怕的力量席卷而开，那实力达到转轮境的异魔将，竟然在这一掌下，倒射出上万丈，沿途所有的建筑，都在他碰触间，化为粉末……

无数人骇然失声。

林动也愕然地望着这一幕，旋即他猛地偏头，只见得身后那破裂的空间中，青光浮现，一道颀长的身影缓步走出，戏谑的清朗笑声，也是在天地间回荡而开。

"我青雉选中的人……怎能让你们随随便便就给杀了？"

青光弥漫开来，那一袭青衫的颀长身影，停在了林动的身旁。男子模样相当英俊，黑发在轻风的吹拂下摆动着，显得清逸脱俗。

城市中无数人望着这长相极好的青衫男子，眼中却有着掩饰不住的震撼与骇然，而这种骇然的源头，自然是那前方万丈之长的深深沟壑以及沟壑尽头的一道狼狈黑影。

从那所谓魔将的身体上，所有人都能够感应到恐怖的气息，那足以媲美转轮境的超级强者，然而……拥有着如此恐怖实力的强者，却被这青衫男子随意一掌拍飞万丈……这实力，究竟是多强？

"轮回境……"

一些强者面面相觑，从嘴中冒出了一个带着些许颤抖与干涩的声音，能够将转轮境强者逼成这样，除了那种踏入轮回境的巅峰强者之外，还有何人能够办到？

这简单的三个字，光是说出来便需要莫大的勇气。在这天地间，只要达到转轮境的实力，便足以成为一方霸主，而至于更上一层的轮回境，几乎算是天地间的巅峰，这等强大的存在，在很多人心中，如同神一般。

然而现在在这里，他们却亲眼见到了一尊这般恐怖的存在出现，那种震撼，自然是难以言明。

"青雉前辈……"林动望着身旁的青衫男子，眼中有着惊喜之色涌来。

"呵呵，小家伙，好久不见啊……"青雉望着林动，微微一笑，旋即他看了一眼不远处那重伤的华辰和徐修，笑道，"做得不错，此次计划能成，多亏你了。"

林动听得这番评价，倒是有点儿不好意思，他知道这里发生的一切事情，恐怕都早被青雉所知晓。

青雉见到林动这模样，脸上神色也愈发温和，而其眼中，同样有着一抹欣赏之色。当年第一次见到林动时，后者不过只是一个刚刚从低级王朝中走出来的少年，而在这短短两三年中，这个逐渐成长起来的年轻人，正在以一种惊人的速度变得强大耀眼。

看来他看人的眼光，并没有减弱呢！

嘭！

远处的废墟中，黑雾突然暴冲而出，将周围的巨石震成粉末，那满身缭绕着黑雾的魔将狼狈地爬起来，阴狠的目光，盯着青雉，只是那眼中，有着掩饰不住的忌惮。

青雉看了他一眼，然后抬头注视着天空上那与摩罗对峙的天冥王，淡淡地道："天冥王……倒是听说过你的名头。"

"呵呵，青龙王青雉……你果然没死。"天空上，那天冥王看着青雉，一对紫瞳微微一眯，道。

"托你们的福，侥幸迈进轮回境。"青雉笑道。

"一名轮回境，一名祖符掌控者，看来你们此番倒是计划得相当周密啊。"天冥王淡笑道。

"你们在这天地间潜伏这么多年，也该露头了，这里不属于你们……"摩罗沉声道。

"我们也想离开这里呢……要不你们帮我们将那位面封印解开？"天冥王笑容玩味地道。

"与其这样……那还是把你们这些异魔全部都灭了吧。"摩罗淡淡的声音之中，有着凛然杀意升腾。那位面封印乃是远古符祖以生命所化，若是被解开，这异魔族必然会大肆进犯，到时候，这个世界，都将会面临一场灾难。

"哈哈，这事连那符祖都办不到，就凭你们？"天冥王笑道，即便是在面对着青狌和摩罗二人时，他却依然没有太多的惧色。

虽说这火炎城乃是炎神殿大本营，但天冥王这边却是阵容骇人，一名异魔王，三名异魔将，这般阵容，简直足以将任何一个超级势力搅得天翻地覆！

青狌闻言却是不怒，反而哂笑，道："我对你们这些家伙潜藏这么多年的目的倒是有些好奇，不知天冥王能否将你们的打算告知一下？"

"相信本王，你不会想要知道实情的……因为那会让你们感到绝望。"天冥王淡笑道。

"既然如此……"青狌摇了摇头，道："那便只能将你封印，再来获取情报了啊……"

"哈哈，你们可知道封印一位异魔王所需要付出的代价？"天冥王大笑。异魔与人类不同，他们拥有着极端顽强甚至恐怖的生命力，想那雷帝当初为了封印一名异魔王，几乎是以生命为代价，眼下虽说青狌与摩罗联手，即便战斗力能够压制这天冥王，可要将其封印，依旧有着不小的难度。

"好多年未曾与你们交手，看来今日，终是得动手一次了……"青狌微微一笑，旋即偏头看了看林动，手掌轻轻拍了拍后者肩膀，掌心中青光涌动，接着林动便是察觉到一股澎湃元力如同洪水般涌进他的体内。

这些元力，极端精纯，而且其中还有着一种令林动相当熟悉的感觉，那是青天化龙诀的力量。

"用吞噬祖符吞噬它们，恢复状态……那天冥王需要我与摩罗联手才能让他无法逃脱。"

林动一怔，旋即迟疑道："那还有三大魔将……"

异魔王的确是恐怖，但三大魔将同样不是什么寻常角色，这可是相当于三名转轮境的超级强者，而以炎神殿的实力，还没办法一次性吃下三大魔将。

"那三大魔将，赤云会对付一位，然后唐丫头会率领炎神殿顶尖强者围剿一位，当然，这还需要你的帮忙。"青狌道。

"可还有一位……"林动眉头微皱。

"呵呵，自有人对付他。"青雉笑了笑，不再多说，身形一动便出现在摩罗身侧。

"你总算是现身了。"摩罗看了青雉一眼，道。

"若是你计划失败，我现身也是无用。"青雉笑道。

"有你选中的那小家伙在，这点信心都没有吗？"

"倒的确是出乎我的意料……呵呵，竟然能够依靠自己将青天化龙诀修炼到这一步……"青雉微微一笑，眼中掠过一抹赞叹。

"这小家伙不错，有魄力有能耐，我挺喜欢的，如果能把他跟心莲凑在一起，我也不怕后继无人。"摩罗嘿嘿一笑，然而他此话刚刚落下，却猛地见到不远处那足踏火凰的唐心莲将凌厉羞恼的目光投射了过来，当即干咳了一声，想来是没料到自己这宝贝弟子竟然如此耳尖……

"还是先将眼下的大麻烦解决吧。"青雉笑着摇了摇头，道。

摩罗闻言，也是逐渐地正色，双掌一握，赤红的火焰缓缓升腾起来。这一战，想来会是一场真正的恶战，天地间，已经是好多年未有王阶异魔出现……

在天空上那对峙成形时，林动体内吞噬祖符已是悄然运转起来，然后以一种惊人的速度将青雉灌入他体内的雄浑元力尽数吞噬吸收。

而在这般吞噬间，林动枯竭的元力，也在以一种惊人的速度恢复着。

此时一道红色倩影自天空掠下，出现在林动身旁，一把抓住林动的手掌。

"又来？"林动哭笑不得地望着这一幕。

"师父让我把那道雷霆祖符本源还给你！"唐心莲俏脸一红，狠狠地瞪了林动一眼，然后不再理他，玉手中淡淡的银光升腾，钻进林动体内。

嗡！

随着这道雷霆祖符本源入体，林动立即感受到雷霆祖符震动起来，低沉的雷鸣在其体内回荡着，璀璨的雷浆呼啸出来，奔腾在林动四肢百骸，而在这些雷浆的涌动下，林动先前剧烈大战所产生的伤势也在以一种惊人的速度恢复着。

"终于是完美了呢……"

感应着体内迅速恢复，甚至比起之前还要更为强盛的力量，林动手掌紧握，这一霎，他清晰地感觉到，那雷霆祖符的一丝缺陷，彻底地圆满。

澎湃强大的力量，再度涌动在他的身体之中！

第七章 除异魔

磅礴元力，自林动体内席卷而出，那股雄浑程度，比起之前更胜一筹，显然，先前的一番苦战，于林动而言，同样是有着不小的好处。

"吞噬祖符，果然厉害……"唐心莲望着以如此惊人速度恢复过来的林动，忍不住地赞叹道。若是换作她，怕至少得一日时间方才能够恢复，但林动却将这个时间缩短了无数。

"青雉前辈帮了我一把，再加上那回归的雷霆本源，我的实力似乎又精进了不少……"一团白气自林动嘴中喷吐出来。白气之中，弥漫着极为浓郁的生气，而且在那些生气最中心的位置，隐隐间，能够看见一丝丝极为微弱的黑色光华闪烁着。

"这是……死气？"唐心莲美目微凝，望着白气之中微弱的黑光，旋即展颜一笑，"恭喜啊，看来你距突破到死玄境仅有一步之遥了……"

林动微微一笑，心境却是忍不住地有些澎湃。死玄境，这在他眼中曾是一个高不可攀的层次，但眼下，他却已是近在咫尺，这一年的苦修，终归是没有白费。

"接下来打算怎么办？"林动抬头，看了看遥遥天空上那巅峰对峙，又瞥了一眼那魔气滔天的三大魔将，眼神凝重了一些，道。

"天冥王由师父与青雉前辈联手压制，赤云长老会对付一名魔将，我会率火

62

神卫以及炎神殿的顶尖强者围剿另外一名魔将。"唐心莲轻笑一声，在说着这般话的时候，她神采明艳，一对湖泊般的明眸中充满着自信。

"那可是相当于转轮境的超级强者。"林动摩挲着下巴，炎神殿中，虽然还有着不少顶尖强者，但想要联手对付一名魔将可并不算简单的事。

"若是一盘散沙，自然无法对付一名转轮境的超级强者，不过，在我的统率下，却并不是办不到。"

唐心莲偏头，轻轻拍了拍林动肩膀，她犹如君临天下的女王般俯视着他，笑容明媚而清傲："单打独斗，我或许不是你这变态的对手，不过若是真要以战争的方式来解决，本姑娘能虐你无数次！"

林动无言，干咳一声，被一个年龄相仿的女孩子这般不客气地对待，这让他那男人的自尊心略感不爽。当然他也明白，他只身单影惯了，统率之能的确比不上唐心莲，要让他来率领一群强者联合作战，或许只会越弄越糟。

唐心莲见到林动那悻悻的模样，唇角的笑容愈发动人，不过她估摸着眼前男子的自尊心已达到边缘，所以聪明的她声音顿时一缓，笑道："当然，想要对付这异魔将，我这里也需要你的帮忙。"

"你那么厉害，还需要我呢？"林动摸了摸鼻子，嘟声道。

"好啦，你一个大男人，没这么小气吧？"唐心莲一笑，道，"这些异魔将的异魔气相当难对付，想要压制，则是需要祖符的力量。不过你放心吧，我不会让你暴露的。"

林动点点头，再度问道："还有一名异魔将，谁来对付？"

"呵呵，那最后一名异魔将就交给我来吧。"

突然有着笑声在林动身后响起，他猛地回头，只见两道身影闪现出来，其中一道正是慕灵珊，只不过此时的她却是被一只大手拎着，而那人，也并不陌生，赫然便是当初与林动有过一面之缘的慕岚……

"慕岚前辈？！"林动惊喜地望着这现身之人，想来是没料到连慕岚都出现在这里。

"我与青雉一同来的，这么大的事情，总得来凑凑热闹。"慕岚冲着林动笑了笑，不过旋即他的笑容便变得无奈起来，低头望着那张开小嘴把他手臂狠狠咬住的慕灵珊，此时后者正瞪着愤怒的大眼睛，含糊不清地道："放我下来！"

"你个惹祸精，哪里的麻烦都有你。"慕岚笑着说了一声，然后将她放下，后者顿时窜到林动身后，小脸上满是不爽。

"那最后一名异魔将交给我来对付吧，好多年未曾跟他们交手了……"慕岚看向林动与唐心莲，笑道。

"那便有劳慕岚前辈了。"唐心莲微喜，而此时天空破风声传来，一道道气息雄浑强大的身影出现在其身旁，正是那些炎神殿中的顶尖强者。

林动扫过那些出现在唐心莲周围的人，眼神却忍不住地一凝，这里二十来人，几乎全部都是处于死玄境的实力，而其中有四名老者气息更是惊人，居然已经达到了死玄境圆满的地步！

这般阵容，看得林动暗暗咂舌，真不愧是炎神殿，难怪能够成为这乱魔海中的一方霸主……

"哈哈，慕岚，看来此番老夫要同你联手了。"天空中，一道红光闪现，那炎神殿的大长老赤云现出身来，大笑道。

慕岚含笑点头，气度从容潇洒。

"凭这些人马，也想阻拦我三大魔将不成？"天空中，魔气弥漫，那三大魔将脚踏黑云，目光森冷地望着下方，怪笑道。

"赤云长老，一人一个？"慕岚淡淡地看了那魔气滔天的三大魔将一眼，然后冲着赤云长老笑道。

"好！"赤云点头大笑，旋即两人身形一动，直接出现在那三大魔将前方，浩瀚元力涌出，仿佛元力海洋。

"狼魔，那些蝼蚁就交给你了，这两人由我与狮魔对付。"三魔将之中，一人目光森冷地道。

"没问题，这火炎城，今日注定血流成河，既然现身，那自然是要让这些卑微的人类知道我异魔的可怕！"那被称为狼魔的魔将森然一笑，双目之中，充斥着杀意。

"心莲，他交给你了。"赤云长老一声沉喝，旋即与慕岚对视一眼，浩瀚元力直接化为惊天动地般的攻势，席卷向那两大魔将。

而随着四人的动手，这片天地仿佛都颤抖起来，城市之中，无数人仓皇逃出。这种层次的战斗，只是波及，恐怕便会灰飞烟灭。

"炎神殿所有弟子听令，立即归位，启动护殿大阵，生玄境以下者，不得出手！"

唐心莲此时俏脸也是陡然冷肃，其手中紧握修长的火凤枪，清冷的喝声，响彻全城。

"是！"无数道应喝，几乎同时响起，旋即林动便见到庞大无比的城市中，突然铺天盖地的光影掠向城市的各个方向，然后耀眼的赤红光芒冲上天际，最后形成一道万丈庞大的阵法，阵法旋转，其中有着近乎生生不息的可怕元力酝酿着。

"炎神殿执法队听令，结天炎阵法，镇守大阵之北！"

"炎神殿火神卫听令，结降魔火阵，镇守大阵之南！"

"炎神殿炎军听令，结炎神之阵，镇守大阵之西！"

"……"

唐心莲俏立城市中央，那清澈的喝声，竟是噙着丝丝威严，在这城市之中不断地响起。而每伴随着她喝声的落下，都会有着大批军队自城市的一角呼啸而出，井然有序地矗立天际，那一道道气息汇聚在一起，直冲云霄。

林动抬头望着那迅速组建起来的庞大军队，眼中有着难掩的震撼之色，这些才是炎神殿的真正战斗力，如此庞大的数量，却在唐心莲的手中，行云流水般地运转开来并且形成一台可怕的战争机器。

他看着前方那玉手紧握火凰枪的曼妙倩影，此时的她，具备着真正统帅的魄力与威严。

伴随着天空阵法成功部署，唐心莲霍然抬头，一对美目泛着凌厉与冰寒，遥遥地锁定天空上那异魔将，冰冷娇喝，响彻天地。

"诸位长老，随我出手，斩异魔，护神殿！"

唐心莲娇躯掠出，而随着她一动，那后方二十多名尽数踏入死玄境的炎神殿顶尖强者眼神也是一凛，即便是那四名踏入死玄境圆满的炎神殿长老，也是立即动身，将唐心莲护于中心。

林动望着唐心莲，也是暗暗咂舌。那些长老在炎神殿之中显然拥有着极高的地位，但此时，在唐心莲的指挥下却没有丝毫的抗拒，显然在他们的心中，都相当认同唐心莲的能力。

而想要做到这一点，以唐心莲的年龄来说，倒是一件有些让人感到不可思议的事，这女孩，的确是拥有着让人动容的能力，难怪摩罗会如此放心将炎神殿所有的武力都交由她控制。

这个女孩的本身实力与天赋就已相当了不得，而她这种统率之能更为厉害。

"心莲姐姐好威风。"慕灵珊望着那在众多炎神殿顶尖强者保护中掠出的唐心莲，忍不住有些羡慕地道。

林动笑着点点头，然后摸了摸慕灵珊小脑袋，道："梦琪姑娘她们呢？"

"我先前让她们远离了。"慕灵珊嘿嘿笑道。

林动这才放心下来，接下来这火炎城的战斗显然会相当恐怖，古梦琪她们若是被波及的话，想来连逃都逃不了。

"真是恐怖的战斗啊……"林动心中一声轻叹，旋即抬起头望着这辽阔的天地，此时在这天地最遥远的地方，三道人影对峙，那是摩罗、青雉以及那位天冥王的战场，而那也是这里最为巅峰的交手。

虽说唐心莲统率着炎神殿众多的强者能够抗衡一名魔将，但却绝对不可能对一位异魔王产生威胁，那种层次的存在，已经很难再用数量去弥补。

在最顶层的战场之下，又分为三处。其中两处便是慕岚与赤云长老，他们各自阻拦了一名异魔将，双方的实力都处于转轮境层次，若是不动用一些撒手锏的话，基本算是不相上下，不出意外的话，战局也会僵持着。

而那最后一处战场，则是唐心莲所率领的炎神殿军队以及顶尖强者，这里算是最不稳定的一处，虽然炎神殿这边人多势众，但却不能有半点破绽，不然一旦被那异魔将打乱阵型，那接下来的战斗，无疑将会呈现一面倒的态势。

毕竟不管怎么样，想要围剿一名转轮境的超级强者都不是什么简单的事。

不过，虽说这之中有着极大的风险，但林动却是莫名地有着不小的信心，他相信以唐心莲的能力，应该能够将炎神殿的这些武力催动到极致，不会露出任何的破绽。

先前的他，在那争霸赛中露尽风头，但现在这场惊天之战的主角，却是换成了唐心莲。这个名声响彻整个乱魔海的炎神殿火仙子，将会让无数人看见她真正让人震撼的一面……

在林动抬头注视着天空上的对峙时，一道破风声也是从远处传来，落到他的身旁，他偏头一看，来人竟是那小象王周泽。

对于此人，林动颇有好感，当即冲着他和善地点点头。

周泽也是笑了笑，抬头注视着那在炎神殿众多顶尖强者保护之中的唐心莲，那俊逸的脸庞上，掠过一抹复杂的爱慕之色。

"是个很有魅力的女孩吧？"周泽笑道。

林动一怔，点点头，他知道周泽相当喜欢唐心莲，不知道这是否会是襄王有意神女无心……

"第一次见到她的时候，我就喜欢上了她，不过这些年下来，她似乎一直把我当作朋友。"周泽喃喃道。

林动一头雾水，想来不明白为什么这周泽会来跟他说这些莫名其妙的话。

"刚才她的那些举动，是我这么多年第一次看见……她是个好女孩，多珍惜一下。"周泽最终面色复杂地拍了拍林动肩膀，说出来的话却是让后者脸都绿了。

周泽说完，却是一声叹息，不再多说，转身而去。

"哎……"

林动喊了一声，但周泽只是摆摆手，身形一动便掠了出去，远远地有着声音飘来："这里虽然混乱，但相信以她的能力应该能够对付那异魔将……我便不多留了。"

"真是……"林动无言，旋即苦笑摇头，将这乱七八糟的事情甩出脑袋，然后抬头，面色凝重地望着天空上的一处战场，那里的气氛，已是剑拔弩张。

"一些杂鱼，也敢来阻拦本将，真是不知死活！"

那被称为狼魔的异魔将，双臂抱胸，望着远处的炎神殿大部队，布满金色纹路的脸庞上却是有着讥诮的笑容。

唐心莲平静地注视着那狼魔将，旋即其手中火凰枪抬起，冷喝出声："诸位长老，天地一体法！"

"是！"众人齐声应喝，印法瞬间变幻，一道道赤红光线从他们体内暴射而出，互相交织，以一种极为复杂的轨迹，将二十八人尽数连接在一起。

而在那轨迹的最中心位置，则是唐心莲所在，那一道道射出的赤红光线，最终皆是连接在她的身体之上。

嗡！

随着最后一道赤红光线的成功连接，突然浩瀚如海般的元力波动爆发而起，其中二十九人的气息，竟然隐隐有着一种极为玄奇的融合迹象。

林动惊讶地望着这一幕，他能够感应到，阵法之中那二十九人的气息仿佛在此刻变得平衡，甚至连体内的元力都是连接在一起……

现在与其说他们是二十九人，还不如说只是一人更为合适，不过，这种连接之法，很是危险，一旦平衡出了差错，便会导致整体崩盘。这阵法的中枢所在是唐心莲，是她在操控以及分配着那来自二十八名顶尖强者体内的磅礴元力。

"竟然能够做到这种程度……"林动眼神有些凝重，唐心莲的实力，或许在这些炎神殿顶尖强者中并不算凸出，但她却是能够将那种浩瀚元力完美地分配到一种平衡的地步，这一点，就算是林动都做不到。

"好个厉害的小丫头。"那狼魔将望着这一幕，脸庞上的讥诮终是收敛了一些。他能够感应到，此时这二十九名炎神殿顶尖强者，已是浑然一体，攻守进退之间，

皆是极其完美。

"不过本将会让你明白，在绝对的实力面前，一切的手段，都毫无作用！"狼魔将低沉冷喝，旋即其手掌一握，滔天的异魔气汇聚而来，直接化为一柄巨大的黑矛，黑矛之上，弥漫着诡异的纹路。

"杀！"冰冷喝声，陡然自唐心莲嘴中传出，旋即赤红光华冲天而起，那二十九人几乎是同时掠出，唐心莲手中火红长枪，携带着惊人的波动，快若闪电般地奔掠向那狼魔将周身要害。

叮叮叮！

狼魔将手中黑矛震动，直接化为道道矛影，以一种极为霸道的姿态，硬生生地将那一道道凌厉枪影，尽数接下。

砰砰！

狂暴的能量在天空上爆炸而开，惊人的波动席卷开来，可由唐心莲二十九人所组成的阵法，纹丝不动。

唐心莲俏脸冷若寒冰，玉手紧握长枪，猛地一振，那二十八名顶尖强者眼中也是杀意暴涨，气息浑然一体，而后再度形成排山倒海般的可怕攻势，攻向那面色逐渐凝重的狼魔将！

林动抬头，面露惊色地望着天空上那与狼魔将战成一团的奇特阵法，旋即他双目微眯，视线却转向了天空上的四支炎神殿的军队，那里，隐隐间，有着一股惊人的波动在成形。

虽然林动暂时并不清楚那是什么，但显然，那依旧是唐心莲所备的强大后手……这个女孩，即便是连林动都不得不承认，真是有些恐怖。

虽说此次的对手是一名转轮境的超级强者，但最终结果，似乎犹未可知……

浩瀚的元力如同风暴般在天际席卷开来，那种惊人的声势，看得那些退出火炎城的无数人面色惊骇。

嘭！

天空上，二十九道身影组成玄奥阵法，磅礴元力如同溪流般连接着每一人，这令他们的气息皆是处于一种极端平衡状态，攻守之间，犹若一人。

咻！

凌厉枪影洞穿虚空，夹杂着一股恐怖的力量，狠狠地攻向那身后魔气滔天的狼魔将。

"天狼斩!"那狼魔将望着这般凌厉攻势,一声冷笑,手掌一握,磅礴魔气直接在其手中凝聚,而后化为一柄百丈庞大的黑色巨刀,刀身之上,一头狰狞黑狼仰天长啸,接着陡然怒劈而下。

咻!

刀身斩下,空间顿时被撕裂开来,刀风未落,下方大地之上,已出现了一道千丈庞大的深深沟壑,那般可怕之力,让人心惊胆寒。

铛!

枪影刀光相撞,惊天之声响彻而起,下方百丈范围之内,所有的建筑物都被那股余波震成粉末,大地之上,巨大的裂缝,犹如蜘蛛网般刺眼地蔓延开来。

天空中,二十九道身影齐齐暴退,每一人身体都是一震,那股侵蚀而来的力量被他们完美地分摊下来,这样一来,原本足以让一名死玄境圆满的顶尖强者都重伤的可怕攻势,却仅仅是令二十九人出现了细微的伤势。

"好玄奥的天地一体法。"林动望着天空上那激烈的交锋,他能够清晰地感觉到,那阵法之中二十九人的力量,几乎完全融合在一起。他们的攻击力,以二十九倍的程度增长着,但每一人所受到的攻击,却仅仅只是二十九分之一。

有这般玄奥的阵法,难怪唐心莲会有信心与那异魔将抗衡。

"杀!"唐心莲明眸冰寒,她的俏脸因为先前那种凶猛对碰微微白了一分,不过很快便在那一股股飞快涌入体内的浩瀚元力补充中恢复过来,她手中火凰枪一颤,嗡鸣声响起,一声冷喝,那二十九人再度暴掠而出,宛如一体。

砰砰砰!

惊人的对碰,在天空上不断地爆发开来,那道由二十九人结合而成的阵法,操纵着滚滚元力,不断地与那携带着滔天魔气的狼魔将凶狠交锋,而下方的一片片巍峨建筑,也在那一波波自天空上弥漫而开的能量涟漪下,化为虚无。

林动盯着那愈发白热化的战斗,眼神微微一凛。凭借着过人的精神力感知,他能够隐约地感应到,随着时间的推移以及那异魔将攻势愈加凶猛,唐心莲二十九人所组成的阵法,正在逐渐地从僵持偏向下风。

死玄境与转轮境之间,毕竟有着太过庞大的差距,即便唐心莲他们凭借着阵法化为一体,可终归与真正的转轮境有一些区别。凭借着阵法,他们或许可以短时间抵抗转轮境的超级强者,可随着时间推移,种种弊端,终归是会显露出来。

而显然,唐心莲必须在这种弊端彻底暴露之前,开始使用另外的手段,否则,阵法一旦被破,他们会被那异魔将逐个击破,失去联合之力,单独作战,他们根

本不是异魔将的对手。

"该变招了啊。"林动望着那在二十八名炎神殿顶尖强者护卫中的火红明艳的倩影，喃喃道。

嘭！

狼魔将身后数百丈庞大的金色魔翼以一种遮天蔽日的形态伸展开来，魔气席卷，其魔翼犹如最为锋利的武器，唰的一声，竟直接洞穿虚空出现在唐心莲阵法上空，旋即怒斩而下。

"炎神峰！"

唐心莲等人望着那劈来的金色魔翼，眼神也是异常凝重，想来是察觉到这狼魔将此番攻势的强大，当即磅礴元力尽数呼啸而出，竟是在他们上方化为一座千丈火峰。

"可笑。"狼魔将唇角掀起一抹嘲讽冷笑，眼中寒芒涌动。

咻！

黑光犹如一道黑幕撕裂天空，直接自那火焰山峰之顶怒劈而下，一道裂缝，以一种惊人的速度自峰顶蔓延而下。

砰！

恐怖的元力波动席卷开来，而那座庞大的火焰山峰，瞬间崩溃而开，狂暴的元力，如同洪水般扩散开来。

火焰山峰被破，下方那阵法之中，唐心莲二十九人皆是一声闷哼出声，嘴角一丝血迹浮现。

"真以为转轮境的层次，是凭借一些所谓的阵法就能够抵抗的吗？"狼魔将身后金色魔翼轻轻一扇，望着那气息出现紊乱的唐心莲等人，冷笑道。

唐心莲明眸眼睛盯着狼魔将，同样是一声冷笑，道："你高兴得也太早了点。"

"嘿，牙尖嘴利的小丫头，待本将破了你这阵法，看你还有什么好张狂的！"狼魔将森然道，旋即其背后金色魔翼陡然伸展开来，那般遮天之状，煞是惊人。

然而，就在狼魔将魔气弥漫时，眼神突然一变，霍然抬头，只见得其东南西北四处方向，竟是有着极端惊人的波动散发出来。

而那种波动的源头，则是那炎神殿的四方大军。赤红光芒弥漫，隐约间，各自有着一方万丈庞大的阵法光盘，自大军中升腾起来。

"好个狡猾的小丫头！"

狼魔将眼神阴沉，自那四方万丈巨大阵法光盘中，他察觉到了一些危险，显然，先前唐心莲主要是想将其缠住，给予那四方大军构建阵法的时间。

"过奖了。"唐心莲冷笑一声，那对明媚的美目中，冰彻寒芒涌动起来，旋即其清冷喝声，在天地间传荡开来，"四军听令，天罡四象封魔阵！"

"是！"

无数道整齐的应喝声，如同雷鸣一般，轰隆隆地在天际之上响彻，而后漫天光华大作，天地间元力也是在此时沸腾，那四方万丈光盘竟也是旋转起来，而在旋转间，只见得那光盘之上，仿若有着青龙、玄武、白虎、朱雀之影成形。

"想要镇压本将，做梦！"狼魔将怒喝出声，旋即大手一握，滔天魔气席卷而来，竟是化为一轮万丈黑色光轮，光轮之上，尖啸阵阵，连空间都是荡起了阵阵涟漪。

"大天魔蚀日轮！"狼魔将一掌拍出，那万丈黑色光轮便遮天蔽日地对着一处大军呼啸而出。

"火莲炎盾，御！"

不过，就在那恐怖的黑色光轮呼啸而出时，前方空间扭曲，唐心莲那由二十九人所组成的阵法便闪现出来，浩瀚元力凝聚，直接化为一道巨大无比的莲花火盾。

砰！

惊天的巨声迅速地传荡开来，巨大的火蛇四下喷散，而那被阵法笼罩的二十九道身影也是连连败退，闷哼声中，皆是忍不住将一口鲜血喷了出来。

"阵法，启动！"唐心莲玉手抹去嘴角的血迹，却是没有丝毫退缩之意。

轰隆隆！

随着她喝声落下，只见得那天空上四方阵法，突然高速旋转起来，旋即光线席卷开来，然后交织汇聚，四方光盘连接，直接化为了一道数万丈庞大的惊人阵法，而在那阵法四周，四象之灵相随！

阵法直接将那狼魔将困在其中，旋即那四象之灵，陡然仰天咆哮，竟是同时呼啸而出，青龙龙尾甩出，白虎噬咬，玄武镇压，朱雀振翅，将那狼魔将死死地捆缚而住。

嗡嗡！

一道道玄奥复杂的光纹，也在四周成形，然后一圈圈地疯狂缠上那异魔将，那般缠绕，犹如永无止境。

"滚开！"狼魔将愤怒长啸，滔天魔气滚动，他手持巨矛，矛影铺天盖地席卷而出，试图将那阵法捆缚击破，但此时阵法已成，那由四方大军联合而成的阵

71

法，显然就算是以他转轮境的实力，也是很难在短时间中突破。

唐心莲望着那在狼魔将的反抗中逐渐颤抖起来的庞大阵法，美目也是一凝，没想到连这种程度的阵法，都无法彻底地镇压住这异魔将。

"凝！"唐心莲深吸一口气，玉手印法变幻，突然间阵法中有着不少的光柱倾泻而下，而其中的一道，则是落向了下方大地的林动身上。

光柱将林动笼罩，让外人看不清其中的景象，而在光柱笼罩下来时，林动也听见了唐心莲那略带急促的声音。

"林动，快，催动祖符之力，镇压他！"

林动眼神一凝，旋即重重点头："明白！"

终归还是到了他出手的时候。

第八章
镇压

浓郁的光柱从天而降，将林动的身体尽数遮掩其中，而他身处光柱之中，却能够将外界的一切情况清晰地收入眼中。

唐心莲做事显然相当缜密，她明白林动并不想让别人知道他拥有着祖符，因此在请他出手的同时，也断绝了一切暴露的可能。

"林动，我们只能困住这异魔将，但若是想要将其镇压封印，却还需要祖符的力量，你只需要尽力催动祖符之力便可，大阵的能量，也会助你一臂之力！接下来……就看你的了。"

唐心莲的声音，自光柱之中传开。异魔气乃是异魔独有的能量，这种能量并不存在于这个世界，却是难缠，而这也是造就了异魔那极为顽强的生命力，唐心莲他们的实力本就与这狼魔将间有着一些差距，如今能够将其困住，已是不易。

林动闻言，微微点头，旋即也不废话，径直盘腿坐下，没有了被察觉的后顾之忧，他如今也终是可以不再有所保留。

首先自林动天灵盖呼啸而出的，是那深邃到极点的黑光，这种黑光与异魔气相似，可前者神秘莫测，后者却是邪恶阴冷，完全无法共存一处。

呜呜！

黑光弥漫开来，旋即化为旋转黑洞，一股吞噬之力散发出来，只见得那四周

73

的璀璨光柱都在此时有着能量光点散发出来，然后被强行地吞噬进那黑洞之中。

黑洞浮现，林动手掌再度猛然一握，璀璨的雷光瞬间自其手中汇聚而来，无数雷蛇呼啸而开，将其簇拥，此时的他，犹如那雷中帝王，威严毕露。

黑光雷芒疯狂地凝聚着，一波波可怕的波动，以一种惊人的速度散发而出。

在那天际之上，唐心莲凝重地望着那一道光柱之中凝聚的黑光雷芒，玉手也忍不住地紧握起来。

"心莲，靠他的力量真的可以吗？"一名炎神殿的老者低头，旋即也是忍不住地道。虽说在之前他们都见识过林动那相当强横的力量，可眼下的这狼魔将比起那华辰、徐修却是强悍了太多太多，即便是他们倾尽炎神殿的力量，都仅仅只能凭借着唐心莲完美的指挥，方才将那狼魔将困住。

一旁的几名炎神殿长老闻言也是点点头，眼中有着一些担忧，他们这般辛苦才能困住这狼魔将，若是林动无法完成最后的一击，那他们之前的作为也就失去了作用。

唐心莲听得周围众多长老的怀疑声音，狭长的美目微敛，旋即那俏美的脸颊上有着一抹浅笑浮现出来："当初师父告诉我，这次的争霸赛，最终或许还得依靠林动的时候，我也并不相信，但最终的事实告诉我，那个家伙，似乎总是能够制造一些奇迹……所以，我现在也相信他。"

众长老见状，面面相觑，眼神略显古怪，唐心莲见状，脸颊顿时微红，忍不住有些羞恼地道："你们在想什么呢？！"

众长老干笑，旋即连忙岔开话题，眼前的唐心莲虽说算是晚辈，但在炎神殿中地位，可丝毫不比他们低。

轰隆隆！

而在他们谈话间，那光柱之中，黑光雷芒愈发狂暴，那种程度，看得那四名踏入死玄境圆满的炎神殿长老眼神都凝了一下，旋即暗叹，祖符的力量果然强横，不过这与摩罗比起来，似乎还有着不小的差距。

黑光雷芒荡漾在林动周身，某一霎，他陡然抬头，此时其一对双目，一只漆黑如夜空，其中仿佛是有着黑洞旋转，吞噬天地万物，而另外一只，则是雷光闪烁，似是衍变着雷霆世界，种种狂暴，在其中成形。

"去！"

林动体内元力疯狂奔腾，旋即双掌猛地挥出，一黑一银两道巨龙，竟自其掌心呼啸而出，张牙舞爪地咆哮着，冲进周遭那巨大的能量柱之中。

嗡!

随着这两股磅礴力量的灌注,那璀璨的能量光柱都在此时变得狂暴了起来,那弥漫天空的万丈光阵竟也悄然有着黑银两色光芒散发出来。

在大阵的中央,那狼魔将正展动着金色魔翼,汇聚着滔天魔气与那四象之灵缠斗着,而显然,伴随着这种僵持的持续,他正在逐渐占据上风。

狼魔将猛地一拳轰出,磅礴魔气化为无数狰狞狼头,狠狠地轰在那青龙之灵的光影之上,可怕的波动,直接将那青龙之影震得虚幻了一些。

"哈哈,这便是你们最终的手段?不堪一击!"狼魔将仰天大笑,魔翼扇动,携带着滔天魔气,攻势一波胜于一波地席卷而出。

"嗯?"

然而,就在这狼魔将大笑刚刚落下时,他眼神陡然一凝,那四象之灵再度扑来,而这一次,黑银两色突兀地自它们巨嘴中喷射而出,旋即竟化为黑银相间的巨大锁链,将其死死缠绕。

"哼!"狼魔将眼神一寒,异魔气席卷而出,就欲将那锁链侵蚀而去,然而此次,先前占尽上风的异魔气却发出刺耳的吱吱声响,而那捆缚在身体之上的黑银锁链,仿佛越来越紧。

这般变故,终令狼魔将面色剧变,不过他毕竟也非寻常角色,当即眼神一寒,只见得其背后金色魔翼之上,突然金纹脱落,而随着金纹的脱落,这狼魔将的身体,竟然以一种极为骇人的速度膨胀起来。

轰轰!

短短十数息的时间,这狼魔将的身体,已有将近千丈庞大,在其身后,魔气滔天席卷,远远看去,犹如那灭世之魔。

嘎吱嘎吱!

随着狼魔将身体膨胀,那捆缚在其身体之上的巨大黑银锁链,竟然也发出嘎吱之声,显然是开始有些不支。

天空上,唐心莲等人望着这一幕,眼神也愈发凝重。林动催动出来的祖符之力,经过他们阵法之后,将会得到极大程度的强化,可即便是如此,想要镇压住这狼魔将显然也不是易事,而此时的他们,也是再也不能给予什么帮助。一切,都还是得看林动自己的本事。

"林动……加油啊……"唐心莲望着那在光柱之中的一道身影,玉手忍不住地紧握起来,虽然她明白林动本身实力总归只是生玄境圆满,即便其身怀两大祖

符，可此时的他，依然无法彻底动用两大祖符的力量。

林动面无表情，双掌再度拍出，弥漫着吞噬之力以及雷霆之力的两色光龙再度呼啸而出，冲进那阵法之中。

林动双臂之上，已是青筋耸动，他在尽自己最大的能力，催动着两大祖符！

伴随着林动的发力，那天空上万丈大阵之中，一道道黑银锁链也是不断地呼啸而出，犹如一条条黑银之龙，将那千丈巨魔死死缠绕。

咔！

狼魔将巨手抓出，魔气涌动，直接将一道巨大黑银锁链生生扯断，旋即他望向远处的一道光柱，终于察觉到，那些让他烦不胜烦的黑银锁链，就是从那里涌出来的！

"找死的东西！"狼魔将怒啸出声，刚欲发动攻势，但那大阵之中，却有着越来越多的黑银锁链冲出来，将其捆缚得动弹不得。

"本将倒是要看看，谁能坚持得更久！"狼魔将怒笑道，旋即魔翼一震，身体之上的黑银锁链，顿时寸寸崩裂。

而在锁链崩裂时，也有着不少的黑银锁链再度缠绕上来，这样一来，形成了一个诡异的僵持。

但锁链崩溃的速度，远远超过了缠绕而上的速度。

"还不够啊……"一名长老忧虑地道。以林动如今这生玄境圆满的实力，显然催动这些黑银锁链已是极限，而一旦那狼魔将脱离捆缚，这大阵，也将面临崩溃。

其他的长老也是忧心忡忡地点点头，不过却是无可援助。

唐心莲轻咬着红唇，紧紧地盯着下方那被磅礴的黑光雷芒掩盖的身影。

"他的元力，可支持不了太久了……"又过得半晌，一名长老突然叹道。

"马上就要枯竭了……"

众人望着那些从大阵中蹿出速度越来越慢的黑银锁链，心头也微微一沉。要让林动以生玄境圆满的实力来跟一名异魔将比拼能量，显然是一件很可笑的事，即便有着他们所有的人帮忙，但依旧不是简单的事情。

"元力……又枯竭了啊……"

在那光柱最底部，林动周身原本汇聚的磅礴元力，竟然已是消散殆尽，他的面庞格外苍白，旋即抬头望着那得意咆哮的千丈巨魔，淡淡一笑，双目竟缓缓地闭拢。

"彻底枯竭了……"

一名长老看着那终是停止蹿出的黑银锁链，当即苦笑，看来这次要失败了啊。

唐心莲贝齿紧咬着红唇，片刻后，她深吸了一口气，美目再度凌厉起来，玉手紧握火凰枪，沉声道："诸位长老，准备迎战！"

虽说他们手段已是用尽，不过再怎么样，都不能让这狼魔将去破坏其他的战场，不然，这将会令他们彻底地失利。

"是！"众多长老闻言，也是沉声应道。

唐心莲再度看了一眼光柱底部，霍然转身。然而，就在她即将宣布彻底动手的命令时，瞳孔猛然一缩，美目泛着浓浓的惊疑与震动地又望向那光柱尽头。

那里，原本枯竭的元力，竟然在以一种极端恐怖的速度再度恢复，那雄浑程度，比起之前还要强横无数倍！

而且，在那元力之中，她竟察觉到了一股真正的死气波动在开始诞生！

嘶。

周围的一些炎神殿强者也发现了这一幕，旋即忍不住地吸了一口冷气，双目中也有震惊之色涌出来，那压抑着惊讶的低沉声音，在半空中传开。

"他……竟然在冲击死玄境！"

呼呼！

磅礴雄浑的元力犹如潮水一般以一种惊人的速度自那光柱底部弥漫而出，而在那雄浑元力之中，隐约有着淡淡的黑气掺杂，一种独特的波动，随之散发出来。

半空中，唐心莲等人皆震惊地望着这一幕，他们皆走过这一步，自然很清楚眼下究竟发生了什么事情。

"这个家伙……竟然在这种时候冲击死玄境！"一名炎神殿长老忍不住咂了咂嘴，眼中满是惊讶之色。

"冲击死玄境，生气蕴死气，这之间可是有着无尽危险，此处可是战场，稍被波及，体内平衡打破，死气散逸，即便其肉体再强，都会从内至外化为枯骨。"

"是啊，真是个胆大的家伙，不过这个时候……似乎也唯有此途可走，这家伙是要破釜沉舟，背水一战呢。"

听得周围那些窃窃私语声，唐心莲柳眉也微微一蹙，她当然也明白林动此举的危险性，若是失败，后果怕是极其严重。

"诸位长老，出手护住他，不要让那狼魔将干扰他。"唐心莲玉手紧握火凰长枪，沉声说道。这个时候，若是失去了林动祖符之力的帮助，他们也不可能成功

地镇压那狼魔将。

"是!"众多长老点头应道。对于林动的魄力,他们倒也佩服,敢在异魔将眼皮底下冲击死玄境,这胆识,常人还真是难以具备。

唐心莲凝视着那光柱底部,隐隐能够看见一道盘坐的身影,那道身影虽说瘦削单薄,却有着连天地倒塌都压不倒的感觉,难怪连素来狂傲的师父都是如此地看重这个男人……

"放心吧,有我在,不会让他扰你分毫!"

她握着火凰枪的玉手缓缓用力,红唇掀起一抹颇为妩媚的弧度,一头红色长发披散下来,犹如火焰燃烧。

咔嚓!

此时天空上那缠绕着狼魔将的无数黑银锁链被一道道地扯断,那狼魔将巨大脸庞上有着狰狞笑容浮现出来,旋即眼神投向远处的一道光柱,怪笑道:"竟然想要在此处突破?痴心妄想的家伙!"

话音落下,只见得其身后突然滔天魔气涌动,直接化为一道千丈狼爪,狼爪上布满着金色的魔纹,一挥而出,连空间都被生生地洞穿。

"拦住他!"唐心莲见这狼魔将攻来,美目顿时冰寒下来,一声冷喝,周围那些炎神殿顶尖强者齐齐应喝,而后浩瀚元力滚滚涌出,与那千丈狼爪硬扛在一起。

嘭!

二十九道身影齐齐后退,面色皆是苍白了一分,面对愈战愈勇的狼魔将,他们也开始落入下风。

而还不待他们有所调整,那前方空间再度崩裂,滔天黑气,竟化为万狼奔腾之状,铺天盖地地对着他们冲击而来。

唐心莲贝齿紧咬红唇,那冷冽眸子中,却没有丝毫退却之意,她手中火凰枪重重一戳,再度携带着二十八名炎神殿顶尖强者之威,与那狼魔将硬扛在一起。

她知道,这个时候的林动,需要时间。

砰砰砰!

惊天动地般的碰撞,在天空之上爆发着,任谁都看得出来,在与这狼魔将的交锋间,唐心莲等人落败已是时间问题。

天空上,炎神殿那四方军队望着这一幕,却是丝毫插不上手,他们需要维持阵法的运转来压制狼魔将,一旦胡乱动手,阵法紊乱,反而会失去彻底镇压狼魔将的机会。

而在更远处的战场，正激战之中的慕岚与赤云长老也是远远地看了一眼，但都未能腾出手来，他们的对手，同样不简单。

"呵呵，看来你们要率先败上一局了。"在那最为遥远的天际上，天冥王微笑地注视着下方的战场，然后望向不远处的青雉与摩罗，笑道。

而在轻笑间，他却一指点出，只见得其指尖处，空间直接崩溃开来，一道数万丈庞大的空间裂缝犹如黑龙般成形，闪电般地攻向青雉二人。

青雉一笑，手掌一握，周身青光涌动，数以千计的青龙光纹腾飞而起，化为一道古老的青龙之掌，狠狠地拍向那万丈空间裂缝。

摩罗周身火海弥漫，疯狂旋转间，化为一条万丈火龙，携带着毁灭之力，与那蔓延而来的万丈裂缝狠狠相撞。

咚！

这般堪称毁天灭地的对碰，并没有太过响亮的声音传出，能量交织间，虚无的空间都被扭曲起来，那种冲击波，内敛到了极点，但即便是一名死玄境圆满的强者被沾染而上，也将会是尸骨无存。

这种层次的战斗，太过可怕。

"你这结论，下得也过早了一些啊。"

无数道青龙光纹在青雉脚下成形，最后化为一头数万丈庞大，近乎看不见尽头的古老青龙，他望着远处的天冥王，微笑中，却是有着无尽的威严。

嘭！

又是一股可怕的能量冲击散发而开，二十九道身影倒飞而出，面色苍白间，终是一口鲜血喷了出来，那气息，在以一种惊人的速度萎靡下来。

"你们就这点能耐？"狼魔将狰狞地望着唐心莲等人，怪笑道。

唐心莲不回答，玉手擦去唇角的血迹，明眸之中，寒光更甚。她微微挣扎着再度站起身来，手掌紧握着火凤枪，傲然相迎。

"找死的丫头。"狼魔将眼中杀意闪烁，旋即其手掌猛地一握，一柄千丈庞大的黑矛成形，唰的一声洞穿虚空，一闪下，便是出现在了那唐心莲前方。

唐心莲望着这般恐怖攻势，银牙一咬，就欲再度调动众人之力强行相迎。

然而，就在唐心莲将要出手时，那远处突然有着清啸之声响起，一股澎湃的元力，如同火山般冲上云霄。

轰！

那道光柱几乎是在顷刻间化为黑银之色，尽数冲进那笼罩天地的万丈巨阵。

巨阵瞬间蠕动起来，那镇守四方的炎神殿大军眼中也涌上狂喜，他们终于等到了这股力量。

"这股力量……成功了吗？"唐心莲明眸霍然转向那光柱底部，在那里，磅礴的元力散发而开，一道盘坐的瘦削身影，终是缓缓地站起，从其体内散发而出的气息，比起之前，强横了太多！

显然，此时的林动，已成功地突破到了死玄境！

"四军听令，全力运转阵法！"唐心莲俏脸之上同样是有着喜色涌出，林动催动的祖符之力相对于整个阵法而言或许只是九牛一毛，但却是点睛之笔，唯有这股力量掺入，他们方才能够真正镇压这狼魔将！

"是！"听得唐心莲的命令，那炎神殿四支军队顿时齐齐应喝，所有人都拼命地催动着体内的元力，灌注进入阵法之中。

轰隆隆！

万丈巨阵缓缓转动，在那阵法中心，黑雷光芒凝聚，浩瀚如海洋的元力则是源源不断地融入进来。

咻！

突然间，大阵一颤，只见得在那中心位置，一道千丈庞大的黑银锁链，陡然呼啸而出。

这根锁链极端庞大，上面布满着黑色以及银色的光纹，一种奇特的力量，隐藏在其中。

"哼！天狼魔像盾！"那狼魔将见到暴掠而来的黑银锁链，眼中也有着森寒光芒闪烁，旋即仰天咆哮，滔天魔气席卷而出，在其前方，化为一道巨大无比的黑色魔盾。盾牌之上，天狼啸月，魔像狰狞，一种无法撼动之势，弥漫而出。

咻！

蕴含着四支炎神殿军队所有人力量的黑银锁链以一种惊人的速度洞穿虚空，重重地轰击在那黑色魔盾之上。

铛！

响亮无比的金铁之声传荡开来，一道道空间裂纹，在天空上蔓延，再接着，那魔盾之上，竟有裂缝飞快地蔓延而开。

砰！

黑雷锁链犹如怒龙般冲破魔盾，最终狠狠地自那狼魔将身体之上，洞穿而过。

咻咻！

黑银锁链，犹如一条巨龙，穿透他的身体，黑色光纹以及雷纹悄然钻进他的身体之中，印附在他的身体内部。

滔天般的魔气迅速消散，狼魔将那千丈身躯，也在以一种惊人的速度缩小，最后，被那大阵之中一道光柱笼罩。

那股惊天的气息，终在此时，彻底烟消云散！

天空上，四支军队，皆面色惨白，他们望着光柱之中被镇压得动弹不得的狼魔将，片刻后，一种狂喜，涌上脸庞，欢呼之声，响彻天地。

在拼尽一切力量之后，他们终于成功地将这可怕的敌人镇压了！

第九章

灭亡天盘

　　直射云霄的光柱，逐渐缩小，最后化为一道十丈左右的光柱囚牢。在光柱四壁上，四象之灵盘踞，同时那黑银锁链也延伸开来，连接在那光柱之上，如此刚好形成完美的循环，将那狼魔将彻底地封印！

　　光柱从天空上笼罩下来，而在那犹如实质的光柱囚牢之中，那狼魔将周身被黑银锁链缠绕着，这些锁链洞穿他的身体，连其锁骨都是被生生地勾住。一道道黑色和雷光符文，源源不断地从锁链之中涌出，将那种滔天的魔气尽数镇压！

　　天空上，唐心莲等人望着那被封印的狼魔将，苍白的脸上，终于有着一抹如释重负般的笑容浮现，旋即再也坚持不住，身体瘫软。先前那番大战，耗尽了他们所有的力量。

　　哗啦啦。

　　那四支炎神殿的军队，呼啦啦地倒下一大片，不少炎神殿的弟子，皆是因为元力的枯竭而气息萎靡。

　　砰砰！

　　光柱封印之中，那狼魔将还在疯狂地挣扎着，似是在咆哮着，不过他的声音却是丝毫传不出来，被封印了魔气，他显然也是难以挣脱。

　　唐心莲一张俏脸也是分外苍白，同样颇为虚弱，但她却依旧强撑着站起身来，有条不紊地发布着命令，将四支大军轮流休整调配，而其他的炎神殿顶尖强者也在她的吩咐中，抓紧时间恢复元力。

火炎城之外，不少人的眼中都有着些肃然之色涌起来。即便是一些在乱魔海中有着不小名声的老牌强者，在看向天空上那道明艳动人的倩影时，眼神也满是钦佩。

唐心莲的实力，或许并不是炎神殿那些顶尖强者之中最厉害的，可眼下这场惊天大战，炎神殿最终能够将这强得变态的家伙封印，唐心莲居功至伟。

炎神殿火仙子，名不虚传。

众人心中皆是暗自惊叹，虽说在之前的争霸赛上，大多风头都被林动抢去，可眼下这场更为惊人的战斗，唐心莲无疑才是最为耀眼的存在。

炎神殿有此继承人，何愁不强，而且唐心莲本身天赋也极佳，只要给予她足够的时间，也必将会成为炎神殿中顶尖的强者。若是摩罗退去，并且将火焰祖符也传给唐心莲的话，那她也必将会成为这乱魔海中无人敢小觑的一方女王。

半空中，唐心莲玉手握着火凰枪，听着那从城市外面传来的排山倒海般的赞赏欢喝声，微微怔了一下，旋即低头望向林动所在的方向，此时的后者拖着同样疲惫的身体坐在一处废墟下，然后抬头看了看她，年轻的脸庞上有着一道灿烂的笑容浮现出来，最后他也对着唐心莲伸出大拇指。唐心莲之前的种种表现，即便是他，都是颇为心服。

唐心莲望着林动那灿烂的笑容，精美脸颊上有着一抹红润浮现。她知道，在这场大战中，林动出的力气丝毫不比她小，但此时的后者，却并没有站出来接受那足以让他闻名乱魔海的显赫名声，反而静静地坐在阴影中，将所有的荣耀与光环，都加诸她的身上。

他知道这种战绩，将会彻底稳固她在炎神殿的地位，这对于以后唐心莲接管炎神殿这种超级势力都将会有着极大的好处。

这个男人，的确有些特别。

唐心莲轻咬红唇，心中闪过一道莫名的感受，旋即她脸颊微烫，素来飒爽英姿的火仙子，此时妩媚动人。

林动靠着废墟，胸口缓缓地起伏着，呼吸粗重，他此时的状态并不算太好，虽说在关键时刻他冲击死玄境成功，但却完全没有时间去加以稳固，这样一来，倒是搞得他境界颇为虚浮，一个不慎，便很有可能退回生玄境。

"林动哥，没事吧？"慕灵珊娇小的身影出现在林动身旁，她担忧地问道。

别人不知道林动刚才干了什么，可她却是明明白白。

林动笑着摇了摇头，只是那苍白的面色，没有太大的说服力，而慕灵珊见状也只好嘟嘟嘴，不好再多说什么。

"不愧是异魔将啊……真是难对付。"林动目光遥遥地望着那光柱囚牢，忍不住地叹了一声，旋即心头却涌上一股痛快的豪气，那可是相当于转轮境的超级强者啊。

当年在那异魔域中，那位焚天老祖，可是倾尽了生命，方才将一名异魔将封印，而现在，他也做到了这一点……虽然绝大部分原因是炎神殿倾尽全力，但显然，他这一环也必不可缺，而且林动也相信，总有一天，他依靠自己的力量，也能够将这种可怕的对手镇压封印！

唰。

在林动心生感叹时，天空上一道明艳的情影掠来，落至他的身旁，那对明媚的眸子投在林动的身上，竟是出奇的柔和，远没有她平常的那种飒爽。

"怎么？那么大的盘子，你也能脱身啊？"林动望着唐心莲，笑道。

"现在炎神殿战力都枯竭了，也不需要再做什么，那些事情有长老们便可以了。"唐心莲玉手将开垂落在胸前的红发，旋即轻声道，"这次多谢了。"

"我身怀祖符，与这些异魔本就是对头。"林动摇摇头，旋即笑道，"而且现在谢我可还太早了，我们仅仅只是封印了一位异魔将而已，在那里，可还有着两位异魔将以及一位更恐怖的异魔王。"

"那便不是我们能够管的了。"唐心莲无奈地道。光是对付一位异魔将，他们便倾尽了所有的力量，现在的他们，根本抽调不出半点力量再去插手其他的战场。

林动点点头，现在的他，在经历了那轮番大战之后，的确是再也不具备半点战斗力了。

"至于眼下的情况要如何解决,就得看师父与青雉前辈的了……"唐心莲抬头，注视着最遥远天际的战场，喃喃道。

"呵呵，天冥王，看来先败一场的是你们呢……"遥遥天际上，青雉轻瞥了一眼大地，笑道。

远处，天冥王脸庞上原本的笑容在此时消散了许多，想来他也没料到，狼魔将竟然会败。

"看来本王倒是小觑了你们炎神殿。"

摩罗咧嘴一笑，旋即森然地盯着天冥王，道："放心，光抓一个异魔将可还满足不了我们。"

"你二人联手，我的确无法取胜，不过，本王若是要走，你们难道还能阻拦不成？"天冥王笑道，笑声中略显讥诮。

"今日你想走，怕并不是简单之事。"青雉笑道。

天冥王双目微眯，却是一声冷笑："青雉，虽说你如今晋入轮回境，不过你以为你是谁？远古八主吗？那些家伙，怕早便是坠入轮回。"

青雉微笑，长发披散而开，而其双目，却逐渐变得清莹起来，旋即其脚下数万丈庞大的青龙仰天咆哮，青光弥漫开来，竟化为一道数万丈庞大的青色光盘。

整片天地都在青色光盘下昏暗下来，大地漆黑一片，隐约间，天地间的元力仿佛暴动起来。

那天际上，正与另外两名异魔将交战的慕岚与赤云长老也停了下来，因为那万丈青色光盘，连他们都给笼罩了进去。

"这是……"赤云眉头微皱。

慕岚双目微眯着，旋即似是想到了什么，眼神微微变幻了一下……

青雉脚踏万丈光盘，他冲着远处的天冥王笑了笑，道："天冥王，不知道你有没有听说过一个东西……"

"什么？"天冥王看了一眼那数万丈庞大的青色光盘，淡淡地道。

"灭王天盘。"

天冥王的瞳孔，在一瞬间陡然紧缩，其身后空间在此时爆炸开来，那种神色，第一次出现在其脸庞之上，显然，那所谓的灭王天盘让他感觉到了真正的危险。

"远古神物榜上排名第六的灭王天盘？"摩罗也惊了一下，这底牌连他也不知晓。

"嗯，我找寻了数年时间，终于在远古一处战场中发现。"青雉点点头，笑道。

摩罗眼中有着喜色涌出，这灭王天盘即便是在那远古也是相当可怕的神物，它可是真正地斩杀过王阶异魔！

"不过……"突然想到了什么，摩罗眉头皱了下，道，"据我所知，想要这灭王天盘达到斩杀异魔王的程度，可是需要……四道祖符的加持啊……"

青雉笑着点点头。

"可我们这里……即便加上林动小子手中的两道，也才三道。"

青雉摇头，他盯着摩罗，微微一笑，道："不……我们有四道。"

"四道？"

摩罗愣了下来，他目光愕然地盯着面前微笑的青雉，旋即忍不住惊声道："难道你也得到一道祖符了？可为什么我没半点感应？"

"天地之间，祖符就八道，哪能轻易得到，而且祖符认主也殊为不易，并不是谁得到就能成为其主人的，你以为谁都能够如你和林动那般好运吗？"青雉无奈地摇摇头，道。

"那……"摩罗眉头皱了皱，那所谓的第四道祖符，究竟在谁手中？

咻。

此时下方天空，两道光影掠来，那慕岚与赤云长老出现在青雉二人身旁，慕岚看了一眼这笼罩天地般的庞大光盘，犹豫了一下，道："你要用这东西了？"

"嗯，异魔王乃是他们最为顶尖的战力，既然今日遇见了一个，那就必须斩除。"青雉双目微眯，眼中有着极端凌厉的杀意掠过。异魔王就如同他们人类之中的轮回强者，少一个那便是天大的损失，以往这些异魔王皆是潜藏得极深，根本寻不见，如今既然有机会，那自然是不能放过。

"不过，这灭王天盘据说需要四道祖符的加持，方才能够达到斩杀异魔王的程度。"那赤云长老也是有些迟疑地说道。

"这神物同样是符祖大人所炼制，当年天地大劫，符祖大人以八大祖符加持灭王天盘，光盘笼罩天地，曾一举斩杀八尊异魔王。"

青雉笑笑，旋即看向慕岚，道："而那第四道祖符，还得问问慕岚兄。"

摩罗与赤云长老一怔，目光也是投向了慕岚，而后者见状，却是面色复杂地轻叹了一声，目光望向下方的大地，那里似是有着一道娇小的身影。

"我不死圣鲸族，的确有一道祖符。"

听得此话，摩罗二人面露惊容，想来这种消息也是第一次听闻。

"不知不死圣鲸族所持的祖符，是八大祖符之中的哪一道？"摩罗沉声问道。

慕岚沉默了一下，轻声道："生死祖符。"

摩罗瞳孔微缩，声音之中都是有着一些震动："是那号称能让其掌控者永恒不死、永恒不灭的生死祖符？"

"世界上哪有什么真正的永恒不灭，强如符祖大人最终都是散于天地间，更何况一枚秉天地而生的祖符。"慕岚苦笑道。

"远古八大主之一的生死之主，正是我不死圣鲸族的老祖宗，当年她重伤陨落，我族将其尸骸安置于乱魔海最深处，但百年之前扫墓时却发现那墓中有着霞光出现，我族急忙开墓，在那墓中发现一颗黑白光蛋，而老祖宗的尸身，却已是消散，而连带着消失的，还有着生死祖符。"

慕岚盯着大地上的娇小身影，道："后来光蛋经过我族秘密照料，最后跑出了个小丫头……"

摩罗吸了一口凉气，道："是慕灵珊那个小妮子？"

"嗯。"慕岚微微点头。

"这……"赤云长老张了张嘴，犹豫地道，"那这个小妮子，究竟是你们不死圣鲸族的老祖，还是……生死祖符？"

慕岚苦笑，神色莫名。

"应该是生死祖符。"一旁的青雉开口说道，他看了看慕岚，道："当年生死之祖伤势太重，她虽然试图轮回转世，最终却失败了，所以，生死之祖，应该是彻底地消散，而那从光蛋中出来的慕灵珊，其实……便是生死祖符。"

"祖符……怎么会变成人？"赤云长老有些不可思议地道。

"祖符皆有灵，不过倒的确是鲜有祖符会以人形态出现，而且，即便是连灵珊自己，都并不知道自己是生死祖符，老祖虽然陨落，但显然最终还是与生死祖符有了一些奇妙的融合，而正是这般机缘，方才造就了灵珊。"慕岚道。

"现在的灵珊，拥有着不死圣鲸族的身体，但同时，她也是生死祖符，这种变异，的确是天地间首例。"

摩罗面带惊色地点点头，想来是没料到不死圣鲸族竟然还有这等隐秘，旋即他摩挲着下巴，道："难怪这丫头会跟林动走得这么近了，想来是因为吞噬祖符的缘故吧。"

青雉笑了笑，道："据说在那远古时期，八大祖符诞生，生死祖符最后方才出现，而因其弱小，吞噬祖符便将其吞入体内，供其能量，待得生死祖符彻底成长起来后，方才脱离吞噬祖符。"

赤云长老面色古怪，这么听来，怎么很是有些类似吞噬祖符在孕育着生死祖符一般？而这两者间的关系，究竟算什么？

慕岚苦笑，道："在那远古时期，我族那位老祖，也就是生死之主便与吞噬之主关系相当尴尬，身为祖符掌控者，总归会或多或少地被祖符影响一些……"

摩罗点点头，身为祖符掌控者，对此他倒是颇为理解。

"不过此事不能外传，灵珊虽然是生死祖符，但她的力量并未觉醒，若是被异魔知晓，怕会相当麻烦。"慕岚提醒道。

"放心，催动灭王天盘，只是需要四道祖符的加持而已，并不动用它们的力量，而且此处我会动用轮回之力干扰，除我们之外，不会让任何人知晓。"青雉道。

听得此话，慕岚这才点点头。

解释完毕，青雉不再多言，手掌一挥，那笼罩天地的青色光盘便缓缓旋转起来，光盘之中，犹如无尽海面，青光盈盈，一种毁天灭地般的波动，悄然凝聚。

在那光盘上空另外一处，天冥王以及另外两名异魔将也面色凝重地望着这一幕，灭王天盘对于他们而言，显然有着不小的震慑之力。

"哼，灭王天盘力量虽强，但却需要祖符加持，此处就一道火焰祖符，想要斩杀本王，痴人说梦！"天冥王眼中魔气涌动，身后一对魔翼缓缓伸展开来，其上紫金纹路蔓延，遮天蔽日。

远处，青雉手掌一握，那数万丈庞大的青色光盘突然轻轻颤抖，光盘中央位置，青色光芒一层层褪开，旋即一道青光陡然冲出，最后在那天空之上，化为一道不过巴掌大小的青色玉盘，玉盘如满月，晶莹剔透，煞是漂亮。

"摩罗。"

古老的青色玉盘一出现，青雉便看向摩罗，后者也重重点头，眉心间火焰符文瞬间燃烧起来，一道赤红火焰便贯穿天空，射在了那青色玉盘之上。

嗡嗡！

而随着这道火焰光芒照射在青色玉盘之上，一种玄奥的纹路悄然浮现。

"一道火焰祖符的加持，也敢号称灭王？"天冥王望着这一幕，冷笑出声。

对于他的冷笑，青雉毫不理会，其双目缓缓闭上，一种无形的波动，悄悄地自青色玉盘之中扩散而出。

下方城市的废墟中，林动抬头望着那笼罩天空的青色光盘，那光盘之上的景象已被隔绝，谁都看不见其中的情况，而且周围天地也很昏暗，一切的光线，都在此时散去。

"嗯？"抬头仰望间，林动眼神突然一凝，他察觉到一股特殊的波动突然自空间中散发而出，然后将其包裹起来，在这种波动的包裹下，他体内的两道祖符，发出了细微的震动。

"林动，放松下来，我要借助祖符的力量，斩杀天冥王！"

就在林动为此面色变化间，青雉的声音突然在其耳边响起，这才令他稍稍松了一口气，放松了对体内祖符的压制。

嗡！

而随着林动的放松，黑光以及雷霆，陡然自其体内呼啸而出，一闪之下，便消失不见。

"真是厉害。"林动不由得赞叹了一声。他能够感觉到体内的雷霆祖符与吞噬祖符似乎在一瞬间萎靡了不少，显然有力量被抽调出去。

在林动赞叹间，他突然感觉到身旁也有着奇特的波动出现，急忙转头，旋即便骇然地见到，慕灵珊那娇小的身体，突然散发出了黑白两色的诡异光华。

"林动哥，青雉前辈说要借用我的力量……"慕灵珊大眼睛似是在此时涌上了倦色，她踉跄着，在说出这一句话后，竟直接向着林动倒了过去，后者见状急忙一把将其抱住。

然而，林动的手掌刚刚接触到慕灵珊那冒着黑白光华的身体时，面色便猛地一变，因为他察觉到，一股澎湃精纯得无法形容的能量，竟直接如同潮水般地疯狂涌进他的体内。

那种能量之中，充斥着精纯的生死之气，这两股截然不同的能量，如今却融合得无比完美。

林动望着倒在他怀中的慕灵珊，有些发愣，他体内先前枯竭的元力，竟在此时再度变得澎湃充盈起来，而这些精纯得无比的生死之气，竟然是从慕灵珊体内传来的，而且诡异的是，她体内的这些力量，竟然对他没有丝毫的排斥……

"这是……"一头雾水的林动抱着慕灵珊那娇小柔软的身体，旋即低头望着那张精致的小脸，片刻后，瞳孔猛地一缩，在慕灵珊光洁的额间，他看见一道呈现黑白两色的符文，缓慢地浮现出来。

那种符文，他并不陌生，因为那是八大祖符之一的……生死祖符。

"生死祖符……"

林动有些失神地望着慕灵珊光洁额间的光纹，符文纹路一如吞噬祖符、雷霆祖符那般古老，一种独特的波动若隐若现地散发出来，那种波动，光是吸收一点，林动便是察觉到体内的元力有着澎湃的迹象。

"灵珊的体内……竟然藏着一枚祖符……"

失神了许久，林动终是回过神来，有些不知道说什么好。在初见慕灵珊时，他便隐隐察觉到体内的吞噬祖符有些异样，而那种异样显然是她引起的，当时林动猜测过慕灵珊是否与吞噬祖符有关联，但却从未想过，在她的体内，居然会藏着八大祖符之一的生死祖符。

"原来是生死祖符……"在林动感叹间，突然有着一道恍然大悟的声音在其心中响起，那是失踪好一段时间的岩。

"你还活着啊？"不过林动对这时不时便失踪的家伙有点儿不感冒，如今见到他冒头，也是没什么好气。之前他经历了诸多生死之战，这家伙却是头都不冒，如今危险解除，倒是蹿了出来。

"祖石在逐渐修复，我也时不时会陷入沉睡，呵呵，依靠自己的力量不是很好吗？"岩笑道。

林动翻了翻白眼，光是今日，他就已在生死间徘徊数次了，这家伙真是站着说话不腰疼。

"这小丫头并不是祖符掌控者。"

"嗯？"林动怔了怔，慕灵珊额头间的符文，的确是生死祖符不假啊。

"生死祖符……就是她本身……难怪当初连我都没发现她的身份，原来是这般奇异的变化。"岩感叹道。

"灵珊……是生死祖符？这怎么可能？"林动瞳孔一缩，即便是以他的定力，脸庞上都有着难以置信涌现。

"过程是挺曲折，不过却是事实……难怪当初她会跟着你跑，原来是因为生死祖符。"岩说道，旋即他见到林动有些疑惑，便将吞噬祖符与生死祖符之间的关系说了一下。

林动听完，干笑道："这么听起来，这吞噬祖符怎么好像是生死祖符的爹妈呢？"

"嗯，从你们人类的角度来说，倒是有点儿这关系……在那远古时候，生死之主与吞噬之主关系也因此有点儿复杂。"岩似是想起了什么，那声音都变得有点儿怪异起来。

林动咧咧嘴，旋即轻轻揉了揉慕灵珊小脑袋。反正不管慕灵珊是什么，只要是他认识的那个活泼可爱的小丫头就好。

"我这才多久没出现，你便跟这种等级的异魔撞见了……异魔王啊，好多年没遇见了。"岩显然也是感应到了这片天地的动静，缓缓说道。

"一名异魔王，三名异魔将，这阵容可相当恐怖。"林动苦笑道。

"不用太过担心，那青雉能够对付的，我感应到了灭王天盘的波动，正好此处还有着四道祖符的存在，祖符加持，要斩杀一名异魔王也并不是什么不可能的事。"岩道。

"灭王天盘？"

"远古神物榜上排名第六的神物，极为强横，曾经抹杀过不少异魔王。"

林动暗暗咂舌，看来青雉此番也是有备而来，不过真不知道，能够斩杀异魔王的神物，彻底施展开来，将会多么恐怖。虽然林动知道，他体内的祖石，在那远古神物榜上更是高居第二，但这家伙受创太过严重，至今为止，都无法展现出那远古时期的荣光。

"既然灭王天盘都出现了，想来战局已是有了结果，那异魔王，挡不住的，所以你也不用太担心了……"

林动苦笑，那种程度的战斗，他担心也没太大的作用，现在，只能期盼事实也如同岩所说，青雉前辈能够将那天冥王解决掉吧。

不然的话，他们这里的人，怕是都跑不掉。

遥遥天际，青色光盘隔绝着天与地，青雉等人立于光盘之上，在其面前的半空，一轮青色玉盘缓缓旋转，旋即其脸庞上突然有着笑容浮现，手掌轻轻一握。

随着其手掌的握下，下方那万丈青色光盘突然一颤，三道光华冲天而起，然后首尾相接地投入那青色玉盘之上。玉盘剧烈一颤，晦涩的符文越来越清晰，直到布满整个玉盘。

在那种晦涩符文布满玉盘时，玉盘愈发晶莹剔透，在其周围的空间，则是扭曲碎裂，一道道肉眼可见的细微波动散发出来，令天地动荡。

"灭王纹？！"那一直关注着这边动静的天冥王见到玉盘之上清晰浮现的晦涩符文，面色剧变，忍不住地低吼道，"怎么可能？！"

"青雉，原来你早有准备，竟然能够让这灭王天盘受到四道祖符的加持！"

青雉微笑地望着天冥王，道："异魔王难得现身，我自然是要好生招待。"

"撤！"天冥王眼神急速变幻，当机立断，暴喝出声。

听得他的喝声，一旁的两名异魔将也是急忙点头，从那晶莹剔透的青色玉盘上，即便是强如他们，都感受到了死亡的味道，那种波动，是真的有着毁灭他们的力量。

滔天魔气自天冥王三人体内席卷而开，旋即他们背后魔翼一震，身后空间便被撕裂开来。

"想走？"摩罗见状，却是冷笑出声，眼瞳之中赤红涌上，大手一抓，便有着无尽赤红火焰呼啸而来，旋即化为滚滚火海，席卷向天冥王三人，逼得他们退却不得。

青雉面色平静，他注视着那完美无瑕的青色玉盘，双手却变幻出令人眼花缭乱的印法，而随着他印法的变幻，那青色光盘也缓缓地颤抖着，转移而开，遥遥地锁定天冥王三人。

"灭王天盘，王灭！"淡淡的声音，自青雉的嘴中传出，刹那间，一种凌厉杀意，弥漫天际。

嗡！

青色玉盘剧烈颤抖，其上布满的晦涩符文蠕动起来，一层层可怕的力量迅速地对着玉盘中心堆积起来，下一霎，玉盘陡然一震，一道仅有人头大小的晶莹光束，暴射而出。

咻！

光束绚丽，其中仿佛黏稠如玉液，所过之处，悄然无声，连空间都未能泛起半点涟漪，然而，当那天冥王见到这道光束时，脸庞上，却有恐惧之色涌起。

光束看似并不迅猛，可天冥王却知道，此时的他根本无法躲避！

灭王天盘一出，必将斩魔！

天冥王面色剧烈地变幻着，旋即陡然凝固在狰狞之上，他双掌探出，竟直接抓住身侧的两名异魔将，然后魔气涌动，一掌拍出。

惊骇之色从那两名异魔将脸上涌起，然而还不待他们拼命逃离，眼瞳之中，绚丽的青色光束已是来临，最后只听见细微的扑通一声，他们便察觉到眉心一痛，青色如玉液般的光束，便自他们脑门处，洞穿而过。

咻咻！

鲜血从眉心处流下来，两大异魔将身体之上滔天般的魔气也疯狂地消散着，他们体内的一切，都在那玉液光束穿过他们的身体时，被破坏得干干净净！

死亡的气息笼罩开来，旋即裂纹在他们的脸庞上浮现，最后寸寸龟裂……

两大异魔将，竟是在那细小的光束下，陨落而去。

天冥王将两名得力属下丢出，脸庞上却没有丝毫的悲伤，他目光阴森地望着速度不减地直奔他而来的青色光束。

"青雉，想要杀本王，可没你想的那么容易！"天冥王仰天咆哮，头发披散下来，再没了之前的那种从容，他背后巨大的紫金魔翼展开，魔气遮天蔽日，旋即其一口带着金色的血液喷出来。

"十重地狱瘴！"

金色血液陡然爆炸开来，一股邪恶到极点的魔气也弥漫而开，最后空间炸裂，只听得几声巨响，十道黑色地狱门户凭空出现在天冥王前方。

嘭嘭嘭！

青色光束依旧保持着那种速度笔直冲过，青光过处，邪恶的地狱门户一道接一道地爆炸开来。

"天冥王，接受审判吧，这片天地，并不属于你们！"

青雉眼神逐渐冰冷，旋即其手掌猛然一握，那竖立在天冥王之前的最后一道地狱门户，轰然爆开。

魔气滚滚弥漫，玉液般的青色光束将其洞穿，在天冥王那惊骇欲绝的目光中暴掠而至，最后自其心脏处，呼啸而过。

砰！

天冥王身体陡然凝固，那弥漫天地的魔气，开始以一种惊人的速度减弱。

第十章 魔狱

天冥王怔怔地望着胸口间的血洞，血洞边缘，被那种奇特的玉液沾染着，这些玉液，疯狂地对着他体内侵蚀而去。

玉液过处，他体内浩瀚无尽的异魔气，竟然如同残雪般迅速消失。

他能够清晰地感觉到，在异魔气消散的同时，他那极为顽强的生命力，也在随之散去，死亡的感觉，令他的脸庞上开始有恐惧之色浮现。

"啊！"凄厉的咆哮声，自天冥王嘴中传出。虽说陷入这般绝境，可他毕竟是堪比轮回境的巅峰强者，当即手掌闪电般拍在身体之上，只见得其身体皮肤下，竟是有着紫金色的纹路浮现出来，一道道精纯无比的异魔气疯狂地对着胸口处的血洞汇聚而去，试图将那些玉液的侵蚀阻拦下来。

哧哧！

阵阵白烟，在那交织之处冒出来，天冥王满脸痛苦，那些看似柔和的玉液对于他而言，仿佛有着极为恐怖的杀伤力，即便是以他王阶异魔的实力，都无法将玉液的侵蚀阻拦下来。

"天冥王，没用的，灭王天盘的力量，对你们异魔而言，可是真正的毒药，它会将你的身体侵蚀到化为虚无。"青雉望着那拼死反抗的天冥王，淡淡地道。

"青雉，你不要太得意了！"

94

天冥王咆哮，那面庞异常扭曲，其双目之中有着无尽的暴虐涌动，下一霎，他猛地一咬牙，手印陡然一变，只见得其身体表面，突然有着密密麻麻的紫金魔纹浮现出来，一种极端狂暴的波动，也随之蔓延。

青雉、摩罗等人望着这一幕，面色皆微微一变，旋即身形暴退。

轰！

而就在青雉等人暴退时，那天冥王的身体，竟陡然爆炸开来，那一霎，可怕的魔气直接形成万丈巨浪席卷开来，魔浪过处，空间尽数崩碎，这天冥王竟然自爆了躯体！

嗡！

那笼罩天地的万丈青色光盘，也在此时震动起来，旋即光柱冲天而去，将那滔天般的魔浪抵御而下。

哧哧！

在魔浪被冲击而开时，那天冥王自爆的地方，突然黑气凝聚，竟化为了一颗弥漫着紫金光纹的黑色心脏，这颗心脏一出现，就欲逃窜。

"天冥王，我与你们异魔打了无数交道，这种手段，可瞒不过我。"就在这颗心脏即将趁乱逃遁时，青雉清朗笑声突然传来，旋即空间扭曲，青衫人影便凭空出现在了心脏前方。

"青雉，你好大胆，也不怕我族要你永世不得翻身吗？"布满紫金光纹的黑色心脏急促地跳动着，那天冥王的脸庞在心脏之上浮现，厉声喝道。

"杀了你这魔胎，你便是彻底陨落了吧？"青雉淡淡一笑，俊逸的脸庞却毫无惧色，旋即其手指凌空点出，青光波纹自面前虚空荡漾开来，旋即一道光束陡然暴射而出。

"你！"见到青雉丝毫不留情，那天冥王也是暴怒出声，急忙催动魔气在黑色心脏之外形成光盾，不过此时失去肉体的他，就如同仅剩元神的人类强者，实力大为减弱。

砰！

光盾并未抵御太久便爆炸开来，青色光束重重地轰击在那魔胎之上，当即一道凄厉无比的尖叫声便传出，显然那天冥王已遭到了重创。

青雉眼神漠然，再度一步踏出，青光自其体内席卷而出，千道青龙光纹腾飞，直接化为一道千丈青龙之爪。

轰！

前方空间崩碎，那千丈龙爪如同一片死亡阴影，笼罩向魔胎。

"混账！"

魔胎之上，传出天冥王惊怒的骂声，旋即浓郁魔气涌出，其后方空间迅速地扭曲，不过，就在那空间通道刚刚扭曲成形时，那满含着毁灭之力的青龙之爪，已是洞穿虚空而来。

"救我！"天冥王惊骇地望着那携带着死亡阴影而来的青龙之爪，终是尖叫出来，那叫声之中，有着一种无形的波动侵入空间。

就在天冥王尖叫声刚刚落下时，其后方的空间突然破裂，一道万丈黑色旋涡凭空浮现，而在那旋涡之中，有着两只巨型魔手探出，然后与那青龙之爪硬生生地扛在一起。

砰砰！

这般硬碰，可怕的冲击波席卷开来，将空间震得破碎不堪。

"竟然还有援兵吗？"青雉眼神微寒，脚掌轻跺，又是数千道青龙光纹自其体内腾飞而出，加注在那青龙之爪上，将那两只巨型魔手震得不断后退。

"摩罗！"而在青雉对付着那划破空间而来的巨型魔手时，他也猛地低喝出声。

一旁的摩罗，闻言立即点头，眼中杀意涌动，身形一闪，便撕裂空间，直接出现在那倒蹿而出的魔胎之前。

"你敢！"而在摩罗追杀着魔胎时，那黑色旋涡之中，也有着怒喝之声响起，那一只巨型魔手就欲掉头攻击摩罗。

"给我乖乖地待在这里！"青雉冷喝，青龙之爪呼啸而出，将那两只巨型魔手抓得动弹不得。

摩罗眼神森寒，手掌一握，一柄火焰长矛便出现在其手中，矛尖处，火焰席卷，化为火焰旋涡，毫不留情地暴刺而出。

轰！

火焰长矛刺出，空间炸裂，带起一道绚丽的火焰尾巴，最后直接在那魔胎不断传出的恐惧尖啸声中，将其一枪刺中！

火焰长矛，笔直地洞穿魔胎，紫金色的鲜血不断地流淌出来，那天冥王凄厉到极点的尖叫声，令人毛骨悚然地在这片天空回荡着。

嘭！

当尖叫声最大的时候，魔胎陡然膨胀，砰的一声爆炸开来，紫金色的血液撒开，落处连空间都爆发出吱吱的声响。

那黑色旋涡深处，此时也有着暴怒的低吼声传出，那巨型魔手急忙抽回，一把抓住那些撒开的紫金血液，飞快地缩回那黑色旋涡之中。

"青雉、摩罗，你们竟敢杀我族王阶之人，魔狱绝不会放过你们的，你们等着，你们等着……"在那巨型魔手退回时，一道满含着杀意的愤怒咆哮声，自那黑色旋涡尽头传来，轰隆隆地回荡在这天地间。

黑色旋涡飞快地消散，最后伴随着那咆哮之声，彻底地消失而去。

青雉双目微凝地望着那黑色旋涡消失的地方，淡淡地道："又是一尊异魔王，真是难缠的东西……"

"看来是在划破空间出手。"摩罗手中火焰长矛散去，那先前的巨型魔手显然也是一尊异魔王，不过他距这里应该相当遥远，这种划破空间降临的力量，显然难以阻拦青雉。

"殿主，那天冥王死了吗？"赤云长老有些紧张地问道。他们费了如此大的心血，若是让那天冥王活了下来，倒也太过可惜了。

"异魔生命力极其顽强，不过先前的攻击，已算是致命伤势，虽说那异魔王救回了一些精血，但想要复活天冥王也是极难的事，而且即便是真能勉强复活，实力也会骤降，不足为惧。"摩罗淡淡地道。

赤云长老闻言，这才松了一口气。

青雉袖袍一挥，那笼罩天地的万丈青色光盘也徐徐消散，而那青色玉盘，也落回他的手中，只不过如今的这灭王天盘，却变得异常黯淡，仿佛其中的能量，已被消耗殆尽一般。

"看来这灭王天盘相当长一段时间内是无法动用了。"慕岚望着黯淡的灭王天盘，道。

"能够解决一尊异魔王，倒也值得。"青雉笑道。

"先前那家伙所说的魔狱……是什么？"摩罗看向青雉，问道。

青雉眼神一凝，深吐了一口气，道："应该就是那些潜藏下来的异魔组成的神秘组织吧……这天冥王以及那出手相救的异魔王应该都是这个组织的一员……"

摩罗眼神晦暗，仅仅只是一尊异魔王以及三大异魔将，便这般难以对付，那这个所谓的"魔狱"，究竟有着多么恐怖的力量？

就是这只阴影中的大手，在这数万载的岁月中，悄悄地抹除着他们人类的巅峰强者吗？

"看来我们也该有些动作才行了，那些活下来的老怪物们，也要动动筋骨了。"青雉轻声道，旋即笑了笑，抬头望着天空中再度倾洒下来的温暖阳光。

"不过……至少我们先胜了一场。"

地面上，林动望着再度恢复光线的天地，天空上的魔气已消散殆尽，脸庞上也有着一抹如释重负般的笑容浮现出来。

"我们赢了吗？"一旁的唐心莲仰起俏脸，深吸了一口气，旋即喃喃道。

"嗯，我们赢了。"林动微笑，旋即他用仅有自己听见的声音轻声呢喃着，"不过……这才刚刚开始啊……"

阳光照耀在那几乎变成废墟般的火炎城中，唯有这里，方才能够证明着先前此处所发生的惊天大战。

城市之外，无数强者望着那些盘坐在火炎城各处恢复体力的炎神殿弟子，再看看半空中一些严加巡逻的炎神殿强者，皆是暗感震动。他们知道，这里的消息传出去之后，必然会在乱魔海中引起滔天的哗然。

先前的战争，侵犯者仅仅只有四人，但这四人，却将炎神殿掀得天翻地覆，虽然那最高层的战斗，因为青色光盘的阻挠使得他们无法看见，但想来必定是毁灭天地的惨烈，那种层次的战斗，整个乱魔海都没发生过多少。

而让众人疑惑的是，那神秘四人究竟是什么来路。放眼乱魔海，即便是那些超一流势力，也都难拿出那样的阵容。

火炎城外，那漫山遍野的人影，远远看来相当壮观。一些人目光闪烁，如今炎神殿正是虚弱的时期，若是能够浑水摸鱼一下……

"诸位，我炎神殿今日遇见一些麻烦，火炎城已被毁，不再方便接待，还请大家暂时远离火炎城，若是有人试图捣乱，我炎神殿必将兵戎相待！"

而在火炎城变得混乱时，一道明艳的倩影却掠上半空，清澈的声音传荡开来。

那出声的，自然是唐心莲，而在她的身后，井然有序地跟随着大批的军队，在经过先前的休整后，已有一些炎神殿的弟子恢复了实力。

先前一战，唐心莲格外耀眼，即便是一些乱魔海中的老牌强者都暗感震撼，如今见到她出面，虽说娇颜依旧，但那股气势，却是令人呼吸微滞。

城外的一些骚动逐渐平息，特别是当那些炎神殿的弟子凌厉目光扫视时，一些心有他意的家伙更是连忙转开视线。

"这女孩……真是有些了不得啊……"

一些老牌强者望着那一言便将城外骚动镇压下来的唐心莲，皆是暗暗咂舌，从今以后，这乱魔海年轻一辈，怕是无人再能够与唐心莲争锋了……

城市半空，唐心莲发布出一些命令，将那些炎神殿弟子分派出去，这才自半空落下。

"炎神殿火仙子，真是名不虚传，不过你这么厉害，以后哪有人敢娶你……"林动望着那落下来的唐心莲，忍不住地调笑道。先前唐心莲那震慑群雄的气势与魄力，就连他都暗暗赞叹。

嗖！

林动话音刚落，便感到眼前红光陡然一闪，一股凌厉劲风出现在面前，只见得一柄锋利枪尖停在他面前半寸，一缕寒光在枪尖游离着。

林动话音戛然而止，他摊开手望着那手握火凰枪、俏脸微绷的唐心莲，干笑道："好吧，我不说了。"

唐心莲玉手轻抖，火凰枪这才收回，旋即她走近林动，一对明媚眸子毫不闪避地盯着林动，而就在后者有点儿不自在时，她那俏美的脸颊上，突然展颜轻笑，道："我可没你厉害，而且以你的能力，我应该是一辈子都会在你后面的。"

林动怔了怔，旋即打着哈哈，那停留在唐心莲脸颊上的目光也是有点儿心虚地转移了开去，连忙道："我去看看那封印的异魔将。"

唐心莲望着林动那狼狈而去的背影，玉手捋开一缕垂落下来的红发，旋即红唇微抿，唇角乍现的一抹妖媚笑容，看得一旁路过的一些炎神殿弟子呆了。

在城市废墟的中心，光柱囚牢牢牢矗立，而在那光柱之中，那狼魔将也早没了先前的跋扈，因为在那光柱之外，青雉与摩罗正淡淡地望着他，那目光，犹如看着待宰的羔羊。

"青雉前辈，摩罗前辈。"林动走近，冲着这两尊大人物抱了抱拳。

"呵呵，小家伙，好久不见啊。"青雉转过身来，笑望着林动，温和地道。

"刚才多亏青雉前辈出手相救了。"林动挠了挠头。对于青雉，他颇为尊敬，后者不仅给予了他青天化龙诀的传承，而且在异魔城他们三兄弟陷入绝境时，即便是隔着万万里之远，但他依旧出手相救，这种恩情，林动一直记在心间。

"我们此番计划能成，还多亏了你呢。"青雉笑道。

"这异魔将能够被封印，的确是靠了你的力量。"摩罗也点了点头，道。

"若不是心莲姑娘操控大局，我连这异魔将一招都接不下来。"林动摇摇头，倒是不想将这种大功给揽到自己身上来。

"对了，那异魔王……"林动犹豫了一下，开口问道。由于青雉有意掩盖了上面的战斗，就连他都不知道在那里究竟发生了怎样的激烈之战。

"算是陨落了。"

林动闻言，这才彻底地松了一口气，看来此番计划总归是没有白费。

"虽然没封印天冥王，不过从这家伙身上，应该也能够获得一些有关魔狱的情报。"青雉指了指那被封印在光柱之中的狼魔将，道。

"魔狱？"林动一怔。

青雉与摩罗对视了一眼，旋即方才道："一个由异魔组建的神秘组织，我们并不知道这个魔狱如今有什么样的实力，不过……他们将会是这天地间最大的隐患。"

林动默默点头，这种恐怖的组织，现在的他，恐怕连染指的资格都没有，想来是帮不上什么忙了……

"此番你并没有暴露祖符，至于争霸赛的雷霆祖符，事后我会放出那是假货的消息，也免去了你所有的麻烦。"摩罗在一旁道。

"多谢摩罗前辈了。"林动笑道。

"你接下来有什么打算？"青雉看向林动，问道。

林动想了想，道："我想去找我的两个兄弟，上次从东玄域逃出来，被元门那三个老家伙干扰了空间传送，我们都被分开了，也不知道现在他们怎么样。"

来到乱魔海，林动便有两个目的，一是提升实力，让自己拥有足够强大的力量重回东玄域，杀上元门，第二嘛，自然便是把小貂与小炎给找到。

"那三个老家伙，倒也的确是有些欺人太甚，你重回东玄域时，我若是有时间，便随你前去。"青雉淡淡地道。当日他出面，元门三巨头却是丝毫不留情面，这也让他有些动怒。

"你的事我也听说了，此次你帮了我炎神殿，以后如果有需要的话，便让心莲带足人马，跟你去东玄域踏平那元门！"摩罗大手一挥，言语之间相当霸气。

林动有些感动，旋即点点头，道："若是需要两位前辈的话，晚辈自然不会客气，不过我相信我三兄弟再回东玄域时，定能亲手斩了那三个老家伙。"

"哈哈，倒是有些魄力，本座喜欢。"摩罗闻言，却是大笑道，言语间满是欣赏。

一旁的青雉也微笑点头，旋即他道："你那两个兄弟的话，我倒是知道点踪迹，当初空间传送时，我也是感应了一下。"

"哦？"听得此话，林动顿时大喜，他找小貂、小炎一年多，却未有他们半点消息。

"他们两人应该是被传送到妖域去了，你也不用太过担心，你那两个朋友，一个是天妖貂一族，那可是妖兽界中相当庞大强横的种族，而且霸道凶横，即便是龙族都不惧，他若是回了妖域，倒是鲜有人会去招惹他，而至于另外一个，具备着天魔虎族的血脉，也相当了不得。"青雉笑道，"想来在那里，他们过得应该比你还好。"

林动悄悄松了一口气，天妖貂一族在妖兽界地位不低，小貂若是回去，应该能够很快恢复实力。而从以前的交谈中，林动也能够感觉到这家伙在天妖貂族中应该也不是普通的族人，至于小炎的话，如果跟着小貂，定不会让他吃半点亏。

只是，不知道这两个家伙现在究竟怎么样了……

林动抿了抿嘴，心中有一些迫切，他很想看见这两个陪他出生入死，一路从那小小的大炎王朝走出来的兄弟。

"你打算去找他们？"青雉笑道。

林动点点头，道："这里也没我什么事，休整一些时间，我便动身前往妖域，等我找到他们，便同他们杀回东玄域！"

他们三兄弟当初一同被追杀出来，那自然是要再一起杀回去！

青雉见到林动主意已定，也就不多说，道："到时候我与摩罗共同为你空间传送，应该能将你送去妖域。"

"那便多谢两位前辈了！"

林动大喜，若是如此的话，那必定能够省去很多的时间，毕竟乱魔海与妖域之间还有着极其遥远的距离。

青雉笑着摆了摆手，再度与林动聊了聊，后者这才略显兴奋地抱拳而辞。

"真是个不安分的小子啊，在乱魔海闹得天翻地覆后，又要去妖域……"摩罗望着林动离去的身影，忍不住地笑道。

青雉微笑点头。

"你对他似乎很看重？当初雷霆祖符，你也叫我让给他……你知道，若是雷霆祖符让一位实力与我相仿的强者得到的话，那可是相当强大的战力。"摩罗双目微眯，突然道。

"林动每多获一枚祖符，我们便会少一位祖符掌控者……"

青雉笑了笑，他抬起头，望着那蔚蓝的天空，喃喃道："远古的天地大劫，人类能胜，那是因为有着一位符祖大人……但现在我们没有了……若是天地大劫

再启……那该如何是好？"

摩罗瞳孔微微缩了缩："你认为林动有可能成为下一位符祖？"

青雉双手负于身后，轻声道："他身怀祖石，那是符祖大人的选择……如今的天地间，如果说最有可能达到符祖那般境界的，有两人几率最大。"

"两人？"

"轮回中的冰主，以及……林动。"

"不过不管他们谁最终能够达到那般境界，我们人类想要取得胜利，都需要第二位符祖大人……"

第十一章

死灵灵池

接下来的数天时间，炎神殿逐渐平静下来，因为要重建城市，整座城市都显得热火朝天，无数炎神殿弟子穿梭在其中，那般浩荡模样，非常壮观。

而在火炎城重建时，林动选择暂时在此处停留，虽说他迫切地想要见到小貂、小炎，但所谓磨刀不误砍柴工，必要的休整，却是不可缺少的。

在城市中央靠近巍峨山峰的一处石台上，林动安然盘坐，这里，刚好能够居高临下地俯览整个火炎城，那种弥漫的活力，令他也忍不住地伸了一个懒腰，感觉骨头因为这几天悠闲的休整变得颇为酥麻。

现在的他，算是炎神殿的贵客，待遇极好，不过由于如今的炎神殿太过繁忙，这几日内，他这贵客却无人招待，别说摩罗，就连唐心莲都只是中途匆匆地看了看他，便风风火火地离去。说起来，整个炎神殿，唐心莲管的事显然比摩罗还要多，不过这个女孩，也的确有这种本事。

"真是骨头都软了啊……"林动扭扭脖子，一声长叹，旋即其眉头突然一挑，转过头来，望着那远处红光闪现，片刻后，一道明艳倩影便出现在了其前方。

"这几天休息得还好吗？"唐心莲撩开脸侧的红发，笑望着懒散的林动，道。

"你们总算记起来我还在这里啊……"林动没好气地道，他还以为这些家伙已经把他给忘记了呢。

"因为之前的事，火炎城被毁得一干二净，要重建也挺麻烦，而且吃了这次的亏，我们炎神殿防卫力量的不足也暴露了出来，所以也要好好整顿一下。"唐心莲解释着，旋即她见到林动微撇的嘴角，轻笑道，"好吧，我为这几天怠慢你道歉……你不是有几位古家的美人吗？我以为你会过得挺舒服的呢。"

"她们有自己家族的事，哪能在这里停留太久，而且你这话可是有些歧义，我与她们只是朋友罢了。"林动无奈地道。

唐心莲闻言，俏脸上笑容似是愈发动人了一下，不过，林动并没在这上面过多纠缠，抬头问道："现在找我有事？"

"嗯。"唐心莲点点头，黛眉微蹙地道，"你之前在大战中突破到死玄境，一般来说，突破之后都必须先稳固境界，虽说也可战斗，但当日你却连番苦战，拼斗得太狠，师父说了，这必定会留下一些后遗症的。"

林动双目微眯，旋即默默点头。这几天的时间，他的状态是逐渐地恢复了，不过，虽说如今晋入了死玄境，但他却感觉到体内元力略显虚浮，而这便是境界不稳的表现，若一旦出现差错，很容易会退回生玄境……

"这只能慢慢来了啊。"林动道。突破后的稳固期相当重要，一旦错过，之后想要弥补，总归是有些麻烦的。

"你很快便是要去妖域了，那里同样不是善地，而且还是妖兽的世界，人类在那里，容易被针对，你若是以这种状态去，难免会吃亏。"唐心莲柳眉蹙着，显然是对林动这种敷衍很是不满。

"那难道你有什么办法？"林动无奈地道。

唐心莲闻言，纤细玉臂轻抱在胸前，笑吟吟地看着林动，戏谑地道："想知道？"

林动看着这摆出一副想知道就来求我的模样的唐心莲，忍不住地有点儿想笑，这平日里显得稳重精干的炎神殿大军统帅，竟然会有这般女儿之态。

"我去问摩罗前辈吧。"林动显然不吃唐心莲这套，当即慢吞吞地起身，向着炎神殿走去。

唐心莲望着这油盐不进的林动，贝齿轻咬着红唇，明眸含怨，旋即恨恨地一跺脚，跟了上去，道："听说过死炎灵池吗？"

林动脚步一顿，这个名字他倒略微有点儿印象，似乎是属于炎神殿的一处宝池，据说在那死炎池中，有着极为精纯的死气，这种死气，并非人为锻造，而是自大地极深处生生抽出，很是珍稀，对于死玄境强者而言，有着极大的裨益。

"据我所知，你们炎神殿那死炎池似乎一年才开一次吧？而且还必须是对宗派有极大贡献的核心成员方才能够享受……"林动迟疑地道。

"你可以加入我们炎神殿啊,反正你一个人……"唐心莲明媚双眸盯着林动,眼中的期盼之色倒是丝毫未加掩饰。

"我听师父说过,你跟东玄域那什么元门有很大的恩怨吧?只要你成了炎神殿的人,到时候等你回东玄域,我便带齐大军,帮你踏平那元门!"

林动神色复杂地抬起头,轻声道:"抱歉,我不想加入其他势力。"

虽然离开东玄域的方式狼狈,不过他毕竟是从那里走出来,当初在他眼中宛如庞然大物的超级宗派,如今在他看来或许已是少了神秘与震慑,但他的诸多本事,都是从那个名叫道宗的宗派之中所习得。

异魔域之战,虽说应玄子顾全大局避而不战,但林动总归是理解的。道宗整体说来并没有炎神殿强大,应玄子也不是类似摩罗这种堪比轮回境的祖符掌控者,他并没有抗衡元门三大巨头的底气。

强行为战,只会让道宗付出血一般的代价。

最终林动选择自动退出道宗,不过他也知道,两者间的牵连,并不可能如此简简单单地便断去,当在那异魔城见到试图竭力护住他而放弃骄傲眼露哀求的少女时,他便是明白。

呼。

林动深吐了一口气,将那脑中翻腾的记忆压下去,然后偏头看着一旁的唐心莲,略带歉意地耸耸肩。

"我也只是说说,放心吧,不管你是不是炎神殿的人,我……师父都说会帮你的。"唐心莲笑着点点头,旋即步伐加快,"快点吧,师父他们在等我们。"

林动望着前方唐心莲那动人的窈窕倩影,心中轻叹一声,跟了上去。

如今的炎神殿,防卫比起以往显然森严了许多,密密麻麻的巡逻队交叉而过,一道道敏锐的感知来回地扫视着,即便是一只苍蝇,都无法潜入其中。

而在唐心莲的带领下,林动则畅通无阻,一路跟着前者,顺利地穿过重重防卫,最后抵达了炎神殿最深处。

巨大的殿门被推开,最先出现在林动眼中的,是一道笔直垂落而下的黑色瀑布。这道瀑布很奇特,在其后方,是无尽的深渊,也不知道通往哪里,而瀑布呈现逆向之态,黑色水花,从那深渊尽头哗啦啦地涌来,然后从瀑布上面倾落下来,落进下方一片巨大的黑色水池中。

而最奇异的是,如此庞大瀑布落下来,却没有在那黑色水池中荡起丝毫涟漪,

整片水池，毫无波动，静得诡异。

在黑池的边缘，两道人影静立，正是摩罗、青雉二人。

"来了吗？"在两人刚刚走进来时，摩罗便是一笑，转过来望着走来的两人，道。

林动走近黑池，这才发现，在那池面上，竟然有黑色的火焰升腾，一种精纯得令人艳羡的死气波动，化为黑气，袅袅地升起。

"这就是死炎灵池？"林动好奇地望着这黑池，道。

"嗯。"青雉笑着点点头，道，"这里不仅能让你境界彻底稳固下来，而且对你的青天化龙诀也有不小的好处。不过，这死炎灵池一年方才开启一次，原本距今年开启还有着一些时间，摩罗这家伙还舍不得现在打开呢，他说那会损失不少死炎灵池的力量。"

"唉，青雉会让我开启死炎灵池给你用，我倒是不奇怪。"摩罗嘴巴一撇，却瞥向一旁脸颊微红的唐心莲，道，"就连这自家丫头，都不为炎神殿考虑，倒让本座很是不爽。"

"林动因为帮我们对付那狼魔将才会境界不稳，我们有责任帮他解决掉这个麻烦，不然传出去，以后还有谁敢帮我们炎神殿？"唐心莲显然也不是省油的灯，虽然脸颊有些红，但一番有理有据的话，把摩罗给堵了回去。

"多谢摩罗前辈……与心莲姑娘了。"林动略有些感动，抱拳道。

摩罗摆摆手，道："小子，我得先给你说，看见那些黑色火焰了吗？这是由极端精纯的死气凝聚而成，你待会儿坐上池中石台，本座一旦启动死炎灵池，这些死气便会受你体内生气所引，从而汇聚，对你进行冲击，冲刷你的肉体。这种冲刷，会加壮你体内的死气，从而稳固境界，强化肉体，不过，这同样有着风险，这里死气太过精纯，而死气本身就是一种破坏力极强的力量，你若是无法承受，则会造成肉体坏死，到时候就只能变成元神之体了……"

林动略惊，这东西，果然也有着不小的风险啊。

"我炎神殿创建以来，有着八位死玄境强者被这死炎灵池毁去肉体，而能够在其中坚持十道死气冲刷者，唯有四人，嗯，这么多年来……仅有一人彻底地熬下了四十九道之数。"

"四十九道……谁啊？"林动忍不住地问道。这死炎灵池连死玄境强者的肉体都能够毁掉，显然是具备着极为可怕的破坏力，而想要在其中承受四十九道冲刷，显然是一件极其困难的事。

"你旁边那位。"青雉在一旁笑道。

林动震惊地偏过头，然后便见到唐心莲那嫣然轻笑的美丽脸颊，这女孩……还真厉害啊。

"你也开始吧。"摩罗挥了挥手，戏谑地道，"小子，可莫要被心莲给比了下去，不然青雉老脸就得丢光了。"

林动望着那有些幸灾乐祸似乎等着看好戏的摩罗，略感无言，旋即他抬头望着眼前的死炎灵池，体内血液仿佛沸腾了一些。

"既然如此，那就让我来试试，这东西，究竟有多么难缠吧！"

林动大笑，也不再迟延，脚尖一点，身形便在摩罗三人注视中，落上了那瀑布之下的一方石台。

林动盘坐下来，头颅微扬，能够看见上方那垂落下来的黑色瀑布，瀑布之中，黑炎跳动，看似磅礴之势，可却没有半点响动。

"摩罗前辈，开始吧。"林动深吸一口气，看向摩罗，沉声道。

摩罗闻言，与青雉对视一眼，微微点头，旋即其手掌探出，对着黑池，猛然握下。

轰！

随着摩罗掌心握拢，这异常沉寂的死炎灵池剧烈地颤抖了一下，而后只见得那升腾着黑炎的黑色池水，一层层地翻涌起来，视线望去，隐约能够见到那深处仿佛有着一道极为庞大的黑色阵法在旋转。

"林动，若是承受不住，那便出声，我将你救出来，可莫要太勉强了，这里每一道死气冲刷，都堪比一名死玄境大成强者的全力一击！"摩罗望着翻滚的黑池，沉声喝道。

林动双目凝聚在那黑池上，双掌缓缓紧握，笑道："放心吧，摩罗前辈，雷霆祖符十万雷霆我都熬了下来，更何况这死炎灵池？！"

"魄力倒是不小，那就让我们来看看，你究竟能坚持到什么时候。小心，要来了！"

听得摩罗那低喝之声，林动浑身肌肉瞬间紧绷起来，再接着，他便见到那死炎灵池之中，池水包裹着黑炎层层涌动，化为一头庞大的黑炎之龙。

吼！

黑炎之龙仰天咆哮，那股磅礴而精纯的死气波动，弥漫着极端惊人的破坏力。

黑炎之龙并没有给予林动任何的反应时间，一经凝聚，便陡然呼啸而出，带起长长的黑炎之尾，以一种惊人的速度掠过半空，短短数个呼吸下，便狠狠地撞击在了林动的身体之上。

嘭！

低沉的撞击之声传开，林动的身体一颤，旋即他的面容扭曲了起来。他清晰地感觉到，一股极端澎湃而精纯的死气，以一种相当狂暴的姿态，蛮横地冲进他的身体，狠狠地冲刷着他的肌肉、经脉、骨骼、脏腑……

在这种冲刷之下，林动的皮肤，竟然变得灰暗下来，那种浓浓的死气，令他看上去如同僵尸。

林动能够感应到，在那种死气的冲刷下，他体内的脏腑，竟隐隐地有着一种枯竭的迹象，死气破坏力极强，一旦掌握不好，很有可能会自伤身体。

不过这种情况，林动显然不可能令它发展下去，当即心神一动，青天化龙诀便飞快地运转起来，璀璨的青光，自他身体内部涌出。

哧哧！

青光包裹着林动体内，而在青天化龙诀的保护下，林动体内经脉、骨骼、脏腑等等也仿佛蠕动起来，然后贪婪地吸收着那些异常精纯的死气。

死气就如同锋利的双刃剑，只要懂得掌控，它便会成为一柄极为强大的利器！

死炎灵池边缘，摩罗三人皆紧紧地注视着那在浓浓死气包裹之中的林动，片刻后，他们都见到一点青光闪烁起来，旋即青光愈加浓郁，到得后来，竟是膨胀开来，犹如巨口，直接是将那些浓浓死气，尽数吞了进去。

"再来！"林动双目霍然睁开，双瞳之中，青光涌动。

轰！

而其喝声刚落，那死炎灵池之中黑浪再度翻涌起来，一波比起先前更为猛烈的黑炎之龙凝聚起来，狠狠地对着林动冲去。

浓浓的死气包裹着林动的身体，青光翻涌，两股力量不断地拉锯，而在那拉锯中，一点点精纯的死气，彻底地渗透融入林动的身体。

"啧，这小子的青天化龙诀修炼到了相当纯熟的地步啊。"摩罗望着那在死气包裹中异常顽强的青光，不由得一笑，道。

青雉也笑着点点头，眼中满是欣赏之色。虽说他将青天化龙诀传给了林动，但诸多修炼，都是后者独自完成，而他所给予的帮助，相当有限。

"不过以我来看，即便他青天化龙诀修炼得不弱，但也仅能坚持到四十道冲刷左右，极限是四十七道。"摩罗摩挲着下巴，道。

"哦？"青雉眉头微挑，笑道，"这样说来，不是比心莲还少两道？"

"死炎灵池的死气冲刷，一波强于一波，四十道之后，每一道都是成倍翻涨，当初即便是心莲,也采取了一些保护措施,方才熬下了四十九道,但四十九道过后,她彻底地昏迷过去,后来足足休养了两月时间方才逐渐地恢复过来。"摩罗道。

"林动能够与心莲相当,其实很不错了。"

青雉笑笑,旋即他突然问道:"四十九道就是这死炎灵池的极限?"

摩罗愣了愣,然后眉头皱起,道:"极限是五十道……不过从未有人坚持下来过,当然,这是在死炎灵池对那进入者有效的前提下。"

死炎灵池,一般说来,对于刚刚晋入死玄境不久后的人最为有效,而随着实力的提升,这里的效果也会越来越小,所以在炎神殿,一般实力超越过这个界限的人,则不会被允许进入死炎灵池。

"或许今天你会开开眼。"青雉微笑道。

"你就对你那青天化龙诀这么有信心?"摩罗嘴角一撇,道。

"不是对青天化龙诀有信心,而是对林动有信心。"

"希望吧,我倒也想看看,这小子能否刷新心莲的纪录。"

"那便等着看吧。"

一旁的唐心莲听着两人的对话,红唇微抿,望着那盘坐在石台之上接受着一波波死气冲刷的瘦削身影,眸子深处,有着些许好奇与期待。她同样是很想看看,这个看似平凡的青年,是否会再度让人震撼。

轰隆隆!

随着时间的推移,死炎灵池池水翻涌,一头头黑炎之龙汇聚而成,携带着愈发恐怖的死气,狠狠地冲刷在石台上那道身影之上。

然而,面对着死气的疯狂冲刷,那石台中被青光包裹的身影,却越发稳如磐石,青光看似薄弱,但却始终未曾彻底倾覆。

"四十道了……现在才是厉害的。"摩罗淡淡地道。

摩罗声音刚刚落下,只见得那死炎灵池陡然疯狂地翻涌起来,一头比起之前庞大了数倍的黑炎之龙,缓缓地升腾起来。黑龙双目处,竟有着暗红之色汇聚,犹如一对血瞳,令人毛骨悚然。

"的确是厉害了很多。"青雉眼中划过一抹诧异,轻轻点头。

吼!

庞大的黑炎之龙仰天咆哮,下一霎,已携带着澎湃死气,滚滚而出,狠狠地冲击在了林动身体之上。

撞击的刹那,林动的整个脸庞都扭曲在一起,身体表面的皮肤,也迅速地呈

现一种灰败之色，不过很快，他喉咙间传出一道低沉吼声，青光涌动，死死地护着身体。

两股光芒凶横交织，谁都无法取得上风。

林动眼神陡然凌厉，他竟死死地抓住那黑炎龙头，而后青光暴涌，一把抓爆那黑炎之龙，浓浓的死气，顺着他的手掌，飞快地涌入他的体内。

"再来！"林动手掌微微颤抖，但那眼神却愈发灼热与执拗。

"吼！"仿佛是应着他的喝声，死炎灵池继续翻滚，更为狂暴的黑炎之龙汇聚而来，接连不断地对着林动疯狂冲刷而去。

砰！砰！砰……

低沉的声音在空旷的池中回荡着，摩罗望着那在一头头黑炎之龙的冲撞下不断颤抖，但却始终未曾倒下的林动，眼神逐渐凝重起来。

"第四十七道了。"

唐心莲轻声道，她的声音略有点儿抖，她经历过这种场景，自然知道身处其中要忍受多么痛苦的煎熬，而当初的她，在经历到第四十七道时已是极限，如果不是因为事先有所准备，早便在此处败下阵来。

哗啦！

整片池子，都在此时彻底地动荡起来，两道巨大的黑色旋涡竟然同时成形，然后暴掠而出，犹如两条撕裂天空的黑龙，夹杂着磅礴到极点的死气，交叉着撞击在了林动的身体之上。

摩罗三人望着那死气最为浓郁之处，好半晌后，死气逐渐变淡，一道剧烈咳嗽的身影，出现在了他们视野之中。

此时的林动，身体灰白，在其皮肤上，黏附着黑色的黏稠体，那全部都是由极为精纯的死气所化。

林动剧烈地咳嗽着，鲜血从嘴中吐出来，竟呈现暗黑色泽，显然是受创不轻。

"这小子，倒的确有些厉害。"摩罗吐了一口气，虽然林动现在这状态看上去有点儿惨，不过难以想象的是他竟然真的扛下了四十九道死气冲刷。

"就这样吧。"

摩罗袖袍一挥，就欲关闭死炎灵池，就在他声音刚落时，那石台上的年轻身影却有点儿艰难地伸出手臂，沙哑的声音传出来。

"还有一道。"

"还有一道……"

当那道沙哑的声音从石台上传出来时，摩罗与唐心莲的面色皆微微一变，唯有青雉淡淡一笑，仿佛对此并不意外。

"林动，这死炎灵池至今为止，可从未有人承受过五十道死气冲刷，那最后一道，也远不是之前可比，一旦失败，你肉体再强，也会被死气腐蚀！"摩罗沉声道。

石台上，林动伸出手掌，此时的他皮肤因为死气的侵蚀，已有些灰白，他似乎在忍受着极大的痛苦，因此也并没有说出什么话来，只是那微微摆动的手掌，透露着不肯就此罢休的执拗。

世界上没有什么平白而来的力量，想要变得比别人更强大，那就需要付出别人难以企及的努力，这一点，林动刚刚从大炎王朝走出来时，便清楚地知道。

摩罗见状，眼神微凝，这个小子，还真够倔啊。

"摩罗，由得他吧，他真要决定做什么事，你可拉不回来。"青雉在旁淡笑道。

摩罗苦笑一声，摇了摇头，道："你就说风凉话吧，等到时候这小子肉体被毁了，你当重新修炼副肉体出来很容易吗？"

青雉微笑地望着那石台上微微颤抖的身影，轻声道："他会成功的……"

"希望如此吧……"

第四十九道死气冲刷落下来后，这死炎灵池，逐渐地恢复了安静，那番模样，仿佛已无后续。

"师父……"唐心莲望着这一幕，眸子中掠过一抹疑惑，因为之前并未有人坚持到第五十道，所以就连她都不知道，那第五十道死气冲刷究竟是个什么样。

"马上便来了……"摩罗抬头，目光却凝聚在了那死炎灵池上方的黑色瀑布处，其眼中，有着凝重浮现出来。

嗡嗡！

就在摩罗声音落下不久，大地突然开始抖动起来，唐心莲惊异地抬起头，只见那道巨大的黑色瀑布，竟然缓缓地蠕动起来。

黑色瀑布犹如一条看不见尽头的黑色巨龙，在那无声之中，悄然地展露着属于它的狰狞。

一种可怕得无法形容的死气，蔓延而开，这片空间，都因此变得有些灰暗起来，那种死气，连空间都无法承受。

石台上的林动，也察觉到上方可怕的波动，旋即他缓缓抬头，瞳孔映射着那蠕动起来的黑色瀑布。那种阴影，犹如死神降临，令他深深地吸了一口气。这最后一道死气冲刷，竟然变态到这种程度，难怪连摩罗都会出言反对……

不过，都到了这个时候了，再退缩的话，是不可能的事了。

"来吧。"林动盘坐着，双眼中开始有着灼热的挑战之意涌现。

黑色瀑布，缓缓地扭曲着，一道道黑色水流倾泻下来，悄无声息地融入池水中，然而不管半空中是如何的磅礴，但却依旧没有丝毫声音传出，那种安静，诡异得让人心寒。

咔！

无形中，似是有着什么声音突兀地传出，旋即这片空间的空气都飞快地逃逸散开，那黑色瀑布，已夹杂着恐怖声势，自那天空倾泻下来，犹如一座黑色山岳，对着林动当头落下。

嘭！

瀑布落将下来，那些巨大的石台，瞬间化为灰烬，虽然没有巨响传出，但那剧烈颤抖的大地，证明着这冲击力的可怕。

啊！

黑色瀑布淹没了林动的身体，一道充满痛苦的低吼声传出。

死炎灵池边缘，摩罗三人面色凝重地望着那垂落下来的黑色瀑布，凭借着过人的眼力，他们能够隐约地看见，那瀑布之中，林动的身体，竟然是在此时逐渐地变得黑暗起来，那是肉体坏死的迹象。

"他坚持不住了。"唐心莲急忙道。谁都无法想象这最后一道竟然如此凶猛，与这一道相比，之前的四十九道简直是儿戏。

"师父，快把他救出来啊！"

摩罗面色凝重，他看了一旁面庞平静的青雉，微微摇头，轻声道："别急，那小子还在坚持。"

一道道被死死压抑，但依旧蕴含着极端痛苦的低吼咆哮，犹如野兽般自那瀑布之中传出，无法想象那种痛苦达到了什么程度，就连素来性格坚韧的林动，都是这般表现。

唐心莲玉手轻掩着红唇，她能够看见，在那黑色瀑布中，林动的身躯仿佛都在一圈圈地缩小着，那些磅礴到极点的死气，不断地侵蚀着他的肉体。

一层层的黑皮，在林动身体表面迅速地堆积着，那一幕，看得人心头泛寒。

那种痛苦的咆哮，在持续了半晌后，终于逐渐地减弱，但却并不是因为痛苦停止，而是因为那种死气侵蚀坏了他的咽喉，那种犹如破烂风车般的声音，再不复以往的清朗。

唐心莲望着这一幕，即便她素来性子强硬，但此时眼眶也微微红了一点，旋即偏过头，再不看向那黑色瀑布之中痛苦的身影。

她总算是能够知道为什么这个年龄与她相差不多的青年，能够让她的师父以及青雉这种天地间巅峰的强者那般看重，这并不只是因为天赋，也是他本身所具备的那种丝毫不认输的韧性。

那种韧性，即便是她都达不到，因为至少在当初，她根本没有勇气去挑战那第五十道死气冲刷……

"林动，加油啊……"唐心莲玉手轻握，微偏着头，喃喃道。

那种嘶哑的痛苦咆哮，最终彻彻底底地消散，然而那一波波恐怖的死气，依旧连绵不断地对着那道已是纹丝不动的身影冲刷而去，因为死气的隔绝，甚至无法察觉到那道身影究竟是否还具备着生机。

而这种冲刷，足足持续了十分钟，而后那肆虐的黑色瀑布，方才再度逆流而上，高高地悬挂在天空，犹如墨水，倾洒下来。

摩罗等人的目光，也随着黑色瀑布的缓缓退去，凝聚在了那死炎灵池之中，

在那池面上，黑炎升腾，一堆黑色的皮屑堆积成小山。

摩罗袍袖一挥，劲风吹拂而来，那些黑色皮屑飞散开来，将那一具通体发黑，骨瘦如柴的身体显露了出来。

唐心莲望着那几乎只剩骨骼的黑色身体，贝齿忍不住地紧紧咬着红唇，努力不让自己发出声音来。

在那身体上，她感应不到任何的生机存在。

摩罗面色凝重地望着这一幕，旋即偏头望着青雉，后者的面庞虽然依旧平静，但他还是能够感觉到，青雉的身体似乎在此时也紧绷了许多。

无人说话，气氛压抑得让人喘不过气来。

咔嚓。

这般气氛，持续了一分钟左右，突然有着细微的异响声传出，摩罗三人目光急忙顺着望去，然后便见到，在那具黑色的枯骨上面，竟然裂开了一道道裂纹。

"这……"

三人望着这一幕，眼神皆是一凝，因为那些黑色物质，完全是由死气所凝聚，所以就连青雉，都无法感应到在那之下究竟是否还存有生机。

裂纹，飞快地蔓延开来，最后一声轻响，一道裂缝崩裂开来，接着一只修长的手臂，自其中伸了出来。

咔嚓咔嚓！

黑色物质，迅速地脱落，而随着黑色脱落，那种健康而生机盎然的颜色，再度显露。

当那些黑色物质彻底地脱落下来时，一具挺拔而健壮的年轻身体，也再度出现，那一对黑色双瞳，明亮而自信，身体之上，每一道线条，都充满着力量。

这仿佛是一具自那死亡之焰中涅槃重生的身体，虽然并没有巨人般惊人的肌肉，但那看似单薄的身躯之下，却有着一种恐怖的力量扩散出来。

"竟然……成功了……"

摩罗三人望着那犹如蜕变的躯体，自然能够察觉到，如今这具躯体，比起之前，强横了多少。

而且，在那身体之内，还流淌着磅礴澎湃的元力，元力之中，一丝丝精纯的死气掺杂着，那般境界，稳固如磐石！

显然，林动是真正自那第五十道死气冲刷中成功地熬了下来。

"这小子……"摩罗咧咧嘴，眼中满是赞叹之色。

呼。

青雉脸庞上的笑容更盛，不过也唯有摩罗才能感应到，前者那紧绷的身体，也开始放松了下来。

林动望着池边的三人，嘿嘿一笑，刚欲走上前去，一柄火红长枪已是狠狠洞穿而来，那等凌厉劲风，吓得他急忙退后数步，愕然地望向唐心莲，此时的后者，俏脸滚烫，目光游离在他的身侧，一对明眸，满含羞恼。

"把你的衣服穿上！"在唐心莲那羞恼的喝声中，一旁的摩罗却是忍不住大笑起来，青雉也是含笑摇头。

林动尴尬地穿上衣衫，在青雉二人那戏谑的目光中掠上池边，此时的唐心莲方才微红着俏脸看向林动，旋即她微微怔了一下。

林动的模样倒是没什么变化，只是浑身的皮肤散发着淡淡的莹白之色，一对黑瞳，不知是否是因为他身怀吞噬祖符的关系，很是深邃。在与其目光对视间，就连唐心莲心神都恍惚了一瞬，然后连忙撇开目光。

察觉到自己的这种变化，唐心莲不由得有点儿羞恼，她这些年见过那种光凭外貌就能让一些女子心生爱慕的俊逸男子，但仅仅外貌什么的，对她而言基本无感。

这一点从那周泽处便看得出来，后者不仅俊逸，而且本事也非同寻常，但奈何对着唐心莲这座城池攻坚了数年最终只能无奈败退。

唐心莲性子本就强硬，这种女人内心无疑也是相当骄傲的，因此在她发现自己此时竟然只是在与林动对视间便心中生出这般情绪时，难免会有些羞恼。

"下次再这样，我的枪可不会认人了。"为了掩饰心中的感觉，唐心莲俏脸绷了起来，旋即玉手一握，那火凤枪便化为虹光掠回她手中，故作冷淡地道。

林动唯有干笑，这种情况，他同样不想再有第二次。

"不过……还是恭喜你了。这死炎灵池，可从未有人承受住那第五十道冲刷。"望着林动那尴尬模样，唐心莲不自觉地心头微软了下，旋即明眸泛着些许亮光地看着林动，那眼中，竟有着少许的钦佩。

而在林动察觉到唐心莲眼中这丝情绪时，竟忍不住地有点儿飘飘然，只有在见识了这女孩那不认输的性格后，才能知道让她流露出这种情绪究竟多么困难。

"我也险些坚持不住。"

不过，林动在略微得意一下后，便恢复了正常心态，他偏头望着那巨大的

黑色瀑布，眼中有着一抹悸色。先前的他，的确是察觉到了死亡的味道，那种感觉，丝毫不弱于与那狼魔将交手时的凶险，如果再来第二次的话，就连现在的他，都没信心从那种死亡冲刷下坚持下来。

这死炎灵池，的确可怕，难怪至今为止，除了他这执拗得如同疯子的人之外，从未有人敢挑战那最后一道冲刷。

"咳，我说……你们这俩小年轻，真当旁边没人了不成？"而就在林动与唐心莲说话时，一旁却有着戏谑的声音传来，然后两人偏头，便见到摩罗与青雉正促狭地看着他们。

林动干咳一声，唐心莲俏脸也是微红，旋即面对着摩罗，她却是没了先前面对林动的躲闪，反而是横了他一眼，轻哼道："你再取笑的话，回头我就去闭关，炎神殿的事你自己去管！"

唐心莲这句话显然是相当恐怖的杀器，那摩罗脸庞上的戏谑笑容几乎是瞬间消散而去，而后一本正经地看向林动："你的后遗症，应该都消除了吧？"

炎神殿盘子太大，各种烦琐事情处理起来极其麻烦，以往摩罗还亲自处理，不过，伴随着唐心莲的接手，他也是彻彻底底地明白了何为解脱，如果再让他来顶替，恐怕真是连修炼的时间都没有，在这种事情上面，就算他是唐心莲的师父，都不得不承认自己完全比不上徒弟。

林动也是因为摩罗的这种变化暗笑了一下，旋即点点头，手掌轻握，感受着体内那澎湃的元力，他唇角有着笑容浮现，之前体内的那种虚浮之感，终于彻底地消散。

如今的他，境界总算是彻彻底底地稳固在了死玄境小成的地步，体内元力流淌间，一丝丝死气沉浮，如同潜伏的黑龙，一旦涌出，必将展露出峥嵘。

如果与那华辰、徐修交手时，他能够有现在这般力量，必定不用拼得那般凄惨。

现在的林动，虽说是死玄境小成，但即便是死玄境大成之中，也是难觅敌手，甚至，就算是面对着那些死玄境圆满的顶尖强者，也足以一战！

这番实力，比起他刚到乱魔海时，已是强悍了太多太多，死玄境圆满，不管是放在哪个超级势力之中，都绝对是长老级别的人物！

甚至，类似古家、魏家等等势力，他们的家主，也就这种实力罢了。

这番实力，想来就算是在那妖域之中，也大可闯得！

"解决了就好。"青雉见状也是一笑，他的眼中有着一些欣赏之色，之前林动在死炎灵池中的表现，也是令他满意。

"既然问题都解决了，你打算何时动身前往妖域？"摩罗问道。

"越快越好。"林动沉吟道。之前青雉与他说过，在他的感应中，小炎与小貂传送的方向是妖域的两个方向，而小貂在传送过去后，伤势极重。毕竟在异魔城时，小貂燃烧了族纹与元门三巨头战斗，这样的话，即便他回了天妖貂族，必定会紧急闭关疗伤，谁也不知道现在他的状况如何，而如果小貂闭关无法出去寻找小炎，那此时的后者应该是独自一人在那妖域中闯荡，这令林动有些担心。

他得尽快找到小炎，确定他安全后，再去天妖貂族与小貂汇合。

"那便三天之后吧。"

摩罗大手一挥，道："另外，我炎神殿也有一些妖兽弟子，我会派一位对妖域熟悉的弟子随你过去，这对你寻人应该有很大的帮助。"

林动闻言，也是一喜，他对妖域一点儿都不熟悉，如果有人帮忙，自然能够省去极大的麻烦。

"那便这样决定吧，我与摩罗联手为你空间传送，三日之后，送你去妖域。"

林动重重点头，心情微微有些澎湃。

小貂，小炎，等着我，我们三兄弟，可是说好了要一起杀回东玄域的！

三日后，火炎城中最为巍峨的一座山峰，林动坐在一块青石上，抬头望着山巅处，那里隐隐间有着恐怖的空间波动散发出来，那是青雉与摩罗在联手构建着空间传送。

"林动哥。"

身后突然有着悦耳的声音传来，林动偏头，见到好些天不见的慕灵珊跑了过来，在她身后，还紧紧地跟着慕岚。

"你要去妖域啊？我也好想去！"慕灵珊抓着林动的手臂，那大眼睛中，满是期盼之色。

"你就别想了，乱魔海中，还能让你任性，那妖域是绝对不会放你去。"慕岚在后面没好气地道。

林动笑着揉了揉慕灵珊的小脑袋，道："灵珊乖，妖域的确很危险，就连我过去也唯有自保，你跟慕岚前辈回去好好修炼，等以后实力变强了，我还想等着你来保护我呢。"

在知道慕灵珊那奇特的身份后，林动也明白，慕岚他们绝对不可能会让灵珊去妖域闯荡，一旦身份暴露，危险实在太大。

慕灵珊苦着小脸，从慕岚与林动对待此事的态度来看，她就知道希望不大。

"林动哥你放心吧，等下次见面，我一定会比现在强很多的，以后的话，就让我来保护你。"慕灵珊笑嘻嘻地道，那大眼睛中，有着一些眷恋之色。

慕岚走上来，他看了看林动，笑道："妖域虽然凶险，不过想来我也不用提醒你什么，能够在乱魔海中混成这般名头，就算是去了妖域，怕也不会平凡。我倒是挺好奇，你这小子，在那妖域中，又能折腾出什么花样。"

林动哭笑不得，这怎么说得他和混世魔王一样，刚欲说话，眼神便是一动，只见唐心莲掠来，而在其身后，还跟着一人。

"林动，这是我们炎神殿的弟子，她也来自妖域。"

林动望去，见到一道娇小身影，那似乎是一名少女。她娇躯纤细，五官清丽，只是似乎有些怕生，水汪汪的大眼睛看了林动一眼便赶忙移开。

"林动大人，我……我叫心晴，我是妖兽界中九尾族的人……因为青雉大人说你的朋友可能出现在我族所在的那片地域，所以让我陪同你去寻找。"少女双手绞在一起，低着头用低不可闻的声音说道。

"九尾族？"林动微怔，旋即忍不住地看了下少女身后。

似是察觉到林动的目光，少女小脸微红，退到唐心莲身旁，后者将其拉住，瞪了林动一眼。

林动轻咳一声，旋即冲着少女点点头，道："心晴姑娘，那这次就有劳你了。"

"心晴是我们炎神殿炎神卫的人，虽然年龄尚小，但却已是生玄境小成，她此番为你带路，你可莫要对别人不轨，不然的话……"

唐心莲修长玉手轻轻一握，那狭长明媚的眸子中，竟有着点点杀气涌现。

"我是那种人吗？"林动苦笑。

唐心莲想了想，这才展颜一笑，那笑容竟有些妩媚，旋即她看着林动，声音变柔了许多，道："此行小心。"

"嗯。"林动点点头，突然望向山巅，那里有着极为磅礴浩瀚的空间波动席卷开来，一道光柱，冲天而起。

林动注视着那光柱，许久后，深深地吸了一口气，翻身跃下青石，也不再多说，挥挥手，洒脱地走向山巅。

"走吧。"

巨大的光阵，盘旋在山巅之上，光阵上空，空间扭曲，隐约间仿佛有一条漆黑的空间通道在凝聚成形。

在光阵的下方，青雉与摩罗缓缓收手，乱魔海与妖域之间极其遥远，即便是一名死玄境强者，想要飞越，起码也需要将近半年的时间，因此这种远距离的空间传送，也不是寻常势力构建得出来的。不过，摩罗与青雉一个是货真价实的轮回境强者，一个是祖符掌控者，放眼这天地间，也是最为顶尖的那一层，联手之下，构建出这种远距离空间传送，倒也并不是不可能。

"林动，阵法已构建完毕，动身吧。"摩罗转头看着走上山巅的林动，道。

林动点点头，在其身后，那名为心晴的少女也是小跑着跟上，她大眼睛望着摩罗二人，略微有些畏惧，以她在炎神殿中的地位，平常是不能够见到摩罗这位炎神殿最高统治者的。

"这小丫头心莲应该为你介绍过了吧？她是九尾族的人，而且青雉说过，她家族所在的地域，正好是你那位叫作小炎的朋友所在的大致方位，我与她们族长有些交情，你将事情告诉她们，应该能获得帮助。"摩罗看了看心晴，说道。

"嗯，多谢摩罗前辈。"林动点点头。

"既然如此，那你二人便先进阵吧。"

"走吧。"林动偏头对着身后的少女说了一声，然后率先走入那庞大的光阵之中，后者犹豫了一下，也跟了上去。

青雉望着进入光阵之中的两人，沉吟了一下，突然屈指一弹，一道青光掠向林动。林动一把抓住，低头一看，竟是一枚巴掌大小的青骨。

"你此行去妖域，若是有机会，可以凭此信物去一趟龙族，你修炼的青天化龙诀，想要真正大成，最后一步，必不可缺。"

"什么？"林动一怔。

"化龙骨。"青雉淡淡地道，"龙族之中，有一座远古化龙潭，你若能进入其中修炼，则能够彻底将青天化龙诀修炼至大成地步。"

"嘿嘿，远古化龙潭可不好进，那些老顽固会轻易让林动去享受那种天大福缘？你能去得，那是因为你身怀龙族血脉，林动虽然修炼了青天化龙诀，但还是纯正的人类。"摩罗提醒道。

"那就得看他的机缘了。"青雉道。

林动微微点头，然后将手中的青骨收好，郑重地对着青雉、摩罗以及后方的慕岚、唐心莲等人抱拳。

"喂，你可一定要再来乱魔海啊！"唐心莲望着那光阵中挺拔的青年，忍不住地喊道。

林动重重点头，这片地方，他一定还会再来，只是再来时，必然是另外一番景象。

"要开始传送了，你二人小心。"

摩罗与青雉对视一眼，旋即印法一变，这片空间便激烈地扭曲起来，上方的空间旋涡犹如一张大口，向下延伸而来，林动二人周身的光芒，也越来越浓。

"林动哥，如果在妖域有人欺负你，就来乱魔海，我们帮你出头！"慕灵珊挥舞着小手，大眼睛因为离别的不舍而有些红，只是那从其嘴里喊出来的话，却让林动忍不住地失笑，而后又有着感动涌上心头。

"灵珊，好好修炼，以后我可是要你帮忙的。"

林动笑道，灵珊乃是生死祖符，她以后的潜力将会相当恐怖，可以想象，若是以后真的与异魔决战的话，灵珊将会是一员无法轻视的重量级大将。

"嗯！"慕灵珊用力地点着头，然后眼眶越来越红。

"诸位保重，后会有期！"

当林动最后的声音传出时，光芒终于强烈到了极点，那扭曲的空间，呼啸而下，一口便将林动二人吞入其中，而后狂暴的空间波动席卷开来。

璀璨的光华许久之后方才逐渐散去，而那光阵也渐渐变弱，其中的两道身影已彻底消失，唯有那缓缓愈合的空间，证明着先前此处所发生的事。

"终于是走了啊……"摩罗望着那愈合的空间，长长地叹了一声，旋即他忍不住地一笑，"真是不知道这小子到了妖域，又将会折腾出什么事。"

青雉微微一笑，双手负于身后，抬起头来，喃喃道："我有预感，下次再见时，这个小家伙，会很强的……"

"我很期待。"摩罗也点点头。他也很好奇，这个被青雉认为很有可能媲美符祖大人那位最出色的弟子的家伙，究竟能够达到哪一步？

他很期待那一天的到来。

而在林动再度跨越空间，离开乱魔海，去往妖域时，东玄域中，有些不寻常的事情发生着。

东玄域，元门。

作为东玄域最为强大的超级宗派，这里终年都是那般的喧哗。无数的弟子穿梭其中，在他们的脸庞上，皆是有着一抹傲气，那是身为这片大地上最强大宗派一员的骄傲。

只不过，偶尔有一些弟子抬头望着天空上那笼罩的乌云，心中却略感压抑，近来宗派之中，气氛似乎隐隐地有些不对……

元门深处，一座孤僻的山峰，山峰上有一座破败的殿宇，殿宇之外，蜘蛛网四处遍布，偶有黑虫爬过，一种淡淡的阴冷之气蔓延开来。

这里是元门的禁地，即便是一些长老，都严禁进入。

而此时，在那殿宇深处，三道人影寂静坐着，正是元门三位巨头，只是现在元门的这三位最高统治者，眼神却有些阴鸷。

"华辰死了……"寂静持续了许久，人元子终是沙哑着声音开口，"同时死的还有着那个叫作徐修的，他们都死在林动的手中。"

"真是个让人寝食难安的小子啊。"地元子眼中有着阴森掠过，缓缓地道，"现在的他，已经与那乱魔海的炎神殿混在了一起，那炎神殿的殿主，似乎是叫摩罗吧，还是火焰祖符的掌控者……"

"林动与摩罗还有那青龙王青雉共同设了局……"天元子微靠着椅背，一片阴影洒下来，遮了他半个脸庞，令他看上去有些诡异。

"呵呵，天冥王带了三大将同时前去，结果三大将全灭，他本身也是近乎陨落，

唯有一些精血被救回……"

天元子嘴角似是抽搐了一下，旋即眼神阴森下来："那个小子……还真是不简单啊。"

地元子、人元子二人皆是沉默，谁能想到，当年那个他们一根手指就能捏死的蝼蚁，竟然让他们付出了如此恐怖的损失。

"魔狱的存在，应该也已经暴露了……"天元子淡淡地道。

地元子二人眼中黑芒一闪，低声道："会有很大的干扰吗？"

"暴露倒是迟早的事……不过既然如此，计划也该稍稍提前了啊。"天元子阴影中的双目睁开，其中有着无尽的凶戾涌出。

"东玄域，我们要占据，这里只能出现一个主宰者！"

地元子二人对视一眼，看向大殿的一角阴影处，那里似是有黑气在流动，而后，一道犹如喃喃般的阴冷声音，在大殿中传开。

"可以开始了……"

"那炎神殿呢？"天元子望着破败的大殿上方，问。

"魔狱会收拾他们的……你们负责东玄域便可以了，魔狱会暗中助你们……"阴冷的声音回荡着。

天元子微微点头，旋即他缓缓地站起身来，眼中泛着黑光望着大殿之外，嘴角的笑容，逐渐狂热起来。

"既然如此，那就开战吧……我要让那小子回来时，看见变成废墟的道宗……"

在阴云悄然笼罩庞大的东玄域时，那在东玄域北方的尽头，一片冰雪天地，可怕的寒气，仿佛是连天地元力都给冻结了。

在这冰天雪地的某处，有着一座数万丈高大的冰山，冰山犹如刺破了苍穹，巍峨壮观。

在那冰山的最深处，隐隐地有着冰蓝色光芒，一闪一闪，犹如呼吸。隐约间，那一道道流溢的冰蓝光芒，似是凝成了一道极为古老的符文。

不过这种光芒，仅仅只是闪烁了一会儿，便再度消失，最后彻底黯淡了下去。

那东玄域遥远起伏的山岳中，道宗深处的冰湖上，冰莲漂浮，在那冰莲上，盘坐着一名体态纤细的少女，冰蓝色的长发，披落下来撒在冰莲上，每一根都是那般的晶莹，不染尘埃，远远看去，美丽得令人惊心动魄。

就在那古老符文出现的同时，盘坐于冰莲中犹如冰之仙子的少女，突然睁开了冰蓝色的双眸，她抬头望着遥远的地方，黛眉微蹙，在那个方向，仿佛有着一种呼唤正穿透空间传来。

"冰……冰之祖符……"

这是一片暗赤颜色的平原，偶有山峰矗立，一些树木稀稀落落地出现。在那极为遥远的地方，仿佛有着一些悠长的兽吼之声传开，令这片大地，有着一种蛮荒的感觉。

此时，在这片平原偏北处的一座小山上，一道单薄的身影正仰头望着那因为大地的颜色，也同样显得有些赤红的天空，旋即他视线望向平原的尽头，却什么都看不见……

"这就是妖域吗？"林动望着这蛮荒大地，喃喃道。

眼前的人，自然便是那通过空间传送而来的林动。他和心晴在空间通道中穿梭了将近五日时间，方才穿透空间，落到了这片陌生的地方。

而对于这里极为陌生的林动，显然也并不知道是否抵达了他的目的地，经历了上次传送失败后，他对这种远距离空间传送还心有余悸。

林动四处看了看，有点儿无奈地望着那躺地上还处于昏迷状态的少女，看来空间传送也不是寻常人可以消受的啊……

林动在心晴身旁蹲下来，伸出手指，轻轻地捏住少女那高挺的玉鼻，然后少女那秀气的眉尖逐渐蹙了起来，最后那紧闭的大眼睛也睁了开来，再接着，那张清丽的小脸陡然变得火红，她小手撑着地面慌张地退后了一些，讷讷地道："林动……大人……"

林动见到如此受惊的心晴，也是尴尬一笑，道："那个，我看你一直醒不过来，以为你出什么事了……"

"对……对不起。"心晴红着小脸，低声道歉。

"没事。"林动摆了摆手。眼前少女对他的敬畏让他有点儿不自在，当即声音放温和了许多，"我们似乎抵达妖域了，你能看出这是什么地方吗？"

听得此话，心晴连忙站起身来，仔细地观察着这片赤红的平原，好半晌后，她似是微松了一口气，小脸上有着笑容浮现出来："林动大人，我们应该处于兽战域之中，嗯……传送没有出错，这就是我们要去的方向。"

林动闻言，如释重负般地松了一口气，旋即疑惑地道："兽战域？"

"嗯。"心晴点点头，然后解释道，"妖域极其辽阔，大致被简单地分为东西南北四域，而我们所处的兽战域，则是西域与北域的交接处，而这里，也号称是

妖域中最为混乱的地域之一。"

"哦？"林动眉头微挑，怎么听这意思，又来了一片让人头疼的地方？

"在妖域的其他一些地域，势力大多算是泾渭分明，而各大种族间虽有摩擦，但总的说来还算平和，但唯有这兽战域中，纷争不断，而且也并不是由种族划分势力，而是被各方实力超然的豪强统治。嗯……如今这兽战域，最顶尖的统治者，应该是八大妖帅。"心晴想了想，道。

"八大妖帅？"林动再度表示茫然。对于这妖域，他真是真正地两眼一抹黑，还好摩罗他们准备了一个向导。

"八大妖帅代表着兽战域中最为强大的八方势力，他们至少都拥有着死玄境圆满的实力，在他们的麾下，又有众多强者附庸，即便是在整个妖域，都有着不弱的名声。

"除了八大妖帅之外，兽战域中还有着众多大大小小的势力，而在这里，因为争夺地盘以及资源，爆发战争是极为正常的事，而且地盘易主也极易出现。指不定今天一股势力统治这里，明天便被人夺走甚至被尽数抹杀。"

"相对来说，八大妖帅的势力则是要稳固一些。"

林动点了点头，这倒当真不愧是妖域，弱肉强食的法则被演绎得淋漓尽致。

"那……我们要怎么找人？"林动挠了挠头，按照青雉所说的话，小炎应该也是被传送到了这片地域，但这里同样辽阔，要找一个人可不是什么简单的事情。

心晴抿着小嘴想了想，旋即大眼睛看着林动，征求道："要不先去心晴的族里？族里面的一些情报，肯定会比我知道的多。"

林动对此倒是没什么意见，点点头，不管怎样，一个种族所能够获得的情报，总归会比他一个人打听效率更高。

心晴见到林动点头，小脸上有些欣喜，她抬头辨认了一下方向，小手指向北方，道："我们九尾族是在那个方向，一直赶路过去的话，五天内应该就能够到达。"

"那便动身吧。"林动倒也没磨蹭什么，挥了挥手，道。

"嗯……我来给林动大人带路。"想来或许是能够回到族里的缘故，少女小脸上多了一些兴奋，然后娇躯掠出，笔直地向着北方掠去，在其身后，林动紧随而上。

"心晴，你们的九尾族应该挺强的吧？"赶路中，林动四处看了看，旋即收回，望着身旁正认真认路的心晴，笑问道。

认路中的心晴听得此话，却微愣了一下，那大眼睛仿佛黯了黯，不好意思地道："没有呢，九尾族现在挺弱小的，我们的族长，也就是我的母亲，也才死玄境小成的实力，在这兽战域中，仅仅只能让我们九尾族勉强自保。

"我们以前也曾投靠过一个大势力保障安全，但对方却要求我们九尾族每年提供十名少女族人，我们不愿答应，最后脱离并且远遁到现在的据点，不过，为此我们也付出了极大的代价，族中十之七八的男人，包括我的父亲，都在反抗之中被杀了。"

林动身形一顿，望着一旁眼圈红了许多，轻咬着嘴唇的少女，歉然道："抱歉。"

心晴摇摇头，道："在妖域便是这样……我不远万里去炎神殿，就是想让自己变得强大，以后回来，庇护我的族人。"

"你会成功的。"林动微微动容。这少女看上去怯怯弱弱，但内心深处，却有着属于她的坚强，而旋即他心中也有些感叹，当年努力变得强大，他何尝不是为了保护自己的家人？

心晴道："心晴可没有林动大人这么厉害，年纪轻轻就已经是死玄境小成，而且还能以一敌二击败那心莲姐姐与周泽大人都无法对付的敌人。"

林动挠了挠头，只好笑道："他们都说我是变态……"

心晴扑哧一笑，显然是被林动逗乐了，那红红的眼圈也淡化了一些，偷偷瞄了林动一眼，这才发现后者似乎并不是想象中的那般严厉和难以接近。

"林动大人还有个朋友，是天妖貂族的吗？"

"嗯。"林动点点头，笑道，"他们都是我兄弟。"

"林动大人真厉害，竟然还能跟天妖貂族的人做兄弟，他们可是很凶横的呢。在这妖域，就算是龙族的人见了他们都有些忌惮。"心晴惊叹地道。

"这么厉害……"林动有点儿讶异，他倒知道天妖貂族在妖兽界挺强，但没想能强到这种程度。

"嗯，天妖貂族可是如今妖兽界中仅存的四大霸族之一。"心晴连连点头。

"四大霸族？"林动有点儿无奈，看来他对妖兽界还真是完全陌生啊。

"如今的妖兽界有四霸族，八王族，四霸族便是龙族、九凤族、鲲鹏族和天妖貂族……他们是妖兽界最强大的种族。"

"九凤族，鲲鹏族……"林动念叨了一下这两个名字，这倒是第一次听说了。

"其实我们九尾族很久很久前也很强大的……那时候我们九尾族还与鲲鹏族开战过，都没落多少下风呢。"心晴有些骄傲地道。

"哦？"林动这次倒是真有些惊讶了，没想到这如今孱弱不堪的九尾族，竟然也有那般光辉的历史。

"因为远古时候一场大劫难，我们九尾族死伤惨重，顶端强者皆是陨落，而后来的岁月，也鲜有族人能够达到九尾至高境界，这才导致种族衰落，最后到了现在这种程度。"心晴道。

"这样啊……"林动恍然大悟，看来这九尾族是修炼得尾巴越多越厉害了。

"那心晴你有几条尾巴啊？"林动忍住看向少女的娇臀，笑问道。

"心晴有三条。"心晴微微犹豫了一下，旋即娇躯红光闪烁，三条毛茸茸的尾巴便自其身后闪现了出来。

林动好奇地望着心晴身后那三条毛茸茸的可爱尾巴，忍不住地靠近过去，手掌抓住一条尾巴，那触感竟是出奇地舒服。

"林……林动大人。"

然而就在他手掌抓住尾巴时，少女的小脸却是如同火烧云一般红了起来，甚至连声音都是微微颤抖起来。

林动望着这般反应的心晴，还有点儿茫然。

"尾巴……是不可以乱碰的……"心晴小脸犹如要滴血一般，颤颤地说道。

见到她这副模样，林动似是明白了什么，饶是以他的脸皮之厚，此时也忍不住地脸一烫，旋即松开手掌，仰天打着哈哈："啊……呵呵，好大的太阳，那个……我们赶紧赶路吧。"

声音落下，他便是飞快地窜了出去，心想这下脸真是丢光了，今天怎么如此不淡定……

心晴望着逃一般蹿出去的林动，也是愣了一下，旋即忍不住地掩嘴笑起来，然后也是赶忙低着头，红着脸追了上去。

赤红平原之上，一轮夕阳斜挂，暗红的光辉笼罩着大地，平原上，偶有巨大的白骨闪现，那种蛮荒之感，愈发浓郁。

咻。

天空之上，突然有着破风之声响起，两道光影飞快地掠过，那身影，正是那向着九尾族所在地点赶去的林动与心晴。

"林动大人，兽战域颇为混乱，虽然妖域中有着不少人类存在，不过，这里毕竟是妖兽界，若是被见到的话，难免会引来一些窥伺，所以我们此行赶路，不能太张扬了。"心晴跟在林动身旁，她有些紧张地望着四周的动静，提醒道。

他们这样赶路，似乎有点儿动静不小的样子……

林动笑着点点头，不过却并没降低速度的迹象，心晴见状，小嘴瘪了瘪，也不敢再多说什么，只好这样跟着，祈祷着不会出什么岔子。

而她的祈祷似乎是起到了一些作用，将近半日的赶路中，并未遇见什么麻烦，虽然中途见到了大批人马从远处呼啸而过，带起滚滚黄尘，但是他们似乎并没有发现赶路中的林动二人。

在这番赶路中，林动也算是亲眼见识了一番这兽战域的混乱，只是短短半日时间，他便见到了不下四支分属于不同势力的人马冲撞在一起，厮杀声震天，远远看去，倒是相当壮观。

这些人马虽然不少，但在见识了炎神殿那种井然有序的阵仗的林动眼中，只能算作乌合之众，而且那些统领，显然也远远不及唐心莲的能力，冲阵厮杀中，几乎全凭各自实力……

而对于这种战争，林动只是远远观望了一下便失去了兴趣，然后跟着紧张的心晴迅速离开。

时间在赶路之中迅速流逝，眨眼间，便是两日过去，而林动二人，距那九尾族所在地也是越来越接近。

又是残阳之下，依旧是那种仿佛没有尽头的赤红平原，林动盘坐于篝火之旁，一边是忙忙碌碌的少女，她跪坐在篝火旁，小手灵活地转动着木棍，上面一只肥硕的野猪大腿正在火焰的熏烤下，滴落下金黄色的油脂，那般诱人香气，将一旁的林动视线都吸引了过去。

"林动大人。"心晴用小刀将肉块切下，还用洗净的木签串上递给林动，那股体贴贤惠让林动连连感叹，这种伺候，他还真是极难享受到。他以往认识的那些女孩子，比如让绫清竹来，怕直接一剑就是送了过来；应欢欢在宗派里也是人人供着的小公主，偶尔心情好素手拂弦倒是可行，伺候人这事，想来那姑娘也做不来；青檀倒是听话，可惜因为他时常修炼，倒是很少有时间能在一起；唐心莲身为炎神殿四军统帅，林动敢让她来做这些，只怕自己立马就得被射成刺猬，至于慕灵珊……在一起的时候，显然是林动伺候这小姑奶奶更多一些。

一想到这些，林动便是盯着手中烤肉暗暗摇头，真是不容易啊……

"跟你说了多少次了，叫我林动就可以了，别称呼什么大人……"林动狼吞虎咽，声音有些含糊地道。

心晴在一旁听着就只是微笑，但那恭敬的神色却丝毫没有减弱，这让林动有些无奈，也只能作罢。

"我们九尾族在兽战域靠西北的方向,那里刚好处于雷渊山与百兽岭的交界处。"在林动狼吞虎咽间,心晴则是在一旁说着九尾族有关的信息。

"雷渊山?百兽岭?"

"雷渊山与百兽岭都是兽战域中极为强大的势力,而他们的首领,也都是八妖帅之一。"心晴解释道,"而我们九尾族则处于他们的夹缝间,两大势力摩擦不断,倒是没太多时间在乎我们,只要每年上缴一些供奉,便能够保个安稳。雷渊山与百兽岭的两大妖帅,都处于死玄境圆满的境界,实力极强,他们一位是狮族,一位是虎族……"

"虎族?"

林动送到嘴边的烤肉顿时停了下来,他惊异地盯着心晴,犹豫了下,道:"是不是天魔虎族的?"

"这我不太清楚,不过林动大人那位朋友应该是一年多前来的兽战域,而雷渊山这位妖帅,却是兽战域中早早成名的强者,想来应该不会是同一个人。"心晴想了想,道。

林动闻言,也点点头,而且这才一年多的时间,小炎即便是变异体质,应该也不可能直接暴涨到死玄境圆满的境界。

看来找寻的事,还是得慢慢来啊……

这样想着,林动收回了心思,刚欲说话,神色突然一动,抬起头来,只见得那远处,突然有着黄尘冲天而起,隐隐间,各种笑骂声远远地传来,弥漫着一股匪气。

心晴望着这出现的黄尘,小脸微微一变,旋即小手一挥,尘土飞起,便是将篝火掩盖而去,紧张地看着林动:"林动大人,我们先避避吧?"

林动无所谓地耸耸肩,然后任由心晴拉着避开了那支人马。

轰隆隆。

黄尘愈发接近,在那其中,林动见到了一道有着血色蟒蛇盘踞的旗帜,旗帜摇摆间,那血蟒犹如要冲出来一般,煞气惊人。

"是血蟒城的人……"心晴望着那血蟒旗帜,再度惊了一下,道。

林动点点头,这个势力他倒是听心晴说起过,是兽战域中名气不小的一方势力,虽然比不上八大妖帅,但也算是一方豪强。

"这些家伙,四处掳掠,最讨厌了。林动大人,我们还是不要与他们起冲突的好。"心晴低声道。

　　而在心晴说话间，那支部队已是顺着平原上的大道冲近，林动粗略一看，这支人马约莫百人，不少人气息凶悍，那最前方的位置，更有两人的实力达到了死玄境小成的地步，看来这血蟒城也的确有着几分实力。

　　这支部队风卷残云般掠过，不过他们在靠近时，显然也发现了林动二人，一些人眼中凶光闪烁，不过却并没有直接出手。

　　林动面色平静地任由那些家伙打量，心晴则是拉着他的衣角躲在后面，她年龄虽小，但却清丽异常，所以她也明白若是让那些家伙发现她后会有什么后果。

　　"哈哈，哪里来的小子？难道带着哪家的小娘子私奔不成吗？"

　　人马奔腾而过，有着起哄的怪笑声传出，而后一人手掌一握，一股劲风呼啸而出，将那旁边架子上面的烤肉给抓了过去，狂笑着撕咬着纵马而去。

　　这些人显然是有所收获，因此眼下见到林动二人，竟也懒得再出手。

　　心晴望着那些逐渐远去的血蟒城人马，如释重负般松了一口气，再然后，她便是听见一些粗俗笑声，隐约地传来。

　　"这次倒是收获不小，那几个寨子以后还敢对我血蟒城不敬，那就直接血洗了他们。"

　　"哈哈。"

　　"不过，没想到此次还能遇见两名九尾族的人，嘿嘿，那两小姑娘可真是水灵，据说这九尾族的女子，都是天生尤物……"

　　"……"

　　人马呼啸而过，那些笑声，却还在半空徘徊着，林动双目微眯，然后他偏过头，便见到了心晴那煞白起来的小脸。

　　此时的心晴，目光怔怔地望着那远去的人马，眼圈一下子红了起来，那紧紧抓着林动衣角的小手也是颤抖着松了开来。

　　"没事吧？"林动轻声问道。

　　心晴微微摇了摇头，那清丽的小脸对着林动露出一抹极为勉强的笑容，旋即她弯身将地面上的一些东西收拾了一下，再度起身时，她咬了咬嘴唇，道："林动大人……你可以先去我的族里吗？心晴……突然有些事情呢……"

　　林动望着少女，笑道："送羊入虎口啊？"

　　"她们……她们会很凄惨的……"心晴眼睛瞬间红了，她哀求地看着林动，"林动大人，你让我去吧。"

　　林动望着少女那梨花带雨的小脸，无奈地叹了一口气，伸出手掌，在她小脑

袋上面狠狠地揉了一把。

"走吧，我的向导兼小丫鬟，没了你带路，我走到你们族里，那得猴年马月咯。"

心晴泪眼模糊地望着面前的青年，贝齿紧咬着嘴唇，眼中水花似是更加多了一些。

"还真是个爱哭鬼啊，走了……"林动笑着将心晴小脸上的水花擦去，然后转过身，望着先前那批人马远去的方向，"果然是群讨人厌的家伙啊，竟然抢我的烤肉……"

心晴呆呆地望着一脸不爽的林动，片刻后，那唇线终是忍不住地下滑而去，少女清丽的小脸，有些妩媚动人。

第十四章

血蟒城

夜色渐至，然而这片荒原上，却有着一座破败的小城出现星星点点的亮光。在那城市中，大片的篝火让这里成为一处歇脚汇聚之地。远远地，还能够看见不断有队伍奔赴而来。

这座小城，也逐渐变得喧哗吵闹，再没有了之前那种冷清。

这座小城名为小荒城，是这荒原中的一处落脚点，不少平日穿梭在荒原中搜寻猎物的各方部队，大多都会选择在这种地方落脚休整，也借此躲避一下荒原上偶尔出现的飓风寒雾等等。

这些人马在此处汇聚时，也会有一些交易，比如互相交换彼此看中的货物，当然，更多的是争斗。妖域本就混乱，而这兽战域更是乱中之乱，说不定前一刻还笑脸相迎，后一刻便兵戎相见，杀得血流成河。

而此时，在那城中一处，血蟒旗帜飘动，周围一片营地，各种粗俗凶狠的喝骂声响起，远远地传开。

营地前方，有一片场地，而此时有不少牛鬼蛇神汇聚在这里，一道道飘动的旗帜，显示着他们隶属的不同的势力。各种炫耀声响起，都在吹嘘着自己的收获。

"喊，才打败了一只流窜的匪队而已，我血蟒城此行血洗了三个寨子，收获可比你们强多了。"

131

血蟒城这边，一名赤臂男子听得其他人的交谈，得意地笑道。他的脸上有不少交错的伤痕，看上去颇为狰狞与凶狠。

"嘁，呼城，你血蟒城就知道找那些不堪一击的寨子耍威风，能有什么收获？"在那赤臂男子大笑落下时，一个声音从一旁传来。众人望去，一名精瘦男子正怪笑着，在他身后，同样簇拥着不少人马。

赤臂男子盯着那精瘦男子，目露凶光，不过并没有出手，显然后者也并不是小角色，而且那人的势力，也不比他们血蟒城弱多少。赤臂男子转头看向一边，那里一名身体格外壮硕的大汉正三下两口将手中的烤腿吞下，然后猩红的目光盯着那精瘦男子，咧嘴森然笑道："两名九尾族的少女，你说值钱不值钱？"

此言一出，周围便有着一些哗然声传开，不少人眼睛都亮了许多。九尾族在妖兽界可是艳名昭著，其族中女孩皆是天生媚骨，可遇而不可求。

那壮硕大汉见到这些家伙的反应，嘴角也有着一丝得意，然后手掌一挥，身后车轮声滚动，一个车牢便被推了出来。只见得在那车牢中，两道娇小的身影正抖抖簌簌地抱在一起，目光中满是惊恐地望着外面那些掩饰不住淫秽之意的豺狼虎豹。

虽然无法彻底看清两女的容颜，不过她们抱在一起所露出的妖娆曲线，已让不少人呼吸加重了一些。

"嘿嘿，雷震兄，这美人儿，可否卖一位给咱？"先前那精瘦男子舔了舔嘴，旋即伸出一根手指摇了摇，"一百万玄元丹，怎样？"

周围不少人面露惊色，这家伙倒还真是阔气，竟然一口气喊出一百万玄元丹的价格。

"王猴，这可是要献给我家城主的，你也敢享用？"那被称为雷震的壮硕大汉讥讽道。

听得此话，那精瘦男子面色变了变，干笑两声，血蟒城城主凶残的名头，他可是听说过。

瞧得这家伙缩回去，那雷震也是得意地一笑，然后挥挥手，就欲让人将牢车给推回去。

"我说，把这俩女孩卖给我成不？"

就在雷震挥手时，突然又有一道笑声传来，众人愕然地抬头，望向一处营帐上面，那里不知何时有两道人影出现，借助着篝火，能够见到那前方说话之人，似乎是一名身材挺拔的青年。

雷震望着这突然出现的青年，眉头皱了一下，旋即冷笑道："可以，一千万玄元丹，你拿得出来吗？"

众人嘴巴一抽，这家伙也是太能扯了，九尾族的少女虽然值钱，但显然达不到这种程度。

那青年笑眯眯地蹲下身来，笑道："之前在路边，你们把我那烤肉给抢了，就用这个抵这一千万玄元丹，可以吗？"

这话一出，众人面色更是古怪起来，你那烤肉，材料是龙族还是天妖貂族的？不过偶有敏锐之人，却微眯着目光，察觉到一些不对劲。这陌生的青年，难道不知道眼前这些家伙是血蟒城的？这些人，可不是什么善茬。

那雷震和呼城二人的面色也逐渐难看起来，后方那些血蟒城的人马，眼中凶光闪烁，手中已有泛着寒芒的刀剑闪现了出来。

"看来是遇见来砸场子了的啊。"雷震狰狞一笑。之前匆匆而过，他根本没注意到路旁的林动二人，他更是没想到，后者会主动凑上前来。

"不过，老子今天会让你知道，在我血蟒城面前要横，你还嫩了点！"

"杀了他，剁了喂狗。"呼雷狞声喝道。

唰！

其喝声一落，后方那些血蟒城强者，顿时狞笑着冲出，雄浑元力爆发而开，那声势倒是不弱。

周围的人望着这一幕，都退后了一点，看好戏般地盯着眼前的热闹。他们很好奇，这个年轻人究竟有什么本事，竟然敢在血蟒城两名死玄境小成的强者面前夺人……

林动望着那些杀气腾腾冲来的血蟒城强者，叹息着摇了摇头，然后对着身旁的心晴道："退开点。"

"嗯。"心晴乖乖地点点头。虽说血蟒城此处有两名死玄境小成的强者，可她毕竟是见识过林动在火炎城与那华辰、徐修二人交手时的凶悍，眼前的阵仗，显然难以对后者造成太大的威胁。

林动的双瞳逐渐涌上漠然冰冷，他伸出手掌，一掌拍出，一股磅礴至极的元力顿时席卷而出，直接化为一只巨大的元力手掌，狠狠地扇了过去。

砰砰砰！

低沉的声音响起，那些杀气腾腾的身影，狼狈地倒飞而出。

"死玄境强者？！"一个有些震动的声音响起，那些原本打算看好戏的人眼神

也是凝了凝，显然没想到这个年轻人，竟然有如此实力。

那雷震二人，眼神微变，旋即阴沉沉地盯着林动，道："阁下这是要与我血蟒城为敌了？"

林动笑了笑，身形一动，自营帐上飘落，目光却看向那囚车轻声道："交人。"

雷震二人面色阴冷，对视一眼，旋即眼角余光对着营地深处扫了扫，脸庞上陡然有着杀意涌出。

"宰了他。"

磅礴元力，几乎是同时间自两人体内席卷而出。他们二人，皆是有着死玄境小成的实力，在血蟒城中名头也是相当不弱，虽说林动的实力让他们惊讶，但也仅此而已，他们有信心，联手将后者斩杀。

磅礴元力包裹着两人，而他们身形也鬼魅般交错着对着林动暴冲而去，他们身体膨胀了一些，如同钢刺般的鬃毛从皮肤下穿透出来。

林动面色毫无波动地望着那暴掠而来的二人，下一霎，他脚掌轻抬，然后落下。

嘭！

空气仿佛是在瞬间爆炸开来，在场的众多强者便见到一道光影笔直地冲过，只听得嘭的一声巨响，那囚车便爆炸开来。

木屑飞扬间，只见那囚车旁，年轻人笔直而立，他的双掌，各自落在两道人影的咽喉处，人影正在疯狂地挣扎着，但不论他们如何挣扎，那握在他们咽喉间的手掌都纹丝不动。

这片区域里来自各方势力的强者，眼中也涌上一抹骇然，先前那一霎，他们还没来得及看清什么，而这雷震二人，已是落败……

那可是两名死玄境小成的强者啊，这放在兽战域中任何一方势力，都是可以受到重用的悍将，然而眼下，却在那个青年手中如同小鸡般无力。

一些人眼神凝重，看来这血蟒城，也是惹了一些硬点子啊。

囚车上的两名九尾族少女见到这一幕，也被吓了一跳，身子抖抖簌簌地望着那一脸平静的青年，眼中皆有着一种令人心碎的哀求之色。

砰。

林动漠然地将手中两人如同垃圾般地甩出去，撞翻一堆人，然后拍了拍手，看向那血蟒营地的深处，淡淡地道。

"人我带走了，你要出手吗？"

营地之中一片混乱，那些血蟒城的强者骇然地望着那狼狈异常的雷震两人，想来是无法想象他们的两员悍将，竟然在那青年手中如此不堪一击。

此时心晴也自后方掠来，落到那牢车上，待得她看清那两名少女容貌时，大眼睛中顿时有着惊喜流露出来："清姐，柳姐？"

"心晴？"

那原本受惊的两女，也有些失神地望着眼前的心晴，半晌后方才回过神来，那眼中顿时有着喜色浮现。

林动瞥了一眼那欣喜的三女，视线却望着营地的深处，在那里，有着一股极为隐晦，但比雷震二人要强横不少的气息，显然，那人才是这支人马中实力最强的，只是后者似乎极为擅长隐匿气息，就连林动，都是在接近营地方才察觉到。

而此时周围的各方强者也惊异地望着营地深处，那里难道还有血蟒城的强者？

"莫非是……"一些强者眉头微微皱了皱，喃喃自语。

"呵呵，没想到在这兽战域，竟然连人类都能如此张狂。"一道飘忽不定的嘶哑笑声，终是从那营地深处传来，而后众人眼前一花，再度凝神时，一道身着灰袍的身影，已出现在了那血蟒城强者前方。

来人面目苍白，双目深陷，略显阴鸷，他的手掌修长，有着剑锋般的凌厉。在其周身，徘徊着一股淡淡的雾气，那雾气略显刺鼻，显然是蕴含着剧毒。

"血蟒城小城主？曹蟒？"

此人一露面，周遭顿时哗啦啦地散开一群人，就连那些血蟒城的强者都退后了一步，与那男子拉开一些距离，面色惧怕。

"小城主。"那雷震两人也连忙爬起来，有些狼狈地来到曹蟒身旁。

心晴三女见到此人出现，小脸皆是变了一下，那两名九尾族的少女更是眼中有着绝望之色，都没料到，在这血蟒城的部队中，竟然还有着这么一尊厉害人物。

"不要怕。"心晴轻轻安慰着。这曹蟒的确名头不弱，死玄境大成的实力，比起雷震他们要强横许多，不过，这对于林动而言，怕依旧难有太大的威胁。

那两名少女见到心晴镇定，眼中的惧怕这才弱了一些，然后偷偷看向一旁的林动。她们看得出来，心晴的镇定，似乎是来源于他，只是，他真的有抗衡曹蟒的能力吗？那可是死玄境大成的强者啊……

"人我带走了，你有意见吗？"林动冲着那曹蟒微微一笑，语气里仿佛是有着一些征询的意思，唯有一些常年刀口打滚的人方才能够感觉到那笑容之下所蕴

含的凌厉与冰寒。

"你一个人类，也敢说这种话，未免也太不把我们妖兽界放在眼里了吧？"雷震厉声道，他显然想用林动的身份，将他置于此处所有人敌对的位置。

不过，这种效果似乎并不是太好。虽说一个人类在这种地方张狂的确让人不爽，但先前林动展现出来的实力，也让其他妖兽人马颇为忌惮。

然而林动却并不理会他，只是目光盯着那面色苍白的曹蟒，笑了笑："你的感知似乎格外敏锐，我想你应该知道你没能力拦住我。"

周围的人再度色变，特别是在他们见到曹蟒那愈发阴沉的目光时，心头更是一惊，这个青年，竟然真的有这么强？连实力达到死玄境大成的曹蟒都拦不住他？

"你这是在与我们血蟒城为敌啊……你会后悔的。"曹蟒目光如同毒蛇一般地盯着林动，声音阴森地道。

林动不置可否，不再理会，只是对着心晴挥了挥手，转身而去，心晴见状连忙拉着还犹自有些不可思议的两女，迅速地跟了上去。

"阁下既然这么狂气，那何不把大名给留下？看看我血蟒城究竟惹不惹得起？"曹蟒森森道。

"林动。"林动脚步一顿，转头冲着那曹蟒露出一抹灿烂的笑容，转身径直而去。

周围的那些妖兽强者，也赶忙分开道路，目光奇特地盯着远去的四人……

"小城主……"雷震那些血蟒城的强者望着大摇大摆离去的林动四人，面色却难看下来。虽说那林动实力不弱，但他们若是一起上的话，想来那小子也没办法抵抗的。

"我不是他的对手，那小子不简单，即便我们全部上了，怕最后也留不住他。"曹蟒眼神阴冷地看了雷震一眼，道。

"他……他有这么强吗？"那呼雷咬了咬牙，有些不信。曹蟒可是死玄境大成的强者，而那林动，怎么看也只是死玄境小成。

"你在怀疑我的感知？"曹蟒看了一眼呼雷，后者额头顿时有着冷汗浮现，连连摇头。他也知道，曹蟒的感知力，的确是相当出色。

"若不是你们两个废物在这里招摇，岂能惹出这种事情来？"曹蟒阴冷地道。

雷震二人满头冷汗，不敢反驳。

"那我们怎么办？这里这么多人看着，恐怕很快消息就会传出去，到时候让别人知道竟然让一个人类大摇大摆地从我们手中把人抢走，我们血蟒城的脸面也不好看啊。"有血蟒城的强者不甘地道。

曹蟒阴恻恻地望着林动远去的方向，嘴角有着一抹狞笑升腾起来："我血蟒城的人，哪有这么好抢……放心吧，他会后悔的。呵呵，我突然很想看见以后那小子跪在地上求饶的模样了！"

在远离小荒城的林间，篝火升腾，林动安然盘坐，面带微笑地望着对面那凑在一起低声耳语的三个貌美如花的少女。

而在她们低语间，林动能够听见一些低低的惊呼声，那两名九尾族的少女，不断有着吃惊甚至崇拜的目光看过来，想来是心晴在说一些与林动有关的事情。

林动犹如未闻，他轻靠着树干，抬头望着夜空，再听得一旁少女们那细腻柔软的嗓音，心境略显平和。

聊天的声音持续了一些时间，然后那显得极为疲惫的两个九尾族少女便互相依靠着熟睡过去，心晴在照料了她们一会儿后，抱着柔软的毯子来到林动身旁，跪坐下来，清丽小脸泛着些红光，轻声道："林动大人，谢谢您。"

从她的眼中，林动能够看出一些发自内心的感激。若说之前心晴对林动是介于惧怕与尊敬的话，那此时她眼中，则能够算作真正的尊崇。

林动笑着摆摆手，轻瞥了一眼熟睡过去的两女，眼中掠过一抹微光。他此番会出手，虽说有着帮心晴救回族人的原因，但同样也有他自己的考量。

按照青雉所说，小炎很有可能便是在这兽战域中，而此时的林动没办法在如此辽阔的地域中将他找寻出来，既然如此的话，那就只能让他的名头响彻……

想来当林动这个名字传进小炎耳中时，也就是他们兄弟相见之时。

至于如何才能将这个名字扩散出去，自然需要一些踏脚石……而很凑巧的，血蟒城送了过来……

今夜的事，应该会让这个名字传出一些，但这，还远远不够呢。

想到此处，林动淡淡一笑，血蟒城……虽然没什么仇怨，不过谁让你们自己撞了上来呢，既然这样，就只能牺牲你们了啊……

接下来的一日时间，林动继续在心晴的带领下赶路，不过让后者有些奇怪的是，前两天还将速度提升到极致的林动，现在却是故意放缓了速度，这让她有些不解，但却不敢多问，只好照着林动的吩咐去做。

而在林动一行人继续赶路间，不少的风声，却是在这片区域之中扩散出去。虽说这兽战域中纷争不断，不过一个人类，却敢在这种地方挑衅一个妖兽势力，还是相当罕见的。

特别是在当一些人知道那血蟒城中的动静后，更是对此好奇起来，等待着好

戏的开场。

"呵呵。"少女清脆悦耳的嬉闹声，在半空中飘荡，为枯燥的赶路增添了一丝生气。

心晴小跑上一处高坡，兴奋地对着后面的几人挥挥手，刚欲喊话，突然察觉到一些不对劲，猛地抬头，小脸瞬间煞白起来：只见得在那高坡前方的平原上，大批的人马矗立，一道道血蟒旗帜，迎风飘扬，一股凶煞之气，席卷而开。

在那些人马的正前方，一个血蟒王座上，一名血袍男子斜坐着，面色淡漠地望着那出现在高坡之上的数人，而后嘴角涌上一抹残忍之色。

黑压压的人马，在前方的平原上蔓延开来，飘动的血蟒旗帜，散发着噬人的凶煞气息。仿佛是受此渲染，就连那天空上，都是有着乌云汇聚而来，一副暴风雨将至的模样。

心晴三女原本还布满欢喜的小脸，皆在这眼前的阵仗下变得苍白起来，那眼眸中，有着骇然与惊恐凝聚。

从那飘动的旗帜中，她们已知晓前方的人马所属，而且看这模样，显然血蟒城是倾巢而出，从眼下情况来看，也很显然，血蟒城兴师动众的目标，正是他们……

"呵呵……还真来了啊。"在三女娇小的身子微微颤抖时，身后的青年则是缓步走上，脸庞上一抹笑容浮现出来。

"林动大人……对不起……"心晴贝齿紧咬着小嘴，大眼睛中有着泪珠在滚来滚去。她知道会变成这样，全是因为她求林动出手救了两个族人，如果林动在这里出现了什么意外，她真是万死难辞其咎。

那两名九尾族的少女也是俏脸苍白，然后就要对着林动跪拜下去，不过，却是被后者强行扶了起来。

"这正是我需要的局面，反倒是我用你们当了饵，用不着自责。"林动笑笑，旋即他走到那高坡顶端，目光望向前方。这片区域，人马不少，而且其中显然很多都并不属于血蟒城，看来这短短两三日的时间中，有关他的风声，传得相当迅猛啊。

不过……这也正是他所需要的啊。

一阵风刮过平原，烟尘拂起，却吹不散那凝固紧绷的气氛。

"这就是那个挑衅血蟒城的人类吗？这么年轻？"

"听说实力很强啊，连血蟒城小城主曹蟒都说不是他的对手……"

"不过这次连曹赢都来了……那可是半只脚踏入死玄境圆满的强者啊，据说陨落在其手中的死玄境大成强者，已不下十人。"

"而且还有那么多的血蟒城强者……这个人类小子，倒也是够张狂啊。"

"不过张狂的人，都注定活不长……"

无数道目光汇聚向高坡上的那道修长身影，一些窃窃私语声也是传开，最近有关林动的事，倒是在这片区域传得沸沸扬扬，毕竟已经很久都未有人类敢在这兽战域表现得这般张狂了。

"你便是那个从我血蟒城手中抢人的林动了吧。"血蟒城人马前方，那坐于血蟒王座上面的血袍男子，缓缓抬头，三角瞳孔犹如毒蛇般盯着高坡上的那道身影，淡淡的声音，传荡开来。

"你便是血蟒城城主吧？"林动目光直视着那血袍男子，笑了笑，道，"你们来得比我预料中的还要晚一些呢。"

"哦？"血袍男子眼神一凝，旋即唇角似是挑起了一抹讥诮，笑道，"你竟然知道我血蟒城会来？"

林动一笑，伸出手掌对着那两名九尾族少女轻轻一抓，一股吸力爆发而开，旋即两女娇躯便是一颤，两道血光在她们体内闪现着，最后蹿了出来，化为两条仅有指尖大小的细小血蛇。

"她们体内有你们血蟒城设下的东西，我们走到哪里，自然是脱离不了你们的感应。"林动把玩着手中两条血蛇，旋即眼神微寒，掌心一握，便将那两条血蛇捏成一团血雾，随手丢弃，"这东西，还想逃脱我的感应？"

那九尾族的两名少女见状，本就苍白的俏脸更是白了数分，想来她们都不知道，自己体内竟然被种下了这些东西……

血袍男子脸庞上的笑容缓缓地散去，他双掌放在膝盖上，身体前倾，陡然间凌厉起来的眼神，令他看上去如同一条即将展露狰狞的毒蛇。

"你是想说，你在故意引我出来？"

林动笑着，不置可否，而后道："让路吧。"

血袍男子眼神阴厉，旋即他站起身子，冷笑道："小子，虽然不知道你是哪路人，这装腔作势的本事倒是的确不弱……不过……"

话到此处，那磅礴元力，犹如山洪般自其体内爆发而开，那股声势，远远超过了死玄境大成，甚至，就连那华辰、徐修二人与其相比，都要弱上一线。

"想要把我曹赢吓退，你这小子，还太嫩了点，今天你们四人，一个都别想走！"

　　林动望着那气势惊人的曹赢，旋即一笑，他缓步走出，而后脚踏虚空，一步步地走向那血蟒城大部队，在其身后，同样有着异常澎湃的元力如潮水涌动。

　　"既然如此……那便打吧。"林动脚落，径直停在那曹赢千丈之外，笑道，"单打独斗，还是群殴一起上？"

　　"大哥，这小子狡猾异常，干脆直接一起出手杀了他。"那曹蟒阴沉着目光，说道。他的感应颇为敏锐，不知为何，他总是从林动的身体上察觉到一丝令他不安的味道。

　　"我自然是看得出来他在使用激将法，不过……一只蝼蚁，又能蹦跶成什么样？"曹赢冷笑，妖兽一族，本就嗜战，力量是这里唯一所信奉的东西，而曹赢身为一方势力首领，同样有着属于他的傲气。虽然事情到最后一步，他会将胜利放在手段之前，只是，现在的他，并不认为眼前这个死玄境小成的人类小子，能够在他手中翻出多大的浪花。

　　这是他的自信，而这种自信，来源于那被他所斩杀的十名死玄境大成的强者！

　　曹蟒闻言，不好再说什么。对于曹赢，他同样有着极大的信心。毕竟不管怎样，后者可都是半只脚踏入死玄境圆满的强者，这般层次，放眼整个兽战域，都是一流，眼前的林动，虽说有些奇怪，但想要撼动曹赢，他不太相信。

　　曹赢冷笑着脚步踏出，血光闪烁间，已出现在了林动前方，其手掌一握，一柄丈许长的血红蛇矛闪现出来，蛇矛之上，寒光流动，仿佛毒蛇吐信。

　　林动望着那气势惊人的曹赢，手掌缓缓握拢，一丝丝雷光在其掌心汇聚，然后延伸开来，化为一柄雷光满溢的雷杖，隐约间，有着低沉的雷鸣之声传开。

　　平原之上，无数道目光聚焦在天空中的两道对峙人影上，他们倒的确很想看看，这个在兽战域中表现得如此高调的人类，究竟是真有本事，还是如那曹赢所说装腔作势吓唬人……

　　在那高坡上，心晴三女紧张地望着天空上的对峙，那两名九尾族的少女，小脸上满是担忧与不安，那副模样，犹如要哭出来一般。

　　"心晴……那可是血蟒城的城主曹赢啊，据说那家伙都快踏入死玄境圆满的层次了。"一名少女低声道，声音中满是惶恐。

　　死玄境圆满，这个境界，在她们眼中实在是太过强大，想她们整个九尾族中，最强的也就是死玄境小成，这个层次，距离死玄境圆满，实在是差了太多太多……

　　她们虽然从心晴那里隐约听说了一些林动的不简单，但这显然一时半会儿还无法撼动这么多年来她们所知晓的曹赢的凶威。

"放心吧，林动大人可是曾经打败过转轮境的强者，虽然是集了众人之力，但那曹赢胜不了林动大人的。"心晴虽然也有点儿担心，但此时不可能显露出来，因此反而出言安慰道。

"与转轮境强者战斗过……"两名少女有点儿目瞪口呆，光是曹赢这种半只脚踏入死玄境圆满的强者在她们眼中就已是无法想象，那所谓的转轮境强者，几乎是传说中的人物。这般人物，就算是放在整个妖域，那也是一方霸主般的存在，而现在，心晴却说，这个看上去二十多岁的青年，居然曾经打败过传说级别的超级强者？即便是集众人之力，也是相当恐怖了啊……

"林动大人……竟然这么厉害吗？"两女眼中的惊惶，终于稍稍散了一些，然后望向天空上那手持雷杖、不动如山的瘦削身影，眼中又有一丝希冀之色升起来。

或许……他真的能够破解眼下这番九死之局吧……

天空上，林动只是安然地盯着前方那手持蛇矛的曹赢，片刻后，他的唇角，有着一抹弧度轻挑，黑色眼瞳之中，战意盎然。

此番扬名，就此开始吧，小炎……我来找你了！

第十五章

目的达到

　　风自平原刮过，天空上的乌云也随之翻涌，黑压压地笼罩着这片天地，而在那乌云之下，两道人影对峙而立，彼此眼神都锐利如刀锋。

　　"从来没有人在我血蟒城手中抢人而不付出代价……"曹赢手中血色蛇矛缓缓抬起，遥遥地指着林动，那对三角瞳孔之中，有着凶残之色汇聚，下一个刹那，那种凶残，犹如火山般喷发出来，"你也不会例外！"

　　曹赢冷喝出口的瞬间，那澎湃元力已是呼啸而出，天空上，狂风骤起，而他的身影，却已快若鬼魅地出现在了林动前方，手中蛇矛，划起道道刁钻弧度，携带着惊人劲力，笼罩向林动周身要害。

　　林动身体稳若磐石，平静地望着那席卷而来的凌厉矛影，旋即手掌猛地一握，手中雷帝权杖顿时爆发出低沉雷鸣，雷光闪烁，同样是有着无数杖影呼啸而出，竟是丝毫不让地与那曹赢凌厉攻击硬扛在了一起。

　　叮叮当当！

　　清脆的金铁之声伴随着火花溅射，而每一次对碰，便有着一道狂暴的飓风成形炸裂而开，看得不少人眼皮微跳。

　　两道光影，闪电般交错，一触即退，而后身体又如同绷满的弦，再度暴起，无形的空气，都在他们身后爆炸开来。

"那林动竟然能跟曹赢正面交锋？怎么可能？他不是才死玄境小成吗？！"

平原上喧哗传开，不少人眼神逐渐凝重起来，这才明白，这个青年敢如此挑衅血蟒城，原来真有些能力。

叮！

狂暴的元力扩散开来，那漫天杖影与矛影陡然一缩，雷杖与蛇矛突然爆发出璀璨光芒，然后那雷杖顶端，重重地点在了那蛇矛之尖上。

嘭！

可怕的劲力散发出来，那片空间，竟在这种对碰中出现了些许扭曲。

那曹赢冷厉的目光，死死地望着那近在咫尺的年轻脸庞，他心中同样有些震动。他无法明白，林动为什么能够凭借死玄境小成的实力，与他这半步踏入死玄境圆满的强者正面抗衡，这两者之间应该完全无法相比才对。

"看来这个小子，也并不简单。"

曹赢心中闪过这道念头，旋即眼神阴冷下来，其掌印一变，那血色蛇矛顶端，狰狞的蛇头仿佛复活一般，一股猩红色的光芒暴掠而出，瞬间黏附在雷帝权杖上，闪电般地对着林动窜去。血光之中，有一种奇特的香味，而香味之中，充满致命的毒。

林动望着那飞速窜来的血光，眼神微凝，元力席卷而出，但却被那血光势如破竹地冲开，那其中，仿佛有着极为浓郁的腐蚀效果，连元力都无法轻易地阻挡。

"你难道不知道本城主本体乃是血鬼蟒吗？我的毒性，就算是死玄境大成的强者沾上了，也必死无疑！"曹赢望着那竭力阻拦血色光芒的林动，不由得出声冷笑道。

"寻常元力，倒的确难以阻拦。"林动也是一笑，旋即手中雷帝权杖爆发出璀璨雷芒，这些雷芒之中，蕴含着极为精纯而狂暴的雷霆之力，而后雷光汇聚，狠狠地对着那道肆虐的血毒光芒冲击而去。

咻！

碰撞的刹那，刺耳的声音响起，但这一次那血毒却未能取得先前的效果，反而在雷芒的冲击下，发出吱吱的声响，最后砰的一声，彻底地消散而去。

"怎么可能？！"曹赢见状，面色一变。这血毒乃是他的杀器之一，平常时候，就算是死玄境大成的强者沾染上都难以逃脱，即便有厉害的家伙能够将其抵御下来，也会费一番手脚，怎么可能会如同林动这般轻松。

"哼，你也试试我的！"林动却不理会那曹赢的震惊，眼中寒芒闪动，手中

雷帝权杖已带起道道旋绕的雷光，狠狠地对着曹赢心脏要害轰了过去。

铛！

曹赢手中蛇矛急忙回收，虽说挡住了权杖的攻势，但那权杖之上，却有着一股极为狂暴的力道暴冲而来，一丝丝的电弧，窜进他手臂中。

在那些电弧冲进曹赢手臂时，一股剧痛顿时蔓延而开，旋即他面色剧变，体内元力暴涌，整条手臂都化为血红之色，疯狂地驱逐着那些侵入手臂的雷弧力量。不过这些雷弧力量显然极其难缠，因此待得最后一丝雷弧被磅礴的血色元力冲散时，已有血滴从曹赢手臂毛孔之中渗透出来……

"你这个混账东西！"曹赢手臂微微颤抖着，一张面庞，已陡然狰狞下来。他怎么都没想到，在这次交锋中，反而是他先被伤及手臂。

"看老子今天不活吞了你！"曹赢厉喝出声，旋即手掌一挥，那些血滴便化为一道血痕在面前浮现出来，其指尖划过，血痕很快便化为一道血色符文。

"万蛇血毒灵！"

滔天血光，化为万道血蛇，陡然自曹赢体内席卷而出，然后包裹着那道血色符文汇聚膨胀起来，转眼间，便化为一道将近千丈庞大的巨型血蛇。

血蛇身体之上，布满着诡异的符文，巨嘴张开，血色的涎水不断滴落，甚至连空气都爆发出阵阵白烟。

一种惊人的毒性，在天空中蔓延开来，下方平原上那些强者见状，皆是面带惊色，急忙屏住呼吸，显然是识得那血蟒的厉害。

"懒得与你磨叽，给我吞了！"曹赢冷笑，大手探出，那血色巨蟒顿时呼啸而出，其速度迅猛，众人仅仅只能见到天空红光一闪，下一霎，那毒灵已出现在了林动头顶之上，然后巨口张开，一口便将其吞了进去。

"哗。"漫天惊呼声传出，不少人都暗暗摇头。这战斗倒结束得快，那毒灵乃是曹赢苦炼而成，若是被吞入其中，就算是死玄境大成的强者也会顷刻间化为血水，这些年来，被吞入其中的人不计其数，从未有人活着出来。

高坡上，两名九尾族少女见状，面色剧变，唯有心晴紧握着小手，大眼睛紧紧地盯着那血蟒毒灵。

"不知死活的东西。"天空上，曹赢狞笑一声，旋即那阴寒的目光投向高坡上的心晴三女，然而就在他刚要出手时，一道笑声自那血蟒毒灵腹中传出。

"这点毒性，就想吞了我，也不怕撑死？"

听得这笑声，曹赢瞳孔顿时一缩，刚欲催动毒灵，却猛地见到，那血蟒毒灵突然凄厉尖啸起来，在那血红的身体上，无数道黑色的细小光线弥漫出来。

"我们来看看，究竟是谁吞了谁？！"

冷笑声再度响起，旋即曹赢便见到，那巨蟒毒灵，庞大的身体竟然开始以一种惊人的速度萎缩起来，短短数个呼吸间，便化为十数丈大小，最后化为血雾爆炸开来。

血雾弥漫，旋即散去，一道面带笑容的青年身影，再度出现。

"怎么可能……"震骇的声音，自那无数人嘴中传出。他们实在无法想象，这兽战域中颇有凶名的毒灵，竟然被这般诡异地破去……

毒灵被破，那曹赢嘴中也有一道鲜血喷出来，目光中充斥着难以置信。

"这点能耐，也学人玩吞噬？"林动笑望着曹赢。他的一只眼瞳，此时仿佛有着黑色的旋涡在旋转，隐约能够看见一丝丝血光能量在那旋涡之中沉浮乃至最后彻底散去。

这股力量，自然是来自于吞噬祖符。

伴随着林动实力提升到死玄境，祖符的力量开始真正显露出来，而且凭借着他如今的手段，也能够在别人不能察觉的情况下，将那股力量施展而出。

"你究竟是什么人？！"曹赢面色阴沉，那眼神深处，闪烁着凶残之色。

林动笑了笑，指尖的黑芒一丝丝地消散而去。

"取你命的人。"

话音落下，那曹赢便猛地见到，他的另外一只眼瞳中，竟是有着雷芒飞快地汇聚而来，那番诡异之态，让曹赢心中猛地泛起浓浓寒意。

两大祖符，吞噬主守，雷霆主攻。

晋入死玄境，两大祖符的力量，终于在林动手中，显露峥嵘！

哧哧。

闪烁的雷芒，以一种惊人的速度在林动一只眼瞳之中汇聚着，与此同时，在其头顶的乌云之中，仿佛都有着雷鸣在翻滚着。

曹赢惊异地望着这一切，心中不安在悄然升腾，他猛地一咬牙，若是在这么多人面前输给了一个不过死玄境小成的人类小子，那他日后还如何在这兽战域立足？今日不管说什么，都要将这个小子给杀了！

曹赢眼芒闪烁着狰狞，喉咙间有着低吼传出，旋即血光铺天盖地地自其体内喷薄而出，而他的身体，竟然飞速地膨胀开来。

咔咔。

血光弥漫间，血影翻滚，刺耳的嘶鸣声带着浓浓的腥味散发而开。再接着，众人便见到，曹赢的身体，已变幻成了一条千丈庞大的赤红巨蟒，而在其庞大的身躯上，有着一些黑色的斑块，一对巨大的翼翅，延伸看来，远远看去，有些类似飞龙。

血色的鳞片布满赤红巨蟒的身躯，那对猩红的蛇瞳，泛着浓浓的凶残，紧紧盯着不远处的林动。

"妖兽本体……"林动望着这一幕，眼神微微一凝。他自然是知道，妖兽最为强大的便是他们的肉体，一旦他们变幻成这种模样，基本上便是将力量催动到了极致，而这也是他们拼命的征兆。

显然，这曹赢已对这种缠斗相当不满，想要以此来将这场战斗结束。

不过……这可不是什么容易的事呢……

林动眼瞳之内，雷霆愈发凝聚，而在其上空，乌云疯狂地汇聚而来，天色逐渐地暗沉，一道道雷蛇，在云层之中穿梭。

而这般异象，也自然被众多强者所察觉，当即眼神都有些惊异。在那乌云之中，他们也感应到了一股相当狂暴和晦涩的波动。

"龙鬼术！"尖利的喝声，陡然自那赤红巨蟒巨嘴中传出，旋即滔天血光涌动，而那巨蟒则蠕动起来，一根根尖锐的血红骨刺从其体内延伸出来，在那巨蟒头颅处，更是有着血色的龙角凝聚出来。这一霎，赤红巨蟒的气息，暴冲天际，而且隐隐间，仿佛类似龙族的威压散发开来。

"轰！"漫天血光瞬间爆炸，一道血色光柱猛地暴冲而出，血光之中，一头血龙煞气毕露，庞大身躯冲过之处，仿佛连空间都被震得扭曲起来。

没有任何的精妙招式，仅仅只是那朴实的冲撞，但这一撞之下，仿佛连一座山岳，都会崩碎而去！

所有人都能够感应到那一撞间所蕴含的凶狠可怕。

天空上，林动低头望着那一颗血红陨石般冲来的红光，眼神逐渐凝重，旋即他单手笔直伸出，遥遥指着上空那厚厚乌云，深深地吸了一口气，一只眼瞳中，雷光也是明亮到极点。

随着林动手掌伸出，那天空乌云翻腾起来，无数雷光疯狂地在那云层中心汇聚而来，而后云层撕裂，一只千丈庞大的雷霆之手，以一种极为震撼的姿态出现。

"雷帝星陨手！"林动脚踏虚空，身后雷霆汇聚，犹如那雷之帝王，冰冷喝声，夹杂着一种难言的威压，在这天空之下回荡而起。

轰隆隆！

其喝声一落，天空上那千丈雷霆巨手，陡然呼啸而下，在那巨手之中，雷龙盘旋，而在那雷光深处，隐约间，仿佛有着一道巨大的雷霆符文若隐若现，一股浩瀚狂暴之力，散发开来。

雷霆巨手刚刚呼啸而出，那下方的平原地面，已凹陷出千丈掌印，那股可怕力道，看得不少人头皮发麻，那些血蟒城的强者，眼中也满是骇然。

雷光与血光，以两种不同的角度呼啸过天际，最后轰然相撞！

犹如两颗陨石，以一种毁灭的姿态，冲撞在一起！

轰！

那一刹那响起的巨声，几乎传遍了方圆千里，璀璨而耀眼的强光，在天空上散发开来，那种光芒炽烈，甚至超越了天空之上的那轮烈日。

所有人都用手掌虚掩着眼，从指缝中紧紧地盯着那光芒爆发的地方。那里，两道巨物，正在疯狂地侵蚀着对方。

"看我宰了你！"滔天血光从那满身骨刺的赤红巨蟒体内席卷出来，曹赢充满着杀意的咆哮声，响彻天宇。

"雷杀！"林动单手伸出，遥遥对准疯狂挣扎的赤红巨蟒，眼瞳弥漫着冷漠，旋即其手掌猛然握拢，冰冷的声音传出。

砰！

当最后一个字音从林动嘴中传出时，雷光瞬间爆发，无数道惊雷轰向那赤红巨蟒。

"哼！"曹赢冷哼出声，血光铺天盖地，直接与那些惊雷硬轰在一起。

"找死呢……"林动见状，却是淡淡一笑。这些惊雷可不是寻常元力所化，它们之中，可是真正蕴含着雷霆祖符的力量……

当第一道惊雷爆炸时，曹赢那巨大的蛇瞳中便有着骇然涌起，从那惊雷中散发出来的波动中，他察觉到了一丝极端危险的气息。

不过，此时的他，显然没有了退后的时间，只能眼睁睁地看着那一道道惊雷轰然而至。

砰砰砰！

爆炸连绵不断地在赤红巨蟒身体之上传开，而凄厉的尖鸣声，也一道接一道地传出，曹赢身躯之上弥漫的血色能量，在雷霆爆炸中，疯狂地消退，坚硬无比

的血色鳞甲也呈现破裂之象，猩红的血液滚滚而出。

那原本气势汹汹的赤红巨蟒倒射而出，鲜血铺天盖地地倾洒下来，犹如血雨，落到地面上，还爆发出阵阵白烟，显然是连其血液中都蕴含着剧毒。

嘭！

赤红巨蟒坠落，数千丈的地面在此时崩塌成巨坑，鲜血滚滚流出，连地面都被染红了。

一道道惊愕的目光望着平原上的巨坑，以及其中模样极惨的赤红巨蟒，显然，在先前那种惊天对碰之中，这曹赢，竟是输了！

平原上变得安静下来。来自各方势力的强者面色各异，旋即眼神凝重地抬头望向天空上那道年轻身影，这个人类，竟然有着如此强横的实力，难怪敢挑衅血蟒城……

那些血蟒城的强者，面色也变得苍白起来，特别是那曹蟒，他实在是无法相信，曹赢竟然会败在一名死玄境小成的人类小子手中。

"赢了……"高坡上，心晴那紧握的小手也终于松开，小脸上有着一抹如释重负的笑容浮现，而在其身后，那两名九尾族的少女，已是欢呼着抱在了一起，欢呼声中，有着劫后余生般的惊喜。

天空上，林动望着那安静下来的平原，眼瞳之中的雷光也是缓缓地消散，旋即其身形一动，再度出现时已在那巨坑之中，手中雷帝权杖斜指而出，停留在已化为人形的曹赢额间。

此时的曹赢，满身鲜血，身体上布满着伤痕，气息也萎靡到极点。他抬头望着手持雷帝权杖指着自己额头、眼神淡漠的林动，原本凶残的双目中，有着一抹惊惶与恐惧涌现。

他能够从眼前青年的双目中看出那种不加掩饰的冰冷杀意，那种气势，只有经历过浴血死战的人方才具备。

他丝毫不怀疑，下一刻，眼前这个青年手中的权杖，会重重地落到他的头上，将其脑袋轰得稀巴烂。

"城主大人，你输了……"林动望着那不敢动弹丝毫的曹赢，脸上也是有着一抹笑容浮现出来。

曹赢面容微微扭曲，旋即他咬了咬牙，道："你即便赢了我，但我血蟒城还有如此多的人马在这里，你如何能敌？"

"要杀这么多人，的确很麻烦……不过，相信我，我若是要走，你们这些人留不住我。"林动笑笑，目光淡漠地看了一眼不远处那些如临大敌的血蟒城人马，"而且走之前，我应该能将你血蟒城的顶尖强者杀掉一半。"

曹赢嘴角抽搐了一下，如果在没与林动交手之前，他或许会对此话嗤之以鼻，但此时，他却明白，眼前这个满脸笑容的青年，真有这个能耐……

现在的他身受重伤，显然是没办法再亲自阻拦林动。

"为了抓两个九尾族的人，没必要损失这么大，今天的事，就这么了结吧。如何，曹赢城主？"林动笑道。听得这话，不少人眉头都跳了跳，这家伙，是在逼着曹赢退步呢……

"你！"曹赢咬着牙，显然极其不愿。

"两个选择，各退一步，或者我宰了你，再把你们血蟒城的强者杀掉一半离开……"

林动笑吟吟的脸庞，却是令曹赢心中有着寒意升起。他知道，眼前这个家伙，真有可能做出这种事情来。

曹赢面色变幻，最终在林动那愈发冷漠起来的目光中，咬着牙点头。

"好，这次我血蟒城认栽！"

林动微笑，手中的雷帝权杖缓缓地收回。他望着平原上那目光各异的无数强者，他知道，他的目的达到了……

第十六章

九尾寨

一片狼藉的平原上，无数道愕然与凝重的目光望着将手中权杖自曹赢额间移开，然后平淡视线四处扫视一圈，转身而去的林动，片刻后，一片哗然……

眼前战斗的结果出乎绝大部分人的意料。从一开始，就没多少人对林动抱多大的期望，毕竟不管怎样，他只是一个突然间蹿出来的人类小子而已，而那曹赢，却早已是兽战域中闻名许久的强者。而且，半步死玄境圆满的层次，足以让他傲视许多强者。

然而，最后的结果却让在场众人分外震动，那林动不仅打败了曹赢，而且还当着血蟒城众多强者出言威胁。

这种威胁，还取得了他想要的效果。

"这个家伙……叫林动吗？真是个厉害角色……"

不少人暗暗咂舌，想来从今日之后，这个名字，将会以很快的速度传播开去。不过也有人暗中摇头，兽战域之中本就混乱，这林动如此张狂，总归会给他引来不小的麻烦，这次是曹赢，下次再找上他麻烦的，恐怕就会更棘手了。

在那哗然声中，曹蟒带着数名血蟒城强者掠至重伤的曹赢身旁，他们面色阴沉地望着转身而去的林动，咬了咬牙，道："大哥，就这样放过那小子吗？我们人多势众，他手段再多，也足以留下他！"

曹赢眼神异常阴森，最后还是摇了摇头，极为不甘地道："那小子有些古怪，今日即便能够将其留下来，但我血蟒城也必定会死伤惨重，到时候若是其他对我们虎视眈眈的势力乘虚而入，血蟒城恐怕也将会不复存在。"

"可此事传出去，对我们名声太差了！"曹蟒道。

"名声重要，还是存亡重要？"曹赢冷喝道，旋即他眼神发寒，道，"这种债，先记着，待日后寻得机会，再来动手！"

听到曹赢这般说，曹蟒也只能点点头，而且他也明白，如今曹赢重伤，若是正面抗衡，恐怕血蟒城中已没有人能够阻挡下林动，真要火拼起来，他们的确会出现极为惨重的损失。他们血蟒城如今也只能打碎了牙齿往肚子里面吞了。

"走吧。"林动回到高坡，迎接他的是三道狂热崇拜的视线，只能无奈地摇了摇头，旋即挥了挥手，道。

"嗯。"心晴三女皆是乖乖点头。

林动不再多说什么。他今日的目的已是达到，再留在这里也没什么作用，当下身形一动，便化为一道虹光向着另外一处方向掠去，在其身后，心晴三女紧紧地跟随着，一行四人，很快便消失在了那无数道目光的注视中。

而随着林动四人的离去，这片平原的气氛也松懈了下来，那一道道目光，带着一些同情与嘲笑地望着灰头土脸撤退的血蟒城人马。

经历了血蟒城的阻拦之后，林动他们接下来的路程风平浪静，不过在那赶路间，他也能够察觉到此事带来的震动。他的那些行为，想来会给一些兽战域的强者留下一种张狂的印象，而妖兽界的人本就嗜血好战，这样一来，倒是搞得这几天时间中，有不少自认有点儿实力的人四处找寻着林动，想要让他见识一下兽战域之中的妖兽强者的厉害。

对于这种结果，林动也颇感无奈。他想要让自己的名字在这兽战域中传开，这些事情就不可避免，对此他也并没有什么后悔，只要能够找到小炎，不管搞出多大的动静，他都愿意。

现在他所希望的，就是小炎真的能够听见这些风声吧，不然的话，倒是有些白作为了……

在他这般期盼的心情中，他们一行四人，也逐渐接近了九尾族的所在之地。

"林动大人，再有半个时辰，我们应该便是能够抵达九尾寨了……"心晴小手擦着光洁额间的香汗，冲着前方的林动娇声道。

"嗯。"林动点点头，视线扫了扫，那片赤红荒原，两日前便被抛在了身后，

眼前的这片地域，倒是绿荫葱郁，比起那片荒原，显然多了浓郁的生机。

"我们这里已经算是雷渊山与百兽岭的交界处，这里不像赤荒平原那般混乱，因为这里的地盘，都是属于雷渊山与百兽岭的。"心晴跟在林动身旁，尽力让他知道得更多兽战域的信息。

"那血蟒城与这两大势力，有多大的差距？"林动问道。

"血蟒城根本不能与这两大势力相比呢……这两大势力的首领皆是身列兽战域八大妖帅，而且在他们麾下，更是强者云集。这两方势力，皆有九大悍将，而这九员大将，任何一人，都不比血蟒城城主弱。"心晴小脸凝重地道。

林动听得此话，眼神也是微凝，看来这雷渊山与百兽岭果然强悍，难怪能够成为兽战域之中最为强大的势力之一。

"据说雷渊山与百兽岭的两位妖帅，皆是有着冲击转轮境的资格，若是冲击成功的话，他们不仅会在兽战域之中成为最顶尖的级别，甚至放眼整个妖域，都将会成为真正的一方豪强。"

林动点点头，虽说死玄境圆满与转轮境间仅有一步之遥，但那一步，却足以埋葬无数天之骄子，只有真正踏出了那一步，方才能够称为天地间的超级强者，同时也能够具备追逐轮回的资格……

看来这两大顶尖势力，果然强横呢。

在与心晴的谈话间，半个时辰迅速而过，林动见到，前方的视野突然变得空旷。在那远处，仿佛是一座悬空的山峰，山峰四周，皆是深渊之地，唯有着一根根的铁链从山峰上探出来，形成通道，连接着外界。

在山峰上，一道巨大的阵法光罩笼罩下来，刚好将山峰包裹其中，而在那山峰之内，林动见到不少的建筑。

"这阵法倒是不弱。"林动望着那巨大的阵法，眼中掠过一抹惊讶之色，从那之中，他能够察觉到一股极为强横的能量波动。

"林动大人，那是我们九尾族的护族阵法，是从远古传承下来的，也多亏了这阵法，不然我们九尾族情况会更凄惨。"心晴解释道。

林动微微点头。

"林动大人，我们吹动狐哨，寨子里面就会知道是我们回来了……族里的人，一定会很高兴见到您的！"那两名九尾族的少女，也是欣喜地道。旋即她们取出一个造型奇特的口哨，放在小嘴旁，而后便有着幽幽哨音飘荡而出，在这群山之间回荡着。

林动望着那座山峰，在这哨音传出时，他能够清晰地感觉到，山寨中传出了一些动静，而后那光罩之内，一道道娇俏身影便显露出来，一时间，整座山峰，都是莺莺燕燕……

这是一座呈现暗黑色彩的大山，在那山巅处，一座巨石大殿矗立，大殿之外，三步一岗，有着极为森严的防御。

而此时，在那大殿之内，一道身影端坐在首座之上，他大半的身体都掩盖在阴影之中，但隐约间还是能够看见那如同铁塔般的轮廓。一股无言的压迫之气，笼罩着整个大殿，令此时大殿下方的那一道人影额头不住地冒着汗水。

"炎将大人，西北山方圆千里之内，所有势力已被扫荡一空，大人此战威望深驻，想来其他大人，功劳也是无法与您相比。"

阴影中的铁塔身影面对这般奉承，却是毫无反应，那般壮硕身体，也是纹丝不动。

下方的人对此仿佛也已是习惯，笑了笑，又道："另外小的又收到了一点其他的消息，想来大人或许会感兴趣。"

"说。"犹如闷雷的声音，在大殿之中回荡。

"大人一直很关注兽战域中的人类，而据说在这两天内，在那赤荒平原出现了一个人类，似乎还打败了血蟒城的城主。"

阴影中的身影，微微低了低头，一对暗红目光，仿佛泛着滔天凶光地盯着下方的人："他叫什么？"

"嗯……"下方的人皱着眉头想了想，方才有点儿迟疑地道，"好像是叫……林……林动吧？"

轰！

话音刚落，他便感受到一股可怕的凶气在大殿之中疯狂地凝聚着，再然后，一道阴影便将他笼罩。那座铁塔身影，闪现出来，一只布满着伤疤的大手蛮横地探出，一把抓住他的衣衫，将其提了起来。

那人骇然地望着素来对任何事情都不太搭理的铁塔男子，想来也是有些不明白他的反应为什么会这么大。

"他……他在哪里？！"

惊雷般的声音，在他耳旁炸响，直接震得他头晕眼花，不过他清楚眼前之人的脾性，当下也不敢怠慢，急忙道："他与九尾族的人在一起，如果小的没猜错，

他应该会去九尾寨。另外大人……因为那个人类表现得非常张狂，如今有不少人在找他的麻烦，甚至连山将大人也打算去找那个人类……"

"山将？"铁塔男子那暗红的眼中，仿佛是有着一种滔天的凶戾汇聚起来，旋即他将手中的人直接甩了出去，雷鸣般的声音，在整座大山上下回荡着。

"所有人马，准备撤离，你派人告诉蒙山那个杂碎，他敢动那人丝毫，老子杀了他全族上下！"那人望着眼神凶戾得可怕的铁塔男子，心头一骇，急忙点头，飞快地窜出大殿。

大山之中的众多人马也忙碌起来，拔营收寨，准备动身。

大殿变得空旷后，那个铁塔男子才缓步走出，阳光照耀下来，一张布满伤痕，犹如一头噬天凶虎般的脸庞，也是浮现了出来。

这位如今在兽战域中如日中天、手染无尽鲜血的绝世凶将，目光望着北方的天空，那原本因为鲜血的浸染，变得麻木无情的虎目，竟是变得异常温和。他的嘴角抽了抽，那凶戾到极致的脸庞上，居然流露出了一丝已经很久很久未曾出现的憨厚笑容。

大哥……我终于等到你了……

绿荫葱郁的山寨，偶有翠红点缀，再加上那漫山遍野的莺莺燕燕之声，令这片寨子有种世外桃源的感觉。

林动在心晴三女的带领下，缓步穿梭在这片寨子中，而四周，时不时有着娇俏身影闪现出来，那一对对大眼睛泛着浓浓的好奇盯着林动，时而掩嘴轻笑声传来，犹如百灵鸟般。

被这般围观着，林动也无奈地摇摇头，偏偏心晴三女也暗中偷笑，然后才娇叱着将那些倩影喝退。

"林动大人不要生气，我们九尾族平常很是封闭，少有外族人进来，特别还是人类……"心晴道。

林动摆了摆手，表示他并不在意这些，被围观的事他已经习以为常。

"前面便是我们主寨了，族中长辈们都在等待大人了。"心晴笑道，之前进入寨子时，她们已将林动的身份率先通报了过去。

"嗯。"林动点点头，而后步伐加快。半晌后，一座宽敞的寨子便出现在了视线中。在那寨子前方，有着不少身影，而在那众人首位，则是一名略显雍容的美妇，她第一时间看见了心晴，当即脸颊上便是有着激动浮现。

"娘！"心晴望着那美妇，眼圈也是红了一些，然后飞扑而去。想来这小姑娘一人在外，也是分外想家。

美妇也连忙上前，疼爱万分地将心晴搂在怀中，一阵嘘寒问暖。周围的那些女子，也凑上来，满脸的欣慰。

林动就站在一旁望着眼前的一幕，抿了抿嘴，心中却想起了家中的父母亲人。他自从离开大炎王朝后，已是多年未曾回去，也不知道他们现在怎么样了……

"呵呵，怎么？心晴这次回家，还带了个小男人呢？"而在林动心中微感惆怅时，突然有着女子的调笑声响起。他怔了下，抬起头，却见到那些皆是有着几分姿色的女子，正戏谑地看着自己。

心晴听得她们的话，倒是闹了个大红脸，急忙道："你们别瞎说，这是林动大人，他来妖域有事情，此番是我们殿主命我为他带路的。我们在路上遇见被血蟒城抓住的柳姐她们，还是林动大人出手救回来的呢。你们少乱嚼舌根了，大人是贵客，不得怠慢。"

那美妇瞪了一旁几女一眼，旋即看向林动，温婉地道："林动小哥，小柳她们的事，妾身代整个九尾族对你表示感谢。"

林动摆了摆手，道："寨主客气了，心晴为我领路，我帮一些忙也是应该的。"

"寨主称呼，太过生疏，若是林动小哥不嫌弃我九尾族的话，称妾身一声心姨便可。"美妇柔声道。她容貌颇美，虽然年龄不小，但是在其脸颊上丝毫看不出岁月的痕迹。

"那便恭敬不如从命了。"林动笑了笑，把眼前这温婉的美妇称作一声寨主，倒的确是有些煞风景。

"林动小哥来兽战域的事，妾身已是知晓，我们进去详谈吧。"心姨笑道，在见到林动点头后，这才转身在前领路。

客厅之中，心姨望着心晴将香茗恭敬放在林动身旁并退开后，方才轻声道："林动小哥可将你要寻找的人一些信息说一下？"

"他叫林炎，是我一个兄弟，不过我不太清楚他是否在这兽战域也是用这个名字……他是虎族，应该是天魔虎族。"

"林炎……"心姨微蹙着眉想了想，然后摇了摇头，"据妾身所知，这一年内，兽战域中并没有一位叫作林炎的人。

"而虎族是妖兽界的大族，至于天魔虎族，不仅是虎族三大强族之一，也是妖兽界八王族之一。兽战域中，虎族的强者不少，甚至天魔虎族的强者也有，但都是成名已久的强者……这与林动小哥所说的一些信息不符。"

林动失望地叹了一口气，看来要找到小炎，的确不是一件容易的事啊。

"不过林动小哥不用着急，妾身会让人收集近一年来在兽战域中声名鹊起的强者信息，以林动小哥的本事，想来你的兄弟也不是泛泛之辈，若是来到这兽战域，应该也能闯出一些名头，这样收集起来会容易许多。"心姨道。

林动点点头，旋即道："那便麻烦心姨了。"

"林动小哥这几日便先留在我们九尾寨吧，一有消息，妾身便通知你。"心姨笑道，随后招手叫来一位少女，先行领着林动前去休息。

而待得林动离开后，心晴也是蹲坐在心姨身旁，道："娘，你也没林动大人要找的人的消息吗？"

"兽战域这么辽阔，我们九尾族偏居一隅，仅能自保，消息自然不会太过灵通。不过你放心吧，我会全力让人打探的。"

心姨笑了笑，旋即玉手抚着心晴的小脸，有些疼惜地道："小丫头在外面吃了不少苦吧？"

"没有呢，在炎神殿大家都很照顾我呢。"心晴摇着头，笑道。

"这林动小哥，也是炎神殿的人吗？"心姨看着林动离去的方向，道。

"不是，不过林动大人可厉害了，不仅殿主很看重他，而且还有一位青雉前辈也很欣赏他呢。我听心莲姐姐说，那青雉前辈可是有着轮回境的实力。"心晴大眼睛中，有着一些崇拜的色彩闪烁。

"轮回境……"

听得这三字，不仅是心姨颤抖了一下，一旁的那些女子更是惊呼出声，脸颊上有着浓浓的震撼。

"之前炎神殿遭到进攻，据说是一名轮回强者和三名转轮境的强者……"心晴道，全然不顾一旁傻掉的众人。这种恐怖的阵容，简直能随意地灭掉兽战域中任何一方势力。

"林动大人那时候联合心莲姐姐以及炎神殿的其他战力，共同打败了一名转轮境的强者，还将其封印了呢……"

心姨终是动容，她之前能够察觉到林动的实力，死玄境小成，这与她相差不多，而对于林动能够凭借着这种实力打败血蟒城的曹赢，她也是相当惊讶。不过，这种惊讶在与心晴此番所说的事相比，却着实是有些小巫见大巫了。

"看来这林动小哥，果然不简单啊。"心姨道。这下她对心晴所说的摩罗与那位青雉前辈极为看重林动的话倒是没了丝毫的怀疑。

"嗯嗯。"心晴连连点头,清丽的小脸红扑扑的,极为可爱。

"心晴,你莫不是喜欢上这位林动小哥了吧?我看他也不错哦。"一旁有着女子看见她这副模样,出言调笑道。

"红姨你乱说什么呢……我只是个小丫头,哪配得上林动大人,连心莲姐姐都对他有好感呢。"心晴小脸如火烧般,羞恼地道。

"你们就别取笑她了。好了,心晴你也先去休息吧。另外,既然你回来了,就尽量不要去外面……万一被那百兽岭的秦刚知晓就麻烦了。"心姨听得周围的嬉笑声,也是微微一笑,旋即道。

这个名字一入耳,心晴小脸上的绯红便是散去了许多,旋即她微咬着银牙轻轻点点头。

心姨见状,也只能苦笑着叹了一口气。

接下来的数天时间,林动都留在了九尾寨中。虽说是处于混乱的兽战域中,这里却是格外平和,与外界的那种混乱纷争截然不同。

在他暂歇时,每天都会有一些消息传来,不过可惜的是,那些都并不是他所需要的,看来在情报获取这一方面,九尾族也是能力有限。但对此,林动倒没埋怨什么,特别是见到心晴每次瞧得他摇头时那战战兢兢的可怜模样时,他就更是生不起什么怨气,反而是笑着摸摸少女的头好一番安慰,才让她稍微好受一些。

反正现在才到这兽战域,就先当是休整下吧,然后再想办法……

又是三日时间,悄然而过。

林动坐在寨子中一棵参天大树上,斜靠着一根粗壮的树干,微眯着双目,任由那温暖的阳光透过树叶缝隙散成光斑,洒在他的身体上。

"嗯?"舒服中的林动,突然睁开双目,略带着一些疑惑地望着突然间掀起不小骚动的九尾寨,他看见一些少女往他所处的这片寨子偏僻处聚了过来。

"林动大人,让我们在这里待一下好不好?一定不会打扰到您的。"

心晴落到林动身旁的树干上,冲着林动双手合十,那模样娇俏。

"嗯,一定不会打扰到您的,到时候您若是不开心,就让心晴给您去暖被子!"一旁几名少女也是偷笑道,那言语间倒是颇为大胆。

"怎么了?"林动冲着她们笑了笑,道。这几天的时间中,他与这些九尾族的少女也算是相熟了。

心晴闻言,轻叹了一口气,旋即苦笑了一声。

"百兽岭来收供奉了……"

兄弟相聚

　　"供奉？"林动微微怔了一下，这才明白过来。这片地域虽然是百兽岭与雷渊山的交接处，但九尾族想要在这里求得安稳，自然也是要向这两大实力交纳供奉。

　　"那你们躲什么？"

　　"我们九尾族的女孩由于生得漂亮，很容易引来一些麻烦，若是被那些前来收取供奉的人瞧中，就将会有一番极大的麻烦。"心晴眸子微暗，若是在其他地方，或许生得漂亮能带来不少的好处，可在这里，却是一种危险，甚至一个不慎，还会波及整个种族。

　　林动默然，九尾族姿容很出色，但现在的她们，却并没有保护这份出色的能力。

　　"以前百兽岭便是有一个叫作秦刚的家伙前来收取供奉，看中了心晴姐，一定要纳她为妾，族长为了保护她，只能让她暂时远离兽战域，后来为了这事，我们九尾族付出了不小的代价，才让那秦刚勉强将事情揭过……"一名少女忿忿地道。

　　"秦刚？"林动看了一眼轻咬着小嘴的心晴。

　　"他是百兽岭九大将之一，实力极强，丝毫不弱于那血蟒城城主曹赢。"心晴轻声道，面对着这种强大压迫，她除了逃跑之外，根本没有任何反抗之力。

林动微微点头，旋即转过视线，望向那山寨之外。这里颇为隐蔽，刚好能够将那远处的景象收入眼中，而此时，那里浓浓烟尘滚起，隐约间有着轰隆隆的马蹄声传来。

"哈哈，九尾族的人，出来交今年的供奉了！"

烟尘奔腾而至，大笑声如同雷鸣般轰隆隆在山寨上空回荡起来，而随着烟尘的散去，只见得一片黑压压的人马，已出现在了山寨之外，那股浓浓的煞气，令那半空中都有乌云笼罩而来。

"这声音……"心晴她们听到这大笑声时，脸色剧变。

"是那秦刚？"林动见状，也是明白过来。

"嗯,该死的,怎么会是他来我们九尾族收供奉……"心晴轻咬着银牙,眸子中,有着不安涌现。

林动微眯着双眼望出去，在那批人马的最前方，见到了一个壮硕男子。男子赤裸着上身，身体上闪烁着黑岩般的光泽，一股蛮横的凶气，自其体内弥漫出来。

而此时，那人正骑着一头巨大的血红蝙蝠，一脸笑容地望向九尾寨中。

不久，那笼罩着九尾寨的光罩也是泛起阵阵波动，旋即心姨带领着一些九尾寨强者走了出来。

"呵呵，心寨主，该交纳供奉了，数量是多少，应该不用我多说吧？"血色蝙蝠上面的男子，笑眯眯地望着心姨，懒洋洋地道。

"原来是秦刚大人……"心姨点点头，旋即手一挥，便有一个乾坤袋飞向那名为秦刚的男子，"这里是一千万玄元丹。"

秦刚一把抓住乾坤袋，只是随意瞥了一眼便抛给身后的属下，笑道："心寨主还真是好说话。"

"我九尾族还需要百兽岭的庇护,这些供奉自然是应该的。"心姨微微低头,道。

"心寨主真是这么认为吗？"秦刚笑容玩味地道。

心姨微微一僵，旋即点点头。

"心晴那小妮子呢？既然回来了，为什么不来见见我？"秦刚笑道。

心姨眼神一变，旋即急忙道："秦刚大人，小女一直在外修行，尚未归来。"

"你当我百兽岭的眼线是摆设？"秦刚冷笑一声，旋即盯着心姨，道，"我对心晴的心意，你也是知道，若是她跟了我，你九尾寨以后便能够彻底获得我百兽岭的庇护，也不用每年交纳如此大笔的供奉，这好处，难道你们分辨不清吗？"

心姨神色变幻不定。

"今日你若不让那小妮子出来，那我便只能带人去寨子里面找了。"秦刚双臂抱胸，淡淡地道。

这一下，心姨以及那些九尾寨的长老面色皆异常难看起来，但又不敢发作，一时间，场面僵持了下来。

"那秦刚知道你回来了。"一直注视着山寨之外的林动，突然偏头对着那一直忐忑的心晴道。

心晴闻言，俏脸也是微微一变，旋即忍不住地恼怒道："这个阴魂不散的讨厌家伙！"

"那些家伙现在不肯离去……"

一名少女有些担忧地看着心晴，这样耗下去，一旦那些家伙耐心耗尽，恐怕会相当不妙。虽说她们九尾寨大阵开启，那些家伙闯不进来，但这样一来，必定会得罪那秦刚，他们九尾寨虽说处于百兽岭与雷渊山交界处，但却并没有彻底地投靠哪一方，如果百兽岭要找她们麻烦的话，雷渊山显然是不会理会她们的。

少女说着，偷偷地看了一眼注视着寨子外的林动，刚欲说话，却是被一旁的心晴暗中瞪了一眼，当下只好闭上嘴巴。

心晴见状，心中暗叹了一口气，她清楚林动的性子，若是她们开口相求，后者必定会帮忙，但那秦刚不是曹赢，即便林动能够胜了秦刚，但那之后呢？无疑是在对百兽岭宣战，那种庞然大物……林动单枪匹马，如何能敌？

而到时候，林动反而会陷入险境。

"又有人马来了……"林动注视着寨子外，他仿佛是没察觉到身后那些少女的眼神交流，淡淡地道。

"哦？"心晴她们闻言，也是一惊，旋即抬头，果然是见到，另外一个方向，也是有着轰隆之声。

"难道是雷渊山的人马？他们竟然凑到一块来了……"

轰隆隆！

大地震动着，浓尘滚滚，大批人马最后在心姨她们略微错愕的目光中接近了九尾寨，而在那批人马之中，能够看见一道飘扬的山字旗帜。

"是雷渊山的山将蒙山……"

那秦刚眉头一皱，显然是没料到，竟然会跟雷渊山的人撞在一起。

"秦刚？你竟然也在这里。"在秦刚发现那批人马领头人时，后者也有所察觉，当下一怔，旋即嘴角一撇，道。

来者身体干瘦，但皮肤却是呈现一种暗黄色彩，若是仔细看去，发现那竟是一层土黄色的细小鳞片，看上去略显奇异。

"蒙山大人……现在应该还不是雷渊山收取供奉的时候吧？"心姨望着这蒙山，开口道。

"我可不是为了收取你九尾寨的供奉而来。"蒙山看了心姨一眼，嘿嘿一笑，旋即那略显阴鸷的目光投向九尾寨中。

"我来这里是找个人类，他叫林动……你应该知道。"

心姨脸色微变，道："我们并不知道……"

"嘿嘿，心寨主，你就别骗他了，据我所知，血蟒城可是许了重金来寻那林动的麻烦，而显然，他就是受邀前来的。"秦刚怪笑一声，他倒是巴不得九尾寨连雷渊山也得罪，到时候她们就只能答应他的要求了。

心姨手掌紧握，眼中满是焦灼之色，想来是没料到，事情竟会变成这样……

"嗯，看来还是扯到我头上来了啊……"寨子中，林动突然笑了笑，站起身来。

"林动大人，要不你从后山离开吧。"心晴突然一把抓住林动的衣袖，红着眼睛道。她知道，一旦林动被牵扯进来，事情将会变得极其麻烦。

"虽然我讨厌麻烦……"林动揉了揉心晴小脑袋，笑了笑，但那漆黑双目中，却是有着一种极端凌厉的神色在凝聚着，"但我却并不怕麻烦。这个世界上，面对麻烦就选择退避的话，你终归会被逼到退无可退的一天，与其如此……还不如一开始便将那麻烦斩草除根。"

"那可是雷渊山啊，他们比血蟒城强太多了。"心晴急道。

"放心吧。"林动笑着安慰了一声，旋即身形一动，化为一道光影向着那山寨之外闪掠而去。

心晴见状，只能轻跺脚，抬头望着山寨之外。那里，大批的人马几乎将整个寨子团团围住，在这种气氛下，九尾寨中，也变得有些不安起来。

在林动掠出寨子的时候，距九尾寨有一些距离的远方，大地突然震动起来，旋即一股黑色洪流犹如潮水般呼啸而过。这支人马在飞速赶路中相当安静，而在那铠甲之下，一道道暗红的目光，却是犹如豺狼虎豹。这支人马，这般气势，已是能够称之为军队……

那股凝固般的凶煞之气，远远不是之前血蟒城可比！

而在这支黑色军队中，一道黑色旗帜随风摇摆，旗帜之上有着一血纹大字，犹如一头绝世凶虎，欲要破旗而出。

那个字，是……炎。

九尾寨前，两批人马将寨子围得水泄不通，他们皆面色不善地看向九尾寨内，眼中闪烁的凶光，让人明白他们可不是什么善茬……

"心寨主，我再给你们五分钟的时间，到时候若你们不将那林动交出来，那便休怪本将不讲情面，强行抓人了。"蒙山双臂抱胸，眼睛微垂，淡淡地道。

而一旁，那秦刚则是笑眯眯地望着这一幕，丝毫没有开口的迹象，显然他是巴不得九尾寨得罪蒙山。

心姨袖中手掌紧握着，她身旁的那些九尾族长老脸色也颇为难看。蒙山的威胁，让她心中焦灼，今天的事一旦搞不好，她们九尾寨就会失去这片地域最为强大的两方势力庇护，而到时候，那些早便是觊觎九尾寨的一些势力，怕会找机会乘虚而入了……

心姨眼芒闪烁着，旋即牙一咬，刚欲说话，神色突然一动，急忙转头，只见得后方的光罩泛起了波动，而后一道年轻的身影缓步走出。

"这位朋友，你好歹也是兽战域中名气不小的人物，如此为难一些女人，怕是有些过分了吧？"林动淡笑道，落至心姨身旁。

"你便是那个林动？"蒙山以及那秦刚的目光，皆在此时停留在了林动身上，对于这位最近在兽战域中引起波动的人类有些好奇。

面对着那一道道凶悍的目光，林动面色不变，只是笑了笑，算是默认。

"虽然兽战域中同样有着一些人类，不过敢在这里如此张狂的，倒是很少见。"蒙山泛黄的双目盯着林动，旋即他一咧嘴，道，"我收了血蟒城一些好处，所以你今天恐怕得跟我走了。放心，我不会对你怎样，只是将你交给曹赢而已。"

林动望着那蒙山，旋即瞥了一眼他身后那批煞气腾腾的人马，笑道："抱歉，我哪儿都不想去。"

蒙山闻言，却是嗤笑了一声："这种事情，可不是你能做主的……我知道你本事不弱，连那曹赢都奈何不了你，不过你以为我这铁山卫是血蟒城那些乌合之众可比的？"

而似是为了应和他的话语，那后方大批人马陡然厉喝出声，声若惊雷，那股气势，犹如山岳压顶，直逼林动而去。

站在林动身旁的心姨等人，面色一变，感觉呼吸都是困难了许多，而在她们有些承受不住时，一道身影却是从身旁踏了出去，将那股惊人的气势压迫，尽数接下。

"看来今天的事，阁下是真打算与我纠缠到底了？"林动周身隐隐有着青光浮现，他盯着蒙山，眼神深处，凌厉开始涌动。

"到了这个时候，还敢张狂，不知死活的东西！"蒙山眼神也是因为林动的态度阴沉下来，他显然是有些动怒，以他的身份，如此兴师动众而来，这小子不仅不束手就擒，反而还屡屡废话惹人生恼。

"林动小哥。"心姨她们见到这剑拔弩张的气氛，也是大急，如果在这里与蒙山交手的话，不提能否解决眼前的困局，即便是解决了，可这蒙山代表的，可是整个雷渊山啊！

而此时在那寨子中，心晴等人也是焦急地看着那个方向，这样发展下去，对林动而言，可没什么好处。

"来人，给我将这小子抓起来。"蒙山冷笑，旋即手一挥，那身后铁山卫目光则是逐渐地森寒起来，一股股雄浑的元力波动散发而开。

一旁冷眼旁观的秦刚不动声色，他想要看看，这个叫林动的人类，要怎么摆脱眼前的局面，那蒙山实力比起曹赢还要强上一线，而且其麾下的铁山卫，也算是经历了不少战斗磨炼出来的部队，比起血蟒城那种匪军不知道强上多少……

林动双掌缓缓握紧，眼前这番阵仗，显然是没办法善了了，既然如此，那便只能与他们斗上一斗了。

轰！

而就在林动眼神愈发凌厉时，突然间，大地震动了一下，而这突如其来的震动，也是令剑拔弩张的气氛微微一凝。

轰隆隆！

震动愈加频繁，九尾寨之前的所有人猛地偏头，目带惊异之色地望着远处。那里，一股黑色的钢铁洪流，夹杂着滔天的凶戾，奔涌而来。

黑色洪流呼啸而过，他们上方的天空，竟都因为那股惊人的凶气凝聚了层层黑云，接着黑云滚滚而来，遮天蔽日，甚是骇人。这股架势，远远超越了此时此处的另外两批人马。

黑色洪流中，一道飘扬的"炎"字旗帜格外显眼。

"是炎将的虎噬军！"

此起彼伏的惊呼爆发开来，那蒙山以及秦刚所率领的两批人马望着那在呼啸而来时，没有丝毫多余嘈杂声的洪流，眼中皆掠过一抹深深的畏惧。

"炎将……"秦刚也是面色变幻地望着那支呼啸而来的黑色军队，眼中涌动着浓浓的忌惮甚至惧色。百兽岭与雷渊山之间同样有着不小的摩擦，大大小小的战争也是爆发过不少次，而在这些战争中，那一支称为"虎噬军"的军队，却是让百兽岭付出过极大的代价。

而那支军队的统率，也是雷渊山第一凶将，炎将。炎，一个在一年多时间中，以一种惊人速度在兽战域中蹿出来的绝世凶将！

"怎么连这个狠角色也来了……"秦刚嘴巴扯了扯，旋即怜悯地看了林动一眼，这个家伙，看来今天下场有些凄惨了。

"那是虎噬军……"心姨等人望着那股奔腾而来的黑色军队，脸色瞬间煞白。如果说之前在面对着蒙山、秦刚时，她们内心尚能够稍微保持一些平静，但眼下，在那携带着滔天凶气而来的黑色军队前，她们心中的勇气，终是有些崩塌的迹象。

那是雷渊山中战斗力最强的军队，同时也是最为凶狠的一支，他们面对着对手，素来信奉斩草除根，虎噬军过处，唯有着血海尸山……

若是那支凶残之师要进攻九尾寨，今日这里，怕是要血流成河。

林动同样是微皱着眉头望着那奔腾而来的黑色军队，那股浓得近乎要凝固的凶气，让他面色凝重，这支军队，显然是他在来到妖域之后，所见到过实力最强的一支……

"这也是雷渊山的人马吗？果然很强大啊。"林动深吸一口气，眼神深处，雷光黑芒涌动，看来今日，真是少不了一番苦战了啊。

轰隆隆！

黑色洪流终是清晰地出现在了所有人的注视中，而那股凶煞之气，也让所有人呼吸都是一滞。

而随着接近，众人甚至都是能够看见那洪流中，铠甲下的一对对凶狠无情的暗红双瞳。

当然，即便这支黑色军队煞气惊人，但所有人的视线，都是很快地凝聚向了那洪流的中央位置，那里，有着一道更加恐怖的凶煞冲天而起。

如果说那些虎噬军是一头头凶狠无匹的凶虎的话，那么那大军中央的铁塔男子，则是真正的虎中之王！浓浓的凶煞之气，仿佛是在他的身后凝成了血红的虎形光影，虎目扫视间，睥睨天下，凶气盖世。

林动的目光，望向那道铁塔身影，不过很快，他的眼神便缓缓地凝滞，那张素来平淡的脸庞上，也有着一抹惊愕到极点的神色浮现出来。

一旁的心姨见状，则是苦笑一声，这局面，真是越来越让人绝望了啊。

黑色洪流并未理会这些泛着畏色的目光，他们以一种极端蛮横的姿态，笔直冲进，撕裂那两支人马的防线，一时间，人仰马翻，但任谁都不敢怒骂出声。

轰！

黑色洪流最终在山寨之外顿住，那股极动极静的转换，让不少人心脏都狠狠跳动了一下。

大军停下，黑色洪流分裂开来，那道浑身弥漫着化不开的凶煞的铁塔身影，大步走出，震得大地仿佛都在颤抖。

蒙山望着那道铁塔身影，脸皮抖了抖，刚欲挤出笑容说话，却发现后者竟看都未曾看他一眼，笔直地向着后方那个瘦削青年走去。

蒙山见状，咽下了到嘴的话语，惊疑地望着这一幕。

铁塔身影的步伐越来越快，最终携带着极具压迫的阴影停在了林动的面前，而在其身后的心姨等人，身躯都忍不住地微微颤抖起来。

气氛凝固。

那一对凶煞的虎目，与林动那平静如湖的双目对视着。

两人的体形完全不成比例，林动站着，却仅仅只能到那道身影的大腿部，在他的衬托下，那道身影，犹如巨人。

但接下来，所有人便看到了让他们心神惊骇的一幕——只见得那手染了无尽鲜血、以凶残著称的绝世凶虎，竟缓缓地单膝跪了下来，让眼前的青年终于可以和他面对面。然后，他那仿佛被鲜血浸染过的猩红双目，竟是变得湿润了起来。

"大哥。"异常沙哑而激动的声音，让所有人目瞪口呆。

一年多的时间，显然让林炎有了很大很大的改变，不过从那猩红的虎目中，林动还是看见了那番熟悉的情感。

"你这家伙……"林动终是微笑着伸出手掌，轻轻揉了揉眼前这个铁塔男子的头发，深深地吐了一口气，"终于找到你了啊……"

第十八章 凶将

九尾寨之外，所有的人，都因为眼前的一幕，呆若木鸡。

雷渊山中第一凶将，此时此刻，竟是单膝跪在了一个身体单薄得仿佛一巴掌就能被拍成肉酱的年轻人身前，而且后者那微红的虎目，也让其他所有人心中升起一种荒诞的感觉，这个素来以凶残著名的凶将，居然会有这般作态？

若是在雷渊山中，谁说这个家伙会流泪的话，恐怕会立即引来一堆看待傻子般的目光……然而此时此刻，那一幕，却真正地出现了。

蒙山也是呆滞着，他望着前方那单膝跪着的铁塔身影，他可是很清楚地记得，即便是当初妖帅大人在收其为将时，这个铁塔般的男子，都未曾弯下过他的膝盖，可是现在……他却向一个人单膝下跪。

连蒙山都是如此呆滞，其他的那些雷渊山人马更是不用说，他们嘴角抽搐着。他们很清楚，若是将眼前的事传回去，想来整个雷渊山都会震动起来。

在林动身后，那些原本心生绝望的心姨等人，同样因为这一幕目瞪口呆，她们距林动最近，自然听清楚了那铁塔男子的话……

"大哥？"

心姨她们怔了怔，旋即猛地明白过来，难道这雷渊山中第一凶将，便是林动此番前来兽战域寻找的人？

一想到此，她们面色便不由得古怪起来。她们倒是想过，能够成为林动的兄弟，应该是有着几分实力，但却从未料到，这个她们以为的"几分实力"，竟然达到了雷渊山第一凶将的程度……

"怎么回事？"九尾寨中，那些少女也争相望着寨子外，先前那支黑色军队的出现，同样让她们面色煞白，不过紧接着她们便是发现，事情似乎并不是想象中的那样。

"那是虎噬军？那铁塔男子难道是雷渊山第一凶将炎？"

"他怎么跪在林动大人面前啊，这是怎么回事啊？"

"……"

一片犹如百灵鸟般的叽叽喳喳不断地传开，那些少女皆是睁着大眼睛望着外面，眼中满是好奇与疑惑。

"那就是林动大人要找的兄弟……"心晴也惊异地望着寨子外，眼前这一幕，显然已能够让她猜到什么。

"什么？那雷渊山的第一凶将竟然是林动大人的兄弟？好厉害……"

"那家伙据说可是超级凶残的呢，没想到在林动大人面前这么温和……"

林动的心情此时也澎湃得厉害。三兄弟间，小貂最难招惹，所以林动不担心他的安危，别人不被他找麻烦就烧高香了，唯有小炎，让他担心得厉害。以往在一起的时候，这个家伙就一直憨厚，因为一切的事情，都是林动与小貂做主，而他也不多想什么，两人叫他怎么做他就怎么做……

妖域混乱，林动自然担心小炎会遇见麻烦，而当他见到眼前这活生生的人时，那一直提着的心，终于放了下来。

"活着就好……"林动看着眼前铁塔男子那红润的虎目，笑道，"起来吧，这样多难看。"

小炎点点头，他的脸上有着一些伤痕，令他看上去格外狰狞与凶狠，不过此时，在林动的目光下，他那足以让一些人脚跟发软的凶狠面庞，却是有着一抹很久未曾出现的憨厚笑容回归着。

"伤倒是挺多的呢，这一年多时间，怕是过得不容易吧。"

待得小炎站起来，林动方才留意到他那身体上交错的伤痕，这让林动略有些心疼。

虽然他也明白，总归是要让小炎独自闯上一闯，才能真正地将其磨炼出来，毕竟他是一头猛虎，而非一头跟在他与小貂后面，事事言听计从的壮猫……

小炎咧嘴笑了笑，道："这一年的事，待会儿再与大哥详说，我先将事情解决了。"

林动看了看后方突然间面色僵硬起来的蒙山，微微点头，没再说什么。现在小炎做事，也不用他再来多说什么。

小炎这才转身，而在其转身的那一霎，所有人都能够感觉到，先前仿佛在其身体上消失的滔天凶戾，竟如同潮水般再度疯狂地涌出。

这个时候的他，再度变成了那手掌虎噬军的雷渊山第一凶将！

小炎转身，那猩红的目光，投向了面色僵硬的蒙山，后者望着那弥漫着凶戾的虎目，身体忍不住地颤了一下，旋即脸庞上露出一抹勉强笑容，道："呵呵……是炎兄啊……没想到你与这位林动兄相识……"

"我派人给你传过话。"小炎迈着步伐，一步步走向蒙山，暗红色的血光在其身后缓缓地凝聚，仿佛化为一头血红光虎，凶气冲天。

蒙山面色变幻不定，他的确知道小炎派人去给他传了话，不过当时的他已动身，所以便派人将那传话者挡了回去。

"炎兄……这是个误会……如果早知道你与他有关系的话，我定然是不会来的。"蒙山忙笑道。虽说同为雷渊山九大将之一，但他却明白，眼前的小炎绝非他能抗衡，不然的话，后者也不可能在这短短一年多时间中，坐稳第一将的名头。

"误会吗？"小炎在蒙山前面停下，旋即咧嘴一笑，那白森森的牙齿，让人不寒而栗。

蒙山见状，连忙点头。

"但你还是得去死啊！"小炎嘴角的笑容，瞬间狰狞起来。他巨掌一握，一拳轰出，滔天血光凝聚，化为一头血红光虎，而后携带着惊人的凶戾，狠狠地对着那蒙山暴轰而去。

"你！"蒙山面色大变，下一霎，磅礴元力也是自其体内涌出，竟直接在其前方化为一片巨大的土黄色岩壁。

嘭！

巨拳狠狠地轰下，岩壁崩碎下来，碎石飞射，那蒙山身形狼狈地倒退，身体之上那黄色的光纹浮现出来，仿佛一层鳞甲之皮，坚固无比。

"炎将，你敢杀我？！大人不会饶了你的！"蒙山怒喝道。

此时蒙山那支铁山卫见到他被攻击，面色也是一变，然而还不待他们踏出步伐，便陡然察觉到一股惊人的凶煞之气冲来，急忙抬头，只见得那支黑色军队中，一对对暗红的目光盯着他们。那种眼神让他们明白，只要他们敢踏出一步，迎接他们的，必然会是一场杀戮。

这支只知道杀戮的虎噬军，显然不会因为他们同样属于雷渊山而有丝毫的留情，在他们的眼中，只有炎将，没有其他的任何人，甚至，包括雷渊山的那位妖帅！

因为这支军队，是炎将亲手打造而成！

小炎的步伐，倒是因为蒙山的怒喝顿了一下，后者见状，以为这种警告有些效果，然而还不待他松一口气，却见到小炎那对虎目中，一种凶戾，以一种惊人的速度堆积起来。

就在蒙山心中不安时，他却见到，小炎的身体陡然变得虚幻起来，旋即他面色剧变，身形暴退。

唰！

在其暴退间，一道阴影，如同鬼魅般出现在其身后，还不待他骇然失色，一只黑色的巨大虎爪，已是撕裂空间，一把抓住他的一条手臂，然后猛地一拎，狠狠地砸在一旁的山壁之上。

砰砰砰！

山峰崩碎，那道铁塔身影，犹如拎着一条死狗，将蒙山狠狠地拎甩在四周的一切物体之上。短短十数个呼吸间，这片地面，已是布满着深坑，一旁的岩壁，也出现了一道道巨大的凹陷。

暴力这一词，被小炎完美地诠释了出来。

那实力几乎迈入半步死玄境的蒙山，在小炎手中，竟没有丝毫的还手之力！

林动同样是惊异地望着这一幕，眼神微凝。小炎的实力，应该是处于死玄境大成的层次，只是从他的身上，林动察觉到一丝奇特的波动。看来这一年中，小炎同样有着属于他的际遇，不然的话，他的等级不会超过林动，虽说他有着那变异体质……

烟尘终于落下，那道铁塔身影，拖着一道不知死活的身影走回，随手犹如丢弃垃圾般甩给了那些铁山卫。

"滚。"小炎猩红的目光望着那群铁山卫，声音沙哑地道。

听得此话，那些先前还声势颇足的铁山卫立即骇然撤退。面对着这位雷渊山第一凶将，他们显然没有半点抗衡的勇气。

随着铁山卫狼狈退去，寨子前变得空旷了一些，然后小炎转身，望着那脸庞

有些苍白的秦刚，咧嘴一笑，道："还不滚？以后这九尾寨便是我庇护的地方，你们百兽岭再敢来收供奉，来一个，我杀一个！"

秦刚脸庞抽搐了一下，想要说点狠话，但在小炎那一对猩红的虎目注视下，终还是咽下了嘴中的话，手掌一拍跨下蝙蝠，干脆利落地掉头远去。

心姨等人望着短短数分钟便跑得干干净净的人马，再看看那转过身来走到林动面前一脸憨厚的小炎，一时间，唯有用无言来消化内心的震动……

这第一凶将之名，果然名不虚传啊。

九尾寨中，心姨等人站在一座楼阁下，时不时地望向二楼处，那里隐约能够见到两道大小比例相差很大的身影。

心姨的目光在那道铁塔般的身影上顿了顿，感叹着收回视线，又看了一眼九尾寨之外，在那里，驻扎着一支安静得犹如沉睡之虎般的军队，那种凛然凶气，让九尾寨的族人感到一种强烈的压迫。

"真是没想到啊……林动小哥要找的人，居然是雷渊山那位第一凶将。"一旁，一名九尾族的长老语带惊叹地道。

今日发生的事跌宕起伏，原本她们以为九尾寨将会面临不小的危机，哪料到这横空出现的小炎，直接将那秦刚与蒙山击退，而且小炎最后的话中，显然是有着庇护她们九尾寨的意思。从今以后，那些想要打她们九尾寨主意的人，怕是要多掂量一些了……

"这林动小哥，还真是我们九尾寨的福人呢。"心姨笑道。小炎在雷渊山中有着极强的声望，他放出了这种话，想来也不会有其他人会冒着得罪他的风险来对付她们九尾寨。

"是啊……这位炎将大人，可真是厉害啊。"一旁的心晴也探出小脑袋，颇为崇拜地望着二楼上的身影，笑嘻嘻地道，"据我所知，林动大哥可是有着两个兄弟呢，一个是这位炎将大人，另外一位，可是天妖貂族中的大人呢……"

心姨等人再度有些动容，天妖貂可是妖兽界四霸族之一啊，这林动小哥的兄弟，果然都如他本人一般，都不是寻常角色啊。

心姨轻轻摸了摸心晴的小脑袋，片刻后，抬头望着那楼阁上的那道身影，眼中闪过一道莫名之色。

"当初空间传送被元门那三个老杂毛搅乱，之后我便被传送到了这兽战域，当时也身受重伤，养了将近一月方才恢复过来……之后我便在这兽战域中混迹了一段时间。在一次探险中，我闯进了一座洞府，而那洞府的主人，生前是一名转轮境的超级强者，他本人，也拥有着虎族的血脉，在那里，我获得了这位前辈的传承精血……"楼阁上，小炎盘坐在地上，与林动说着他这一年来在兽战域中的遭遇。

"哦？"林动闻言，恍然大悟，难怪小炎实力精进如此之快，原来是获得了一位转轮境超级强者的精血传承，而他本身便是变异体质，对于这种拥有着相同血脉的力量，正好是能够完美吸收。

"不过那传承精血，我并未彻底获得，因为在我获得时，也同样被其他人发现了……"小炎嘴角撇了撇，略显凶狠，"而那人正是雷渊山那位妖帅，徐钟。"

林动一怔，旋即双目微眯起来。

"那家伙同样拥有着虎族血脉，而且还是虎族三大族之一的暗渊虎族，实力极为强横，所以我到手的精血传承分了他一半。"

"这位妖帅大人，这么好说话？"林动淡笑道。虽然他并未见过雷渊山那位妖帅，但能够在这兽战域中成为一方巨擘，没点手段是不可能的事，而这样一个人，竟然会选择只要一半的精血传承，而且那个时候的小炎，应该没实力与他争夺才是……

"嘿，怎么可能……"小炎冷笑一声，道，"不过我是变异体质，当时已将那精血传承吸纳入体，他若是强抢的话，我若拼了命，他也什么都得不到，所以经过协商，精血传承一人一半。"

"那你怎还会在雷渊山，还成了他麾下第一大将？"林动问道。这事情倒还真是曲折呢。

"那家伙哪会轻易放我离开，而当时我也没什么地方去，所以就选择留了下来。后来我独自搜寻了一批人，他们都拥有一些虎族血脉，我将精血传承分了一些给他们，然后带领着他们开始征战……"

"就是那虎噬军吧？"林动眼神一动，旋即点了点头，道，"那支军队不错，战斗力很强。"

"嘿嘿，那些家伙还算争气，对我也是绝对忠诚，我将他们从被人随意践踏的地位拉了起来，所以在雷渊山，这支虎噬军就连那妖帅徐钟都有些垂涎，不过可惜……除了我，他们谁的命令都不会听。"小炎咧嘴一笑。

"既然你拥有了这支虎噬军，想来应该也有了脱离雷渊山的资格了吧？留在这里的话，那徐钟会一直垂涎你获得的传承精血和这支军队。"

"脱离？为什么要脱离？"小炎看着林动，嘿嘿一笑，那笑容竟是有些狡诈。

林动双目微眯，旋即眉头微挑："看来你这家伙，也打着那徐钟的主意啊……"

"那是属于我的东西，哪能让他白白占了便宜，我这一年隐忍着，为他征战，等的就是那一天。只要我能获得另外一半传承精血，便能够达到死玄境圆满！"小炎猩红的虎目盯着林动，嘴角的笑容变得凶戾，"大哥，当初我们三兄弟被元门逼得如丧家之犬，那时候，你与二哥拼了命地和那三个老狗战斗，我却只是一个累赘……我知道我们终有一天会杀回去，我需要力量！下一次，我不会再站在你与二哥的后面！所以，那传承精血，我要拿回来！"

林动望着小炎那猩红的虎目，眉头微皱，道："没人认为你是累赘。"旋即他声音顿了顿，看着冲着他嘿嘿笑了笑的小炎，道："不过……我会帮你的。"

他能够想到小炎独自一人在这兽战域中经历了多少苦难，后者在这里面临的危险，不比他在乱魔海少，而既然如今终于将他找到，他自然会全力地帮助他。因为他们是兄弟。

"那妖帅徐钟是什么实力？踏入转轮境了没？"

"没有，现在的他只能算作死玄境圆满顶峰，虽说距转轮境仅有一步之遥，不过却并不算转轮境强者。"小炎摇了摇头，道。

林动微微点头，这样的话，倒是要容易不少，毕竟转轮境与死玄境圆满之间差距实在是太大……

"那徐钟麾下，除了你之外，还有着八大将吧？这八人，实力应该与那蒙山相仿吧？"林动再度问道。如果要对那徐钟出手，这八大将也会是不小的麻烦。

"嗯，不过大哥倒是不用太过担心，他们反而有可能成为我们的人手。"小炎一笑，旋即拉起衣袖，露出手臂上的一道暗黑色符文，符文犹如深嵌在血肉之中，缓缓地蠕动着。

林动盯着那道暗黑色符文，眼神却是微微一凝，旋即目光都是冰冷了许多："那徐钟给你种的？"

他的感知惊人，一眼便是看了出来。这符文深入小炎的身体，就犹如一枚炸弹，只要符文的主人心念一动，便能够将小炎炸得血肉横飞。

"嗯，是暗渊鬼符。"小炎森然一笑，道，"那徐钟做事相当缜密，他麾下九大将包括我，都被种了这东西，以此来控制我们……"

"这家伙……还真是该死啊。"林动眼神阴森，他在乱魔海虽然也算危险，但却从未被人种下过这种东西……

"不过还多亏了他的这缜密，不然的话，其他的一些大将，怎会对他心生不满？在这一年中，八大将中，已有五人被我策反，只要一有机会，便会群起动手，将其斩杀！"小炎凶狠地道。

这次倒是换作林动惊愕了，他看着眼前的铁塔男子，忍不住地笑起来。谁能想到，往日那憨厚得一塌糊涂的大家伙，如今也是满肚子的坏水？若是那徐钟知道他的麾下大将竟然暗中被小炎策反，会不会后悔将这祸害给留在雷渊山了？

"原本我的计划，是在半月之后雷渊山一年一度的山聚中动手……嘿嘿，没想到正好现在遇见了大哥，有了你，想来我们成功的机会会增多不少。"

虽然林动现在的实力仅仅只是死玄境小成，但对他异常了解的小炎却是明白，前者的真实战斗力，素来都不能用表面现象来衡量……

"这暗渊鬼符……"林动看了一眼小炎手臂上的符文，这东西显然会是一颗定时炸弹，时刻让这些大将忌惮着。

"我身上的倒是没事，我是变异体质，这一年时间，这符文已被我暗中侵蚀，算是失效了……麻烦的是另外五人身上的符文，这也是他们最为担心的地方。"小炎道。

"我看看。"林动伸出手掌，轻触着小炎手臂上的符文，一丝丝的黑色光线自其指尖蹿出，然后钻进后者体内，而面对着林动的这般举动，小炎丝毫未加阻拦，反而任由那些足以将其体内搅得天翻地覆的陌生能量进入他的身体……

对于林动，他显然是有着无条件的信任。

这般探测持续了半晌，林动方才收回手掌，略作沉吟，轻笑道："这符文的话，我倒是能够破解……"

"大哥能破解这暗渊鬼符？"小炎听得此话，脸庞上顿时有着喜色涌出。

林动笑着点点头。他身怀吞噬祖符，虽说解除这种潜入体内深处的符文颇为棘手，但对于他而言，也并不是无法办到。

"这就好办了，只要能够将那五个家伙体内的暗渊鬼符破解，那他们必定会随我们对付徐钟，这些年来，他们因为这符文的控制，早对徐钟有了极大的怨恨。"小炎大笑道。

"你们打算半月之后动手吗？"林动问道。

"嗯。"小炎点头，虎目中掠过一抹冷笑，道，"我知道，即便这一次我不动手，恐怕徐钟也忍不住了。他停留在死玄境圆满太久，而且他想要突破这一步，唯一的捷径便是我体内那另外一半的传承精血……之前一年，他一直在炼化他得到的

那一半，算算时间，也该差不多了……"

林动抿了抿嘴，看来他来得倒正是时候，若是再晚一些时间，小炎与那徐钟撕破脸的话，鹿死谁手恐怕都还不知道。这让他略微有些庆幸。

在小炎最为困难的时候，不管怎样，他这做大哥的，一定要站在他身后。

"一切的事情，我都会暗中安排妥当，到时候我便与大哥一起前往雷渊山解决掉那家伙！"小炎咧嘴笑道，"咱们兄弟联手，管他妖帅不妖帅，除了死之外，他绝无第二条路可走！"

对于那徐钟，他早已是杀心满溢，这一年多时间，如果不是他也有着一些手段的话，怕早被坑了无数次，但即便是如此，他还是得忍着，还要用自己的力量去帮前者打拼天下……

而现在，这些隐忍，终于可以爆发出来了……

林动微微点头，旋即道："你在妖域这么久，联络过小貂没？"

"二哥啊……一直没时间去天妖貂族找他呢，一般说来，以二哥的性子，若是安然无恙的话，一定会在妖域大肆寻找我，但这么久都没听见什么风声，我想他应该也有些麻烦吧。当初在异魔城，他伤势最重，燃烧族纹可不是那么容易修复的……"小炎挠了挠头，道。

当然，除了这般原因，小炎也有自己的想法。他明白，若是去了天妖貂族，只要与小貂见上一面，他以后在妖域的日子定会好不少，但那并不是他想要的。

他想要依靠自己的能力，让自己变得强大，而并不是一直在林动与小貂的羽翼庇护之下。

所以，一年多来，他一直未曾主动前往天妖貂族，而是独自留在兽战域，即便这里危险重重，但他却始终未曾放弃过。

林动眉头微皱，看来小貂此次的确受创极重啊。

"大哥，你有联系二哥的方式吗？"小炎问道。

林动手掌摩挲着下巴，旋即似是想起什么，手掌一握，一道极为黯淡的光泽便出现在其手中。

"这是当初小貂带你离开时留给我的元神传音……不过这么久，这东西已将近破碎，能否把信息传出去我也不知道……只能勉强试试吧。"

林动屈指一弹，一道黑光自指尖蹿进那丝光泽之中，而后那丝光芒便剧烈颤抖着，这般持续了片刻，砰的一声碎裂开来，不过在其碎裂时，那空间泛起了一些细微的波动，然后有着什么东西传了出去……

"这就是极限了……小貂能否收到就看运气了。"林动耸耸肩,有些无奈。毕竟这东西已太久未曾使用,小貂留在其中的印记,也逐渐地消散殆尽。

小炎笑着点点头,道:"这里的事,我与大哥应该能够解决,二哥不在也没关系,不然天妖貂身份一亮,事情倒没那么好玩了。"

林动也是一笑,天妖貂的身份,在这妖域,的确挺有震慑力的。

"那大哥现在便暂时留在九尾寨吗?不与我一同回去?"

林动想了想,摇着头,道:"我对雷渊山的情况并不熟悉,而这些事情现在你能做好,只要到时候我随你一同去那雷渊山便可。"

"嗯。"小炎闻言也没什么异议,现在让林动跟他走的话,若是被那徐钟知晓,怕又是会调查一番并心生戒备,这对他们的计划而言,并没有好处。

"留在这里也好,不过大哥也稍微注意点,现在的九尾族虽然弱小,但她们其实也并不简单。"小炎犹豫了一下,道。

"嗯,我知道的。"林动微微一笑。九尾族在那远古,是足以媲美四大霸族的强大种族,虽然现在式微,但要说简单,怕也不见得……

"那半月之后,我再来与大哥会合。"小炎见状也就不再多说,他明白林动性子比他还缜密,很多事情,只需要稍提便可。

林动点点头,笑了笑,只是那笑容略微有些冷:"我也很想见见那位敢给你种鬼符的妖帅大人呢……"

小炎咧嘴一笑,那笑容狰狞如噬人厉虎,忍了一年多,终于可以动手了,这让他浑身血液都有些沸腾。

"放心大哥,到时候我们会让他把债好好还一下的。"

当林动与小炎二人自楼阁走出时,那原本有些吵闹的外面,顿时变得安静了不少,那些九尾族的少女们成群成群地簇在一起,平常一些胆大得敢跟林动打招呼的少女,此时却不敢靠上前来,而这一切的原因,都是因为在林动身旁的铁塔男子。

"林动小哥。"心姨倒是赶忙迎上来,然后她看了小炎一眼,方才略显恭敬地道,"炎将大人。"

"心寨主客气了,我大哥能来到这里,还多亏了你九尾族。我们能够相聚,也还得感谢诸位。"小炎抱拳沉声道。

而他这话一出,周围那些听说过雷渊山第一凶将名头的人便忍不住地面面相觑,这个传闻中杀人如麻、以凶戾著称的家伙,竟然也会感谢人?

"以后九尾寨若是有什么麻烦的话，尽管前来找我，每年的供奉，也不用再缴纳了。"小炎道。

"那便多谢炎将大人了。"心姨喜道。每年要缴纳的供奉，对于她们而言是不小的负担，如今能够免去，自然是令她们极为欣喜。

小炎摆了摆手，旋即转身冲着林动道："大哥，我便先回去了。"

"嗯，小心一些。"

小炎点头，不再多说什么，身形一动，便掠向九尾寨之外，而随着他的来到，那支盘踞在九尾寨之外的虎噬军，也如同苏醒的猛虎般爆发出滔天凶戾。

"走！"小炎落进其中，一声厉喝，那支军队便如同一台机器般运转而起，大地震动间，黑色洪流，犹如风卷残云般，带着那弥漫天地间的戾气，迅速远去。

林动望着那消失在视线尽头中的黑色洪流，忍不住地轻轻点头。或许是因为这支虎噬军皆有着小炎给予他们的一丝传承精血，他们的气息，竟是无比融洽，那种感觉，真是如同一头虎王率领着一群猛虎在冲锋一般……

那种感觉，倒真是有些睥睨天下的味道。

如果要让林动与掌握着这支虎噬军的小炎交手的话，想来即便是他将手段用尽，也难以占到太多的便宜……

寨子中，随着小炎和他那支虎噬军的离去，那笼罩着此处的压抑黑云也是散去，那些九尾族的少女，这才向着林动簇拥而来，叽叽喳喳的声音，清脆动人。

"林动大人，那炎将真的是你的兄弟吗？好厉害啊……"

"嘻嘻，林动大人也很威风呢……"

"……"

心姨望着那在众多少女包围中笑得倍感无奈的林动，也是一笑，手掌轻抚了抚身旁心晴的小脑袋，轻吐了一口气，仿佛是下了什么决定一般。

月如银盘，悬挂天际，清凉的月光倾洒下来，笼罩着这片连绵无尽的山脉。

林动盘坐在床榻之上，双目微闭，在其身体表面，时不时地有着黑色旋涡成形，然后以一种惊人的速度，将周围那浓郁的天地元力吞噬而进。

而在林动修炼间，房间之外的庭院中，娇躯纤细的少女静静地站立着，她贝齿轻咬着嘴唇，时不时紧握的小手，显示着她心中的局促与不安。

月光照耀着那光洁精致的小脸，正是心晴。

她站在那里将近一个时辰，待得她感觉到房间之中的元力波动逐渐地减弱后，仰起小脸深吸一口气，那清澈的眸子中，掠过一抹自嘲之色，旋即她不再犹豫，缓步上前，轻叩了房门。

　　"林动大人……"

　　"进来吧。"林动那平淡的声音传来，其中似是有着一丝不可察觉的无奈。

第十九章

祖魂殿

　　嘎吱。

　　房门轻推而开，月光延伸出一条光道，而在那光道中，一道纤细的娇躯缓步
走进，那对清澈眸子，却是有着一些颤抖。

　　她走进房间，微微低着头，两只小手紧紧地绞在一起，目光闪避着，不敢望
向床榻上的男子。

　　林动看着走进来的少女，好半晌后，才无奈地摇了摇头，道："心晴，有什
么事吗？"

　　心晴贝齿紧咬着嘴唇，那绞在一起的小手甚至是因为用力而变得有些发青，
她心似乎是相当挣扎。

　　林动静静地看着她，也不再开口催促。

　　房间中的安静持续了足足数分钟，心晴一对眸子中，终是有着水花闪烁，她
突然跪了下来。

　　"林动大人……"

　　林动盯着心晴，笑了笑："是你娘让你来的吧？"

　　"嗯。"

　　"如果我没料错的话，你娘是想让你今夜留在这里吧？为什么？希望九尾族

获得我的庇护吗？"林动轻声道。

"对不起……"心晴眼睛红红的，泪水止不住地流下来，"我知道这样也对不起心莲姐姐，只是为了族人，我可以付出一切，即便是我的性命或者……身体。九尾族以前很强大，但我没有恢复荣光那么远大的抱负，我只想让我的族人能够好好地生存下来，不再每天都担心会被抓住，沦为别人随意蹂躏的女奴。"

林动望着那跪在地上哭得伤心至极的少女，也是轻轻一叹，心姨要将一个宗族的荣辱放在这么柔弱的一个少女肩上，也是太重了些……

"我知道林动大人的性子，娘亲的这种办法断然是行不通的……不过您就让我在这里坐一夜吧，明天我会与娘亲解释的。"

林动叹了一口气，他自床榻上走下，来到心晴旁边坐下来，望着少女那梨花带雨般的小脸，笑道："我来自东玄域一个很小的王朝里的小家族，你知道吗？在我年龄很小的时候，就有着一个敌人，那个敌人有着轻易抹杀我那个家族的实力……

"我的父亲，被他重伤成废人……那时候的我与他之间，实力差距有着天壤之别，他是那个王朝中璀璨的天才，而我，只是一个小家族中的无名之人。"

心晴停止了抽泣，红着眼望着眼前有着灿烂笑容的青年，她有些无法想象，这个连摩罗、青雉那种天地间最为顶尖的强者都极为重视的男子，竟然有着这般过去。

"后来的故事很简单，我学会隐忍，在历练中逐渐强大，最后，我杀了他……"

林动伸出手掌，轻摸了摸少女的小脑袋，轻声道："我知道你的种族很困难，不过，这个世界上，想要真正庇护自己在乎的人，唯有依靠自己的力量。你的起点比我好多了，这般年龄，便是生玄境实力，这在我那王朝，简直就是超级天才……所以，相信自己，终有一天，你会让九尾族再度屹立在这妖界。那个时候，你会发现今天这一切是多么没必要。当然，如果真有那一天，你可别恨我，我可不想招惹一头发怒的九尾狐……"

"扑哧。"少女忍不住地笑起来，旋即她挺翘的鼻尖轻轻抽了抽，眸子亮晶晶地看着林动，"林动大人认为我能做到吗？"

"当然，你有这个潜力。"林动笑道。

少女闻言，轻轻咬了咬银牙，小手陡然间紧握起来，眸子深处，仿佛有着一簇火焰升腾起来。

"谢谢您，林动大人，我知道该怎么做了。"心晴冲着林动俏皮一笑，"这下

我知道为什么连眼光那么高的心莲姐姐都会看上您了……"

"咳，我与她只是朋友关系罢了。"林动尴尬地道。

心晴看着林动的脸庞，突然娇小的身子前倾，修长的纤细手臂轻抱着林动，低声道："林动大人，您说得对，想要真正地改变九尾族，只有依靠我们自己的力量，若是失去了那种勇气，苟延残喘地活着也怪不得别人……"

林动微怔，刚欲说话，怀中的柔软已是退开，旋即少女起身，冲着他眨了眨眼："林动大人早些休息吧，心晴打扰了。"

声音落下，少女已出了房间，唯有着那幽香残存。

林动能感觉到，心晴似乎是改变了一些什么，这个少女眼中原本存在的一些怯色，已彻底散去。

希望她能越来越好吧，他视心晴如朋友，能帮的忙自然会帮，不过他也有自己的坚持，毕竟如他所说，想要改变，终归还是得依靠自己。

夜色中的九尾寨有少女奔跑，最终气喘地冲进了族内祠堂。

"心晴？"心姨望着冲进来的少女，却微微一怔。

那几位长辈目光互相看了一眼，却都没有说话，想来她们也知道今夜心晴本来要去做什么。

"娘，我说过，你这办法对林动大人是没有用的。"心晴淡淡地笑道。

心姨眼神微暗，苦笑着摇了摇头，旋即她仰起头来，语气略有些悲哀："这就是我九尾族的命运吗？"

"我要去祖魂殿！"少女坚定的声音，突然在祠堂之中响起，心姨几人闻言皆是一颤，旋即愕然抬头，只见那少女的目光中已经没有了丝毫的动摇与胆怯。

"我要闯一闯，即便最后失败身亡，也绝不后悔！"心晴紧紧地盯着心姨，"我知道祖魂殿只能再开启最后一次，那是我们九尾族最后的机会，不过一直这样胆怯下去，我们九尾族也将会一直没落下去。"

"娘，与其这样战战兢兢地活着，还不如放手一搏，若最后依然失败，那就是老天注定我九尾族无法再铸荣光，那样的话……"

话到此处，少女的眼神变得决绝凄婉起来："还不如早点让九尾族消失在这天地间，这样，至少还能让我九尾族保持最后一点体面。"

整个祠堂安静无声，心姨几人脸色一片苍白，眼中满是震动。她们没料到，这个平日里怯怯弱弱的少女，此时此刻，竟是锐利得惊人……

"族长……"沉默持续了许久，一名女子手掌猛地紧握起来，"心晴说得倒也没错，虽然我们只有最后一次机会，但……与其这样浑浑噩噩地等待着，将期望放在获得别人庇护之上，还不如真正搏一次！若是先祖保佑，我九尾族也能有再复荣光之时，若真是失败……那这样苟延残喘地活着，也的确没什么意思。"

其余几人也是沉默着，只是眼睛深处，仿佛有着压抑很久的火苗蹿动起来。

心姨颤抖着身体，最终忍不住地哭出声来："我知道这样我们都很累，但我只想保护我们的族人，我们一族，受的苦难已经太多了。"

"所以娘……就让我们拼最后一次吧。"心晴走上来，跪坐在心姨身旁，小手握着她冰凉的手掌，微笑道。

心姨望着眼前的少女，泪水不断地掉下来："你会死的，这千百年来，进入祖魂殿的族人，没有一人能够活下来，那里是一块被诅咒的死地……"

"总比不知道哪天被抓去当人家的小妾甚至女奴好吧？"心晴轻声道。

心姨望着这突然间比她们还要成熟坚定的女儿，心中最后的顽固，终于彻底碎去，她抚着心晴柔顺的长发，旋即咬牙点头："那就开启祖魂殿！"

心晴脸颊上终于有着喜色涌出来："娘，谢谢你！"

心姨擦去脸颊上的泪水，道："若是失败，那从此以后，这个天地间，便不会再有九尾族。明天我会召集族人，宣布这个消息，然后便送你去祖魂殿！"

"嗯！"

祠堂中凝固的气氛散了许多，或许是做了最后的决定，心姨几人脸上也再没了压抑之色，反而多了几分笑容。

"看来那祖魂殿是个挺危险的地方啊……"

突然而来的笑声让祠堂中众人一惊。

"林动大人？！"心晴望着倚在门口的那道身影，顿时一愣，连忙擦干脸颊上的泪花。

心姨望着林动，起身向他行了一礼："林动小哥，之前的事，是妾身莽撞了，还请不要见怪。"

林动耸耸肩，看了心晴一眼，道："那祖魂殿，外人可以进去吗？"

心姨一怔，道："能进，不过那里很危险。"

心晴小脸却在此时一变，连忙道："林动大人，不可以的……"

"我陪她去一趟那祖魂殿吧。"林动却不理会少女的反对，伸着懒腰转身而去，远去时，还有着喃喃声传来。

"真是的，随便安慰下而已……怎么安慰到这么绝的路子上来了呢。真是失

败啊……"

心晴听到那些若有若无的喃喃声，小手却是忍不住地掩着嘴，泪水凝聚在一起，大滴大滴地滚落下来。

林动站在一棵树上望着前方，那是九尾寨中的一片空地，而此时，九尾族中几乎所有人都聚集在那里，气氛悲戚。

先前，心姨已将心晴打算闯祖魂殿的事情说了，在族中掀起了一些骚动，不过倒是无人反对，一些少女面容悲伤，想来这种提心吊胆的日子，也令她们颇为绝望……

林动无奈地叹了一口气，旋即在心中问道："岩，你昨夜说的属实吗？"

在昨夜林动说要陪同心晴去一趟那祖魂殿时，那素来神龙见首不见尾的岩便蹿了出来，给他说了一些有关九尾族的事……

"在远古时候，九尾族也是妖兽界中一大霸族，当时她们一族之中，足足有着三名轮回境的巅峰强者……那般实力，足以与九凤、鲲鹏等霸族相媲美。"岩悠悠地道。

"三名轮回境……"林动眼神一凝，这般实力，的确是堪称恐怖了。

"当年的天地大劫，九尾族跟随在我的主人身旁，为那场大战立下了赫赫功劳，不过九尾族也因此成为异魔针对的一族，族中顶尖强者死伤殆尽。据说在那最后一场战役中，是他们族中最后一位九尾灵狐拼了性命，封印镇压了三尊异魔王……"

"镇压三尊异魔王……"

林动有些震动，在那火炎城，青雉想要消灭一尊异魔王，不仅祭出了灭王天盘，甚至还要四道祖符加持，即便是这样，最后还是被那尊异魔王逃出了一些精血，而九尾族那位先祖，却凭借自己的力量，镇压三尊异魔王。虽说是付出了生命的代价，但也是相当恐怖了。

"而我便是怀疑，九尾族之后的一蹶不振，与此有些关系。"岩沉吟道。

林动双目微眯。

"那祖魂殿你去上一趟，看看究竟是怎么回事……"岩道，只不过从他声音中，林动倒是听出了点莫名的味道。

"你还有什么没说的？"林动心思缜密，当下便怀疑地问道。

"嘿嘿，这九尾族的那位先祖，在远古时期，可是爱吞噬之主爱得死去活来的……你这吞噬祖符的继任者去了，说不定还能混点好处。"

林动一愕，还有这事？看来吞噬祖符的上任掌控者倒是挺有魅力的啊，竟然连九尾族那位先祖都能为其所折服。

"你确定吞噬之主当年没负了人家？"林动忍不住地道。他可不想到时候因为吞噬祖符的缘故，遭受一些非人待遇。

"当年那种时刻，哪有什么儿女私情，天地大战一败，这个世间所有的一切，都将会被异魔荼毒……为了保护自己在意的人，谁不是在拼了命地战斗着。"岩道。

林动轻轻点头，那种时候，或许连彼此间的私人恩怨都会无限地化小吧……

"林动小哥。"

在林动与岩交流中，忽然有声音从不远处传来，然后他便见到心姨领着心晴以及一些九尾族中的长辈望着他。

"走吧。"林动见状，点了点头，身形一动，出现在她们身旁。

"林动小哥，你真的确定了吗？祖魂殿极其危险，这么多年来，从未有人能够出来……"心姨望着林动，忍不住地提醒道。

"心姨，请带路吧。"林动笑了笑，没多说什么。

心姨见状，轻叹了一声，也就不再多说，转身走向九尾族寨子深处。

"放心吧，没事的。"林动冲着那一直盯着他的心晴笑笑，后者微抿着小嘴轻轻点了点头。

约莫半个时辰后，在那茂密的森林深处，出现了一片废墟，废墟的中央，有着一座巨大的祭坛。

心姨带着众人走上祭坛，在那祭坛中央位置，有着一座石台，她手掌一握，便有一尊巴掌大小的铜像闪现出来。

铜像呈现血红之色，那是一尊狐狸，只是在其身后，九条尾巴张扬舞动，虽说这铜像并非实物，但林动依旧在上面感受到了一股滔天妖气。

看来，那所谓的祖魂殿，最为重要的，就是这尊狐狸铜像，而这祭坛应该只是一种辅助形式。

"你们准备好了吗？"心姨看向林动与心晴，问道。

"嗯。"两人深吸一口气，旋即点头。

心姨见状，也点点头，将那铜像放在石台上，屈指一弹，一团血球闪现出来，一股浓浓的血腥味道自其中散发出来。

"那是我们九尾族所有族人的血液，只有用这个办法才能打开祖魂殿。不过，

祖魂殿每一次打开，都会消耗铜像不少的力量，这一次，应该便是最后一次开启，然后铜像就会破碎消散……"心晴在林动身旁轻声道。

林动微微点头，看来这是九尾族最后的机会了啊。

嗡嗡。

当那团血球落至铜像上时，那血红色的九尾灵狐仿佛复活一般，竟仰天长啸，天空黑云滚滚，那血球则化为一道血红光线，被尽数吸进九尾灵狐嘴中。

呜！

低啸声带着一种苍凉之感，在这片天地间回荡着，祭坛上的九尾灵狐仿佛看了一眼林动等人，然后血光从其嘴中喷出，直接在前方化为了一道巨大的血红门户。

"进去吧，这就是祖魂殿了。"心姨手掌紧握着，轻声道。

"林动大人，您要与我一起，不然会被隔离出来。"心晴看着林动，然后伸出纤细的小手。林动微微迟疑便握了上去，入手的冰凉，显示着少女此时心中的不安与紧张。

"走吧。"林动冲着她笑了笑，再没有丝毫的犹豫，径直走进了那血红门户之中。

嗡。

血红门户波动着，一道光芒扫过两人，而后林动二人，便消失而去……

心姨等人望着消失的二人，双手轻握，嘴中不断地喃喃念道："请先祖保佑九尾族最后的希望。"

而在他们低声喃喃间，谁都未能见到，那石台上的九尾灵狐铜像望着血红门户的眼中，仿佛掠过了一丝淡淡的悲意。

在走进血红门户时，林动能够察觉到一股强烈的空间波动散发而起，再然后，眼前的血光陡然强盛，紧接着又迅速地黯淡下来。林动的视线，在第一时间恢复，同时，体内元力迅速运转起来。

眼前似乎是一片辽阔无尽的血红大海，他们就站在这片大海的一条走廊上，而走廊的尽头，仿佛是一个巨大的广场。

心晴望着那走廊尽头的巨大广场，松开林动手掌，快步走向那里。在那里，她感觉到了一丝仿若来自远古的呼唤。

林动紧随在心晴身后，目光却不断地扫视着这片血红的空间，袖中双手之间，一丝丝的黑芒和雷弧在悄悄地闪烁跳跃着。

两人很快便来到那广场之中，在那广场的中央，一尊万丈庞大的石像矗立。

石像依旧是一头九尾灵狐，只是那气势，比铜像强横无数倍。即便是远远地看着它，林动都感觉到一股心悸。

"这就是先祖……"心晴望着那石像，眼神里泛起了一丝狂热，"这是先祖的骸骨。"

林动这才一惊，原来那并不是什么石像，而是一尊真正九尾灵狐的骨骸……难怪有着如此恐怖的气势。

心晴加快步伐，在距那骨骸还有千丈距离时停了下来，跪伏而下，双手摆出了一个相当奇特的姿势，在其身后，三条毛茸茸的尾巴伸展开来。

林动站在后面，静静地望着这一幕。

在心晴摆出那奇特姿势时，突然一阵古老而苍凉的歌声传出，那古老歌声回荡在这片空间里，那一霎，仿佛梦回远古。

嗡嗡！

歌声回荡，林动能够感觉到，仿佛这里的天地元力都泛起了阵阵波动，而后，在那九尾灵狐骨骸上，竟有着点点血光汇聚而来。

血光飞快地汇聚着，很快便化为一道人形，待得光华散去时，一道女子光影浮现出来。那女子身着华丽的衣衫，容貌极其妖媚，一颦一笑间，仿佛连天地都黯淡了下来。

"先祖……"心晴望着那道妖媚无比的光影，眼中忍不住有泪水流下。

"我的族人……"女子光影目光柔和地望着下方的心晴，伸出修长白皙的玉手，那轻柔的声音，弥漫着惊人的媚意，"接受我的传承吧，我等你很久了……"

心晴望着光影，缓缓地伸出小手，就在她的手掌即将与那女子光影接触在一起时，一只手掌突然从后方探出，一把将其抓住。

心晴惊了一下，旋即茫然地看向身旁面色凝重起来的林动："林动大人……"

林动却并未理会，只是目光死死地盯着那妖媚无比的女子，然后拉着心晴缓缓后退，那令心晴瞬间身体冰冷的声音，从其嘴中，传了出来。

"你不是九尾灵狐……"

林动那带着一些凝重与警戒的声音，在这片广场上传荡开来，仿佛令空气都凝固了一瞬。

心晴同样因为林动此话愣了一下，旋即她感到浑身冰凉，冲着后者露出一抹极为勉强的笑容："林动大哥，你在说什么呢？我能感应到她体内与我们九尾宗族的那种相同血脉……"

林动并未回答，只是死死地盯着那妖媚女子，双瞳深处，黑光雷芒开始涌动。

"你是谁？你并非吾族之人！"那妖媚女子微蹙着眉望着林动，旋即语气冰冷了许多，"我的族人，你们连我九尾族的族规都忘记了吗？竟然连人类也敢带进祖魂殿来！"

"不是的……"

心晴闻言急忙要说话，却被林动制止了下来。他淡淡一笑，道："这么多年来，你们的族人来到这祖魂殿，却没一个人能够回去，你就不觉得奇怪吗？"

心晴娇躯一颤，那眸子深处，终于有一抹无法置信的恐惧涌了出来。

"眼前的人可不再是你们的那位先祖了啊……"林动轻声道，旋即他冲着那妖媚女子笑了笑，道，"我说得对吧？不知道阁下是哪尊异魔王？"

"先祖……这是真的吗？"心晴望向那妖媚女子，眼中还有一丝极为微弱的希冀。

妖媚女子盯着林动，旋即，她的嘴角掀起一抹诡异笑容，道："看来这愚蠢的九尾族终于是感觉到一些不对了啊……"

心晴小脸顿时煞白。

"你这小子是什么人？如今这天地间，知晓异魔王存在的人应该不多吧？更何况你这死玄境小成的实力，根本没资格知道这些。"妖媚女子道。

"呵呵，之前不久才与你们异魔交过手……顺便帮了一把，解决了一尊异魔王。"林动微笑道。

妖媚女子瞳孔陡然一缩，旋即她掩嘴笑起来："小子倒是喜欢说大话呢……你可知道要解决一尊异魔王需要多大的力量？"

"一名轮回境强者，一道灭王天盘，四道祖符之力加持，够不够？"林动语气没多大波动地道。

娇笑声戛然而止，那妖媚女子终于开始正视着眼前这个看上去不过死玄境小成的青年，声音变得森冷了许多："你究竟是谁？"

"专找你们异魔麻烦的人。"林动咧嘴笑道。

"就凭你？虽然事情有些出乎我的意料，不过既然你闯了进来，那就一同留在这里吧！"妖媚女子冷笑，旋即其玉手一握，只见得那血海突然剧烈地翻涌起来，而后无数道血色锁链，猛地自血海之中呼啸而出，闪电般地射向林动。

"林动大人，小心。"心晴见状，急忙提醒道。

林动淡淡一笑，但那一只眼瞳之中，却有着雷光疯狂地涌出来。

轰！

惊雷之声，陡然在这片空间之中响彻，而后一道璀璨雷柱，猛地自林动体内暴冲而起，任由那些血色锁链射在雷柱上面。

哧哧！

雷弧疯狂地跳动着，飞快地传至那些血色锁链上，狂暴的雷霆祖符之力释放开来，将血色锁链寸寸震断。

"什么？"妖媚女子见状，面色顿时一变，从那雷光中，她感受到了一股令其心悸的熟悉力量。

雷光在林动头顶凝聚，一枚古老的符文缓缓地出现，同时一种奇特的威压，也弥漫开来。

"雷霆祖符！"妖媚女子望着那枚闪烁着雷光的古老符文，顿时咬牙切齿起来。她这才明白为什么这家伙说是专找他们异魔麻烦的人，原来他竟是祖符掌控者。

"虽然你掌控着雷霆祖符，不过本身实力太过孱弱，也好，今天让我将你解决，也让这雷霆祖符消失在天地间！"

林动笑望着妖媚女子，道："看来你才是更喜欢说大话呢……你真当自己现在还是异魔王啊？一些模糊不清的意识而已，也敢张狂？"

"那你就来试试！"妖媚女子尖啸出声，旋即双手猛地变幻出道道印法，"森罗魔柱狱！"

砰砰砰！

血海暴动，一道道血红旋涡成形，而后疯狂旋转，一道道血红光柱，猛地暴冲而出，密密麻麻地悬浮天际，在那些血红光柱之上，缠绕着一丝丝的黑气。

轰！

漫天血红光柱陡然呼啸而下，仿佛组成了天罗地网，那般声势相当骇人。

林动抬头，眼中黑芒涌动，旋即黑光自其天灵盖呼啸而出，化为一个巨大的黑洞，那些血红光柱一接触到黑洞，便瞬间诡异消失而去。那黑洞犹如无底的巨口，吞噬着一切。

"吞噬祖符？！怎么可能！"妖媚女子望着林动上方的黑洞，脸色再度剧变，竟忍不住地尖声喝了出来，那声音中有着浓浓的骇意。

她怎么都没想到，林动不仅拥有祖符，而且还同时拥有着两枚！

林动双手微垂，在其头顶上方，黑光雷芒犹如占据了这片天际，他望着那妖媚女子，笑道："你这道意识颇为紊乱，如果我猜得没错的话，应该是那三尊异

魔王的意识融合出来的吧？"

妖媚女子眼神阴森地盯着林动，突然仰天笑起来："你察觉到又能如何？那蠢女人试图以一人之力镇压我三王，但哪能料到随着岁月的推移，我三人意识却反将她压制，这些年来，这些九尾族的蠢货一个接一个地来送死，哈哈，看见了吗？这片血海，其实便是九尾族之人所化！"

"你们这些混蛋！"心晴贝齿咬着嘴唇，鲜血渗透出来，眼泪不断地从她眼中滚落。她身体颤抖着，怎么都没想到，这原本是她们一族希望的地方，竟然会变得如此可怕……

"那就是说，只要净化了你们的意识，九尾灵狐的意识就能脱离你们的压制吗？"林动轻声道。

"我三人意识这万千载来，已与她紧紧联系，嘿嘿，你想净化我三人意识，她也会彻底消散，到时候，这九尾一族，就彻底没了兴起的机会。"妖媚女子笑道，"而且……祖符之力虽然厉害，不过可并不适合净化！所以，小子，你还是高看了你的能耐！"

"林动大人……"一旁有着少女颤抖的声音传来，她流着泪死死望着那妖媚女子，眼中有着浓浓的恨意流露出来，"我九尾一族，愿与她玉石俱焚！"

最后的机会已失去，此番祖魂殿之行也算是失败，心晴显然已是断了再存活的心。

妖媚女子面色微微变了变，想来是没料到心晴竟然如此决绝果断。

"玉石俱焚倒是没必要……"林动淡淡地瞥了妖媚女子一眼，道，"祖符之力的确不擅长净化……既然如此，那便换另外的手段……"

声音一落，林动手掌抬起，只见得温和的白光从其掌心升腾起来，而在那白光中，一枚古老的符石，浮现而出。

白芒散发开来，那种温和得犹如能够包揽万物的光芒，立即便将这片天地间弥漫的魔气驱散了不少。

"身为异魔王，你应该认识这东西吧？"

妖媚女子怔怔地望着那白光中的古老符石，眼中终于有一股惊骇欲绝之色涌出，恐惧的声音传了出来："祖石？该死的，你究竟是什么人？怎么可能拥有着祖石？！"

她心中无疑涌上了惊涛骇浪，眼前这个不过死玄境实力的青年，不仅身怀两大祖符，而且还拥有着那远古神物榜上排名第二的祖石，这东西，在那远古天地大战时，可是抹杀了不少异魔王……

林动却不理会她的厉喝，双手结印，而后祖石之上，温和白光陡然大放，旋即席卷开来。天空上那些弥漫的黑气一接触到那温和白光，便犹如遇见烈日的残雪，飞快地消融而去。

"祖灵净魔阵！"

漫天光芒弥漫，突然古老的声音从祖石之中传出，而后只见无数道白色光线自其中呼啸而出，迅速地在那妖媚女子上空化为一道巨大的白色光阵。

"啊！"妖媚女子见状，顿时尖叫出声，身形一动，就欲窜进那血海之中。

"想走？"林动见状，却是一声冷笑，而后雷光黑芒暴掠而出，化为光幕，将那妖媚女子退路尽数封锁。

这异魔王仅有意识存在，连肉体都早已毁灭，对着掌控着两大祖符的林动而言，自然是没有太大的威胁。

轰！

而在林动阻拦下妖媚女子时，那天空上的白色光阵，已剧烈地颤抖起来，而后一声巨响，磅礴的白光犹如液体一般，自天空喷薄而下，将那妖媚女子笼罩而进。

"啊！"凄厉的惨叫声，陡然响彻，白光冲刷下，林动能够清晰地见到，一丝丝的黑气正在飞快地从那妖媚女子体内渗透出来，并且被净化而去……

温和的白光将那妖媚女子笼罩着，这种白光虽然温和，但显然对于那异魔却有着极大的伤害。白光穿梭在那具娇躯之中，一丝丝黑气飞快地自她的身体中蹿出……

"啊！"凄厉的惨叫声不断回荡，不过林动却没有丝毫动摇，他心神一动，那光阵运转的速度，愈发迅猛。

"啊，我不甘心，只要再让我们获得一些血肉，便能够重铸肉身……"

那妖媚女子尖声长啸，啸声中，满是愤怒与不甘。这万千载以来，他们总算看见了一些希望，但现在，这种希望，却被彻底抹除。

"既然死了……那就别作怪了，老老实实地消散在天地间吧。"

林动眼神漠然，理都不理她的不甘咆哮，漆黑双目中凌厉掠过，只见那道白色光柱突然变得凝聚，到得最后，几乎化为双指粗细，而后犹如一根白色光刺，唰的一声，自妖媚女子天灵盖中暴射而进，洞穿她的身体！

没有鲜血流淌，黑气持续地自她体内涌出，直到化为虚无散去。

咔嚓。

隐约间，仿佛有什么东西破裂的声音，自那妖媚女子体内散发出来。

"啊！"凄厉的声音逐渐消散，那妖媚女子的双目，也缓缓闭拢。

林动望着那闭着双目悬浮在半空的妖媚女子，旋即手掌一招，祖石倒飞而回，落入他的手中一闪便消失了。

"林动大人，怎么样了？"一旁的心晴见状，急忙问道。

林动目光紧紧地盯着那妖媚女子，那头顶之上旋转的雷霆和黑光却没有撤去的迹象，虽说祖石有着净化异魔气的能力，不过，谁也不知道她体内那异魔王意识，究竟有没有被彻底地抹除……

数分钟过去，那妖媚女子身体上，突然再度有着光芒涌出。不过，这一次，却并不是那种邪恶之气，而是一种淡淡的粉红色光芒。而那妖媚女子紧闭的双目，缓缓睁开，旋即她望着林动二人，展颜一笑，那笑容，竟有着一种惊人的媚惑。

"九尾灵狐？"林动望着眼前的妖媚女子，眉头微挑，后者给他的感觉，与之前截然不同。

"终于摆脱压制了……"妖媚女子低头看了看自己那纤细修长的双手，那对弥漫着媚惑的眸子中掠过一抹复杂，她看着林动，轻轻点头，"这位小友……谢谢了。"

虽说意识一直被压制着，但显然她对于外面所发生的事，也是知晓得很清楚。

林动这才悄悄地松了一口气，若是九尾灵狐的意识被抹除的话，那心晴此次来祖魂殿，也失去了意义。

"先祖……"心晴望着九尾灵狐，眼圈再度红了起来，后者体内传出的波动，让她依赖。

"我的族人……"半空中，九尾灵狐轻轻落下，眸子泛着一些柔和与愧疚，旋即伸出手臂，将心晴揽进怀中，喃喃道，"是先祖对不起你们……"

"你知道这里所发生的事吧？"林动开口问道。

九尾灵狐眼中掠过一抹黯色，微微点头，道："当年我燃烧妖灵镇压三大异魔王，本是要与他们玉石俱焚，却小觑了这些家伙的生命力，虽说我们的肉体在岁月中都被销蚀而去，但那三个家伙的意识，却紧紧地缠绕在一起，最后侵入我的意识，并且将我压制……"

"九尾族这么多年来，一直平庸，应该也与这有些关系吧？"林动眉头微皱。

九尾灵狐苦涩地点点头，她抚着心晴的长发，道："九尾族族人之间，有着一种血脉联系，而那三个家伙则借我之身，施展阴毒手段干扰了所有族人的血脉，令所有族人都无法冲击至高境界……"

"而在族人无计可施下，他们便想到了来祖魂殿寻求答案，但我这道灵体，

已被那三个家伙占据。这些年来，我只能眼睁睁地看着一个个族人来到这里，最后投入这片血海，化为血水能量……"

九尾灵狐的声音中透着哀伤，那种看见却无力阻止的感觉，想来令她备受折磨。

心晴紧咬着嘴唇，大眼睛中有着泪花在凝聚滚动着。

"我知道这些年来族人一定活得很痛苦……这是我的过失。"九尾灵狐轻声道。

"先祖没有错……是那些异魔太恶毒了。"心晴摇着头，道。

"前辈有大义。"林动也是沉声道。九尾灵狐这种舍身之举，让他颇感敬佩。

"大义？呵呵，我一介小女子可担不起……只是覆巢之下无完卵，那场天地大战，任何人都避无可避。"九尾灵狐淡淡一笑，旋即看了一眼林动头顶悬浮的吞噬祖符，眸子中掠过一抹复杂的情感，道，"而且那家伙一直喜欢胡来……还敢穿越位面裂缝闯那异魔族……我只是陪着他胡来罢了。"

林动微怔，旋即便明白，她所说的，便是那位吞噬之主了，看来那人也是个狠角色啊，竟然敢闯穿越位面裂缝……

"前辈，那九尾族还能再复荣光吗？"

"没有了那三个家伙压制，阻挠也将会失效……"九尾灵狐抬起头，轻声道，"这片血海，乃是这万千载来九尾族的强者所化，其中还有那三尊异魔王的纯粹能量，这位小友，待得你出去后，请告诉现任族长，启动我留下的阵法，彻底封山，我会将这里的能量返还给他们……"

林动微惊，这里的能量强大得恐怖，若是返还给如今的九尾族，那将会造就多少强者？看来九尾族兴起，真是有望了。

惊讶之余，林动又笑了笑，他低头望着心晴，道："从此以后，你们便不用再寻求任何人的庇护了。"

他明白，等九尾族从封山状态中出来，这个曾经的妖兽界的霸族，也将会再度屹立在妖域，不会再有人敢对他们心怀不轨。

"林动大人……您是我们九尾族的恩人，即便以后九尾族重复荣光，我们也会如同先祖帮助那位吞噬之主大人一般帮助您。"心晴看着林动，她的眼中，闪烁着一些特殊的波动，旋即她突然转身，双手贴着额头，三条毛茸茸的尾巴落在背上，犹如一只拜月的小狐狸，对着林动轻轻地拜服而下。

一旁的九尾灵狐望着跪拜的心晴，面容微怔，旋即又看了林动一眼，嘴巴动了动，想要说什么，最后却保持了沉默。

她没有告诉林动，这是九尾族至高的礼节……而这种礼节，唯有九尾族的族长以及族长继承人方才有资格使用，因为这代表着整个九尾族。

这些年来，这种礼节，仅仅出现过两次，一是当年她对那个吞噬之主，二便是如今眼前这一幕……

"吞噬之主，吞噬祖符……"九尾灵狐心中轻叹了一声，苦笑着摇摇头，我九尾族真是欠你们的，总是与你们脱离不了干系。

林动对这种礼节并不熟悉，他也不知道这代表什么，所以他只是蹲下身子，笑容柔和地摸了摸心晴的小脑袋。

"这个小丫头天资极好……"九尾灵狐看着心晴，微微一笑，道，"你愿意接受我的传承吗？"旋即她贴近心晴，用仅有两人听见的声音轻声道："只有强大了，才有资格去追求自己喜欢的东西哦……"

心晴小脸微微红了红，轻轻摇头，轻声道："我只是个小丫头呢……不过我需要先祖的传承，只要以后，能够如同先祖当年那样帮助着吞噬之主大人就好……"

九尾灵狐再度苦笑，这一幕倒是熟悉得很呢……

两人的声音都是极小，林动自然也没偷听，只站在一旁，偶尔看过去，便碰上九尾灵狐那幽幽的目光，只得干笑一声，心想莫非她把我当成吞噬之主了不成？

"小丫头便留在这里接受我的传承吧。"九尾灵狐优雅起身，道，"这可能需要挺长的时间，当然过程也挺痛苦的，你确定吗？"

心晴轻轻点头，眼中充满坚决之色。

九尾灵狐转身，玉手一挥，只见得那万丈庞大的九尾骨骼竟缓缓地融化为液体，形成一方骨池，池子中满是黏稠的暗红液体。

"进去吧。"

心晴点头，而后起身看着林动，清丽的小脸上露出一抹令人心动的笑容："林动大人，等下一次心晴再出现在您面前，一定不会再成为您的累赘。"

"到时候你别嫌我是累赘就好。"林动笑道。他不清楚接受了传承后的心晴会强到什么地步，不过想来绝不是寻常层次。

心晴掩嘴轻笑，旋即不再有丝毫犹豫，深吸一口气，身形掠出，落进骨池，再无任何波动……

林动能够感觉到骨池中那恐怖的能量在凝聚，仿佛是在孕育着什么……

"终于搞定了啊。"林动伸着懒腰，总算是将这个担心的问题给解决掉了。

"你叫林动是吧？"九尾灵狐微笑地望着林动，突然出言道。

"嗯。"林动点点头。

九尾灵狐想了想，道："想得到吞噬之主的传承吗？"

当九尾灵狐说出这句话的时候，林动感觉到自己的呼吸仿佛有那么一瞬间停滞了下来，瞳孔也是微微扩张，片刻后恢复正常。

"前辈……此话是何意？"心中的震荡逐渐平复，林动也忍不住地问道。吞噬之主的传承，这对于任何人都有巨大的吸引力，自然也包括他……

"难道吞噬之主并没有进入轮回？"

林动想到了应欢欢，她便是冰主的轮回转世，而显然，冰主的力量，将会以另外一个形式逐渐地在她身上重现，这种传承，外人根本无法获得。

踏入了轮回境，便可窥探轮回，那等境界，即便身死神消，也不能完全说是死亡，他们能够以更为玄妙的方式再度出现在这天地间……

也就是说，只要吞噬之主进入了轮回，那他的传承，外人也不可能获得。

九尾灵狐轻轻点头，眼神晦暗而哀默。

"那他……"林动微惊，连冰主都进了轮回，吞噬之主，怎会未进？

"远古天地大战，最终符祖大人燃烧轮回封印位面裂缝，并将异魔族驱退，但同样的，我们也付出了极其可怕的代价。

"符祖陨落，远古八大主皆重伤垂危，而符祖大人陨落前，使用最后的力量将冰主送入了轮回，但所余的力量，却不再足以支撑护送其他人……其实以符祖大人最后的力量，要把其余七主送入轮回应该也能勉强办到……不过那样的话，冰主的轮回便会因为未有力量守护出现诸多变故。冰主是符祖大人座下首席弟子，同样也是最优秀的弟子，即便桀骜如吞噬之主，也并无异议，而且符祖大人也说过，八大主中，唯有冰主有机会达到他的境界……你应该知道，天地大战虽说以我们胜利而告终，但却并不算结束，那异魔族一直觊觎着我们的世界，在下一次天地大战开始时，我们必须有第二位符祖。"

林动手掌微握，道："那第二位符祖……很有可能便是应……冰主？"

想到此处，他脑海中浮现出那身姿纤细、长发如墨、巧笑嫣然的娇俏少女，忍不住情绪有些复杂。他难以想象，当那一天真的到来的时候，她还会是他曾经认识的那个会在一旁安静地为自己素手抚弦的少女吗？

那一年的苍山、青石、少女、古筝……终归是会远去的吗？

"当然，要庇护住冰主，也是其余七大主共同的意念，而他们对于符祖大人的这种决定，也没有丝毫的怨言，这倒不是符祖大人偏心什么的。"九尾灵狐望着突然间有些发怔的林动，以为他纠结于此，当即笑了笑，道。

"那最后其余七大主怎么解决的？"林动问道。在那乱魔海中，他闯入的那神秘岩浆空间，应当便是炎主的沉睡之地，而从那岩浆里漂浮赤棺内的躯体中，林动能够感应到一丝极为微弱的波动，显然，炎主应该还存活着。

而在洪荒塔中，也藏着洪荒之主，虽然不知道他的情况如何，不过看那模样，应该没有到最糟的程度。

九尾灵狐玉手缓缓紧握，她的唇角，有着一丝苦涩渗透出来："吞噬之主在八大主之中，排名第二，实力仅次于冰主，而且在那场大战结束之际，他的伤势丝毫不比冰主弱，甚至，几乎要散去元神。若是那个时候他遁入轮回的话，或许能够获得一线生机，不过最终他选择了燃烧元神，用最后的力量护住了其余身受重伤的六主……"

林动沉默，心中涌起敬意。

九尾灵狐看着林动，轻声道："所以……未曾进入轮回的吞噬之主，已经彻底地消散在天地间，他是真正陨落了。"

林动望着眼带哀色的九尾灵狐，一时间也不知道说什么好。

"那家伙总是喜欢这样，我倒是习惯了……如今的我，也算是陪他消散在这天地间，所以倒没什么哀伤的。"九尾灵狐笑了笑，那般笑容颇为清淡，她看着林动，"你是这一任吞噬祖符的掌控者，若是能够获得他的传承，也算是延续了吞噬之主之名。"

林动挠了挠头，道："吞噬之主的传承，应该不在此处吧？"

"当然，你认为世间有这么简单的事吗？"九尾灵狐没好气地白了林动一眼，方才道，"我只能给你一些线索，至于能否获得传承，要看你的本事。"

林动尴尬地笑了笑，他也就随口一问，自然没抱着这等期望。

"他最终在他的吞噬神殿中坐化陨落，所以你想要获得他的传承，就得找到吞噬神殿，而吞噬神殿，正处于妖域之中。"九尾灵狐道。

"妖域什么位置？"妖域如此辽阔，想要在其中找寻到吞噬神殿，可不是什么容易的事。

"吞噬神殿是藏于空间之中，一片不断漂游的空间，所以它的方位也不固定。你要让我告诉你确切的位置，那是不可能的事。"九尾灵狐笑道。

"不过那片空间每隔一段时间便会显露出来,而你身怀吞噬祖符,想来会是这天地间第一个有所感应的……还是那句话,那家伙生前桀骜不驯,眼光极高,想要获得他的传承,可不是简单的事,即便你拥有吞噬祖符。"

林动咧嘴一笑,道:"我对自己很有信心。"

九尾灵狐一怔,旋即莞尔一笑:"你这自大倒是跟那家伙很像,他以往也一直不服冰主压他一头,足足挑战了冰主百年,不过却没一次能够胜过她,这才灰头土脸地罢休。"

林动闻言,忍不住地咂了咂嘴,看来那位冰主真的很强大啊,而他一想到这种强大将来会加注在应欢欢身上,他便感到很大的压力。

"吞噬之主的事情基本就这些吧,我能帮你的,也就是告诉你这些信息了。"

九尾灵狐说到此处,突然顿了顿,一对眸子在林动身上扫了一圈,道:"你的身上,除了吞噬祖符之外,是不是还有什么东西与吞噬之主有关?"

林动因为这突如其来的问题愣了愣,旋即袍袖一挥,一具残破的黑色干尸便闪现了出来:"前辈是说这个?"

"原来是吞噬天尸啊……"九尾灵狐微微失神地望着这黑色的天尸,眸子再度黯淡了一下,道,"没想到残破到了这种程度……"

林动点点头,这吞噬天尸受创太过严重,在他刚得到的时候,倒是能够帮一些忙,但现在的话,却逐渐失去了作用,而他也尝试过修复,可这吞噬天尸身上的纹路太过复杂,即便以他现在对吞噬祖符的掌控,都无法做到那一步。

"当年我身旁倒也是一直跟着一具吞噬天尸……"

林动嘴角动了动,看来这九尾灵狐与吞噬之主之间的确是有些不能说的秘密啊,这种吞噬天尸算是吞噬之主最强大的护卫,但他会用一具去时刻保护着九尾灵狐,这关系,怎么看都不一般。

"先前只是告诉了你一些有关吞噬神殿的线索,如今便再给你一些实际性的帮助吧。"九尾灵狐玉手摸着吞噬天尸身体,幽幽一叹,道。

"前辈难道能够修复这吞噬天尸?"林动闻言大喜。这吞噬天尸全盛状态,就算是轮回境强者的攻击都能接下,如果能修复的话,那岂非会成为他最为强大的助力?

"我又不是吞噬之主,怎么可能完全修复。"九尾灵狐白了异想天开的林动一眼,然后道,"当年吞噬之主创造这吞噬天尸的时候,我也在场,所以借用吞噬祖符的力量的话,倒是能够将其修复一些,但却达不到巅峰的程度。那一步,只有等你来完成。不过，即便是达不到巅峰程度，想来也足以将一名转轮境的强者拖得脱不了身。"

"那便麻烦前辈了！"

林动脸庞上依旧有着喜色，将吞噬天尸修复到能够跟转轮境强者一战的地步，也足够了。

"暂借吞噬祖符一用。"九尾灵狐玉手一招，天空上旋转的黑洞便呼啸而下，同时她也看了一眼那盘旋在林动头顶的雷霆祖符，若有深意地道，"你这小家伙，竟连雷霆祖符都能拥有，不过……这种天地神物，也是一种责任，你得到的越多，责任就越大。"

声音一落，她不再多说，玉手点出，只见那黑洞便旋转出来，一道道黑色光弧掠出，黏附在吞噬天尸身体上，隐约间，一些残破的神奇纹路，在被悄悄地修复弥补着。

林动在一旁静静地看着，他能够感觉到，随着那些黑色光线在吞噬天尸上跳跃，一种强大的波动，也开始若有若无地散发出来。

黑色旋涡悬浮在半空，而在那旋涡中央处，隐约能够见到一道身影的存在，一道道黑色光线，不断地穿梭在它的身体之中。

在旋涡不远处，林动安然盘坐，目光微垂，偶尔视线会扫向那旋涡，眼中有着一些殷切之色，吞噬天尸在其中，已有八天时间。

这八天之中，九尾灵狐借助着吞噬祖符的力量，逐渐令这具吞噬天尸脱离了残破的状态，虽说依然无法恢复到巅峰，但比起之前，已是强横了太多。

"前辈，您没什么事吧？"望着前方的那道光影，九尾灵狐原本就有些虚幻的身体，变得愈发淡薄。

九尾灵狐闻言，只是一笑，眸子未曾离开旋涡，道："我本就只是一道灵体，终归会消散的，在消散前能够帮你一点忙，也算是报答你对我九尾族的恩情。"

话到此处，她眼神突然一凝，轻声道："应该差不多了……"

随着她话音落下，林动便感觉到一股强大的波动陡然自那黑洞旋涡中爆发而出，旋即黑光喷薄，旋转着化为一枚古老的符文。

而在符文的下方，一道通体漆黑如墨的身影纹丝不动。如今这具吞噬天尸身体上，刻满了一道道晦涩古老的纹路，虽然它看上去依旧是那般单薄，但是林动能够清晰地感应到那身躯之中所蕴含的惊人力量。

　　"如今这具吞噬天尸，应该能够与死玄境圆满的强者抗衡，而凭借着它吞噬的特性，即便是转轮境强者的攻击，也能接下来。当然，你要用它去击败一名转轮境强者也挺难。"九尾灵狐望着吞噬天尸，她对于只能修复到这种程度略微有些不满，但也没办法，若是她全盛时期，或许还能将其修复得各方面都能媲美转轮境强者，不过可惜……

　　"够了。"林动笑道。吞噬天尸强大的地方就是在于它的防御，有了这东西护身，他在妖域行走，也多了一层安全保障。

　　林动站起身，袍袖一挥，便将吞噬天尸收起，而吞噬祖符也化为一道黑光钻进他天灵盖中。他抬头望向半空中那巨大的骨池，自从心晴进入其中后，林动便失去了对她的所有感应，如果不是他能够察觉到那骨池中的确有什么东西在孕育，他都担心那小丫头是不是已出了问题。

　　"前辈，心晴这般传承，需要多长时间？"

　　"数年吧。"

　　对于这个有些模糊的数字，林动只能无奈地摇摇头，看来再见到心晴也不知道是何时了，而到时候，或许是有些物是人非吧……

　　"前辈，诸事完毕，那我也就不再久留，出去后我会嘱咐九尾族按照您所说的去办。"

　　"那便多谢了。"九尾灵狐微笑道。

　　林动笑笑，再度看了一眼天空上那巨大骨池，然后对着九尾灵狐郑重地抱拳行礼，再不犹豫，转身便掠出广场，几个闪烁间，已投入了空间旋涡之中，消失不见。

　　九尾灵狐望着林动消失的身影，旋即幽幽一叹，喃喃的自语声在这片空旷中缓缓回荡。

　　"希望你能得到他的传承吧……"

　　九尾寨深处的废墟之中，祭坛周围已被九尾族的族人占据着，他们盘坐在地，阵势庞大，却毫无杂声，所有人都紧紧地望着那祭坛上方的血红门户。

　　自从林动、心晴二人进入之后，他们已是八日未曾休息，他们想要在这里等待最后的消息，那个关乎着她们九尾族以后存与亡的消息……

　　伴随着时间的一天天推移，隐隐间，一种绝望的气氛，在这里悄然蔓延，不少九尾族的族人，眼中的生气都在逐渐消失。

　　在距祭坛最近的地方，心姨跪坐，双手轻合，她的眼中，有着淡淡的倦色，但没有半点要退下休息的迹象。

对于那绝望气氛，她也有所察觉，却无力阻止。她也很清楚，如果林动、心晴真的一去不回，那九尾族，或许也就真的没存在下去的必要了……

就让他们带着九尾族曾经的荣光，消失在这天地间吧。

心念至此，心姨眼中露出一抹哀色，不过还不待这丝哀色扩散出来，她神色突然一动，猛地抬头，只见得那平静了八日的血红门户，竟泛起了阵阵波动。

整片废墟之地都发出低低的哗然声，所有人都抬起头来，紧张地望着那波动的门户。在那里，血光涌动，一道年轻的身影，终于缓步走了出来，出现在他们视野之中。

"是林动大人！"

林动站在祭坛上，望着那漫山遍野的九尾族人，迎着他们充满着期盼和希冀的视线……

"心姨。"林动看向祭坛前方的美妇，微微一笑，声音在这废墟半空传荡了开来，"恭喜了，九尾族振兴有望。"

林动的声音，犹如翻搅大海的擎天之柱，瞬间将这片地方凝固的气氛打得支离破碎。没有人欢呼，那些九尾族族人皆紧紧地捂着嘴，激动的泪水顺着脸庞流下来，一些压抑得极深的泣声此起彼伏地响起。

林动望着这一幕，也是暗暗一叹。这么多年来，想来九尾族过得相当不易，一个辉煌的种族没落，那曾经的荣光，反而会成为将他们压得喘不过气的责任。

林动没再多说什么，只是在祭坛前面坐下来，望着遥远的天边。许久后，心姨方才红着眼来到他的面前，他冲着后者笑笑，将那祖魂殿中所发生的事，详细地说了一遍。

"林动大人，您是九尾一族的恩人，日后我九尾一族若是能够兴起，便追随大人身后，以报大恩！"

林动还未来得及反应，心姨已跪拜了下去，在其后方，黑压压的大片九尾族族人也跪下，他们的眼中，有着一种发自内心的感恩。

他们清楚地知道，如果不是林动，他们九尾一族最后的机会也将会丧失，从此以后，将彻底沦落在妖兽界最底层，受人欺凌……

林动见状，只能苦笑一声。

"心姨，前辈所说的阵法，你们尽快启动吧，九尾一族，也该改变了。"

心姨站起身来，抹去脸上的泪水，旋即重重点头。

"所有族人，今日开始，紧急闭寨，准备阵法！"

"是！"所有九尾族族人皆是高声应喝，那声音之中，有着生气与自信回归。

林动站在祭坛上，望着这座彻底忙碌起来的寨子，也是一笑。等到下次再见面时，这九尾族，应该便能够恢复不少远古的荣光。

或许赶上那四大霸族有些难度，但失去了阻碍的他们，显然也将会拥有着无尽的潜力……

九尾族的阵法足足准备了一周的时间，而这一周中，林动为了应付突发情况，留在寨子中为他们坐镇，好在中途并没有出现岔子。

阵法，已如期准备好。

在寨子中央的一棵巨树上，林动双手负于身后，抬头望着那笼罩了整座山峰的庞大光阵，从那光阵中，他能够感觉到一股古老的波动。

"林动大人，九尾遮天阵已准备成功，只要催动起来，这座山峰便会隐匿在世间，外人进不来，我们也出不去。"在巨树下方，心姨望着这一切，欣慰地道。

自从祖魂殿之事后，就连她也开始这般称呼林动，这让后者颇感不习惯，但又无可奈何。

在心姨周围，簇拥着不少九尾族中的女孩，她们皆盯着林动，那一对对大眼睛中，有着难掩的尊敬，在更远处，一些忙碌着稳固阵法的九尾族族人，也时不时地看过来，眼神之中，满是感激与尊崇。

"既然如此……我也该走了。"林动低头，冲着众人一笑，然后他手指指向远方的大地，那里，黄尘冲天而起，一股黑色洪流滚滚而来。

那是小炎的虎噬军。

心姨等人闻言，眼中顿时有着不舍流露出来。

"诸位，等你们再度出现在这天地间时，整个妖域都会因你们而震动……那时候的你们，不再弱小。远古时期的荣耀，也会再度成为你们的荣耀，我很期待我们的再次相逢。"

林动站在树尖，冲着整个九尾族抱拳，而后身形一动，化为一道光影，对着九尾寨之外掠去。

"恭送大人！"

在其后方，大批大批的九尾族族人在心姨的带领下弯下身子，恭敬的声音回荡不休。

待得以后这片山寨再度出现时，想来必会如同林动所说，震动妖域。

林动站在九尾寨外望着远处，那里黑色洪流携带着滔天的凶气滚滚而至，犹如一头狰狞的远古凶兽，峥嵘毕露。

黑色洪流很快来到林动前方，而后一道铁塔般的身影掠出，犹如一座山岳重重地落在林动面前。那一霎，整片大地都狠狠地颤抖了一下。

"大哥。"小炎望着林动，那张粗犷的脸庞上露出一抹笑容。

林动笑了笑，道："动身吧。"

小炎点点头，看了一眼后方的九尾寨，却发现那里的空间开始扭曲起来，正以一种极为诡异的方式缓缓地消失而去。

这一幕让小炎愣了一下，感知扫过，虎目中顿时有着讶异闪过。他发现，那里真的变得空空荡荡，已经连丝毫能量波动都没有。

"走吧，九尾寨会消失一段时间了，不过……"林动向前走去，抬头望着这片天空，笑道，"等他们再度出现时，整个妖域都会震动的……"

小炎若有所思，大步跟了上去，在那虎噬军之前突然停下步伐，一对虎目望着眼前的这支军队，凌厉掠过，低沉喝声随之响起："这是我大哥林动，你们的命是我的，我的命是大哥的，所以从此以后，你们的命也是他的！"

话语虽绕但很直白，在妖兽界，少去了人类诸多花哨，从某种程度上说，比

起人类，妖兽更不轻易付出忠诚，可一旦付出，那便是相当于拥有了他们的全部。

这支虎噬军的每一人，以往都在这片世界的最底层，受人驱使奴役，尊严尽丧，犹如行尸，最后是小炎将他们拉了起来，还使用传承精血改变了他们，给予了他们第二次生命，也让他们成为让无数人闻风丧胆的虎噬军。

在他们的眼中，小炎是主宰他们一切的王。

"是！"

所以在听得小炎的喝声时，整支虎噬军只发出那犹如浑然一体的低沉应喝。

"你还真够无聊的……"然而林动对此有些无奈，皱着眉斥了一声，身形一动，便掠上一头暗黑色的巨兽，后面小炎咧嘴笑了笑，也跟了上来。

"走！"

随着小炎喝声落下，这支弥漫着凶煞的虎噬军，再度化为洪流，轰隆隆地随之远去。而随着他们的离开，这片区域，也变得空旷无声……

"大哥，雷渊山山聚明天便会开始，事情大多也已安排妥当，其余五大将愿意同我们一起出手。"在大军向着远处行进时，小炎坐在林动身旁说道，旋即他大手虚抓一把，面庞凶狠，"终于可以对那个家伙动手了，为了这天，我可是隐忍了一年了！"

"懂得隐忍又不是坏事。"林动笑道。

"我当然做不到大哥你那样，可以为了对付林琅天，忍好多年……不过，那家伙最后的神色，是让人觉得爽快。"小炎笑道。

他跟着林动从那小小的青阳镇中走出来，出生入死，也一步步地证明着那个曾经孱弱的少年，如何崛起。

林动微微一笑，想起当初他们一人一虎一貂闯荡游历的事，也略有感慨。想来那个时候的他们，谁都没想到几年后会这样吧，就连小貂那时候，也还只是一个在随时担心自己消亡的小小妖灵而已……

"雷渊山整体实力如何？"林动略作感怀，便将心神拉回了现实。他们眼下要去做的，可不算什么小事，那徐钟毕竟是雷渊山的妖帅，势力根深蒂固，虽然这一年来被小炎暗中挖了一些墙脚，但若是就此小觑的话，恐怕会让他们两兄弟付出巨大的代价。

这一点，是素来谨慎的林动要竭力避免的。

"雷渊山明面上的总体实力，便是妖帅徐钟以及九大将……"说起正事，小炎面色正容起来，沉吟道，"不过，据我这一年暗中得来的消息，在那徐钟身旁，

202

还有着一位影子卫……"

"影子卫?"林动眉头微挑。

"这影子卫,才是徐钟的真正心腹,不过他并不管理雷渊山,即便是九大将都极少看见他,但此人的实力,却是丝毫不可小觑。"小炎沉声道,"一年前我才来雷渊山时,见到过那影子卫出手,他将一名实力处于死玄境大成的强者一招击败。按照我的推测,那影子卫即便是比不上徐钟,但恐怕……也是踏入了死玄境圆满。"

林动双目微眯,看来这雷渊山的实力,果然挺强啊,想来此番如果不是他找到了小炎,后者这般计划想要成功,怕是只有五五开。

不过,这倒符合小炎那一贯富贵险中求的性子。

"我原本也忌惮这个,不过如今有了大哥加入,那影子卫倒不用再担心,至于其他的,只要那五大将不反水,我们成功的可行性就不小。"

小炎顿了顿,道:"当然,最主要的,还是徐钟……那家伙,可是只差一脚便能够踏入转轮境了。"

林动微微点头,若是徐钟真的踏入了转轮境,那难缠程度必将会上升数个台阶,而到时候,恐怕那五大将也没胆子反抗了。

"一切便看明日吧。"林动道。

"嗯,大哥,我们现在赶去雷渊山附近与五大将碰头,到时候大哥看看能否解除他们身上的暗渊鬼符,带着这东西,他们是不敢随我们去对付徐钟的。"小炎道。

林动点点头,抬头望着远处,他倒是想要看看,比起异魔,这所谓的妖帅,又是能够凶悍到什么地步。

半日之后,奔腾犹如洪流般的军队开始减速,而前方,有着一片连绵的营帐,各种嘈杂之声冲天而起。在更远的地方,林动能够隐约看见一座庞大的山岳轮廓,一股凶气扩散而来,想来那座山岳,应该便是雷渊山了。

营帐之中驻扎着不少的部队,因此携带着滔天凶气的虎噬军出现时,那片营地也有些骚动,一道道泛着惊惧的目光投射出来,一时间,整片营地都安静了一些。看来虎噬军不仅对于其他大势力有着震慑,对于同一个势力的他们来说,也是不敢招惹。

而对于那些惊惧的目光,虎噬军毫不理会,直接蛮横地冲进,在一片人仰马翻中,占据了营地最好的区域。

小炎吩咐着虎噬军安营扎寨，待得夜色渐至，他方才带着林动暗中出营，掠进后方一片茂密的森林之中。

两人穿梭在森林之间，数分钟后，身形渐缓，在那前方的山崖边，有着篝火升腾，隐约能够见到数道壮硕身影。

"哈哈，炎将，你又是来得最晚的！"林动二人掠出林间，落到那山崖边时，一道粗狂笑声传来。

林动抬目望去，只见得那篝火旁五人站立，他们身躯皆高壮魁梧，裸露的双臂上布满交错的伤痕，眼中更是有着凶光闪烁，气势凶横，显然个个都不是省油的灯。

小炎看了五人一眼，然后侧侧身子，指着林动道："这是我大哥林动。"

他声音一落，林动便是感觉到那五大将的神色愣了愣，旋即略感荒诞地看了他一眼，其中一人忍不住地咧嘴笑道："炎将，你别告诉我这死玄境小成的人类小子，就是你口中那位能够媲美死玄境圆满强者的大哥？"

"炎将，你应该知道我们明天要做的事如何凶险，所以这事可儿戏不得！"另外一名腰间缠着犹如钢铁般黑色长尾的男子皱了皱眉头，沉声道。

"他能解开我们身上的暗渊鬼符？"

"本将不太相信……"

一名身体上布满深黄色鳞甲的男子看了林动一眼，性子似是有些暴躁，当即站起身来，恼声道："你这样就想让我们跟你去卖命，我可不做，看来明天的计划，可以取消了！"

说着，他便甩手欲转身离去，却见到一道单薄的身影已出现在了面前，只见眼前的人类青年对着他笑了笑，璀璨的青光伴随着龙吟声，陡然在这片山崖间传荡开来。

"你？！"

青光在那男子眼中放大，他脸庞上也陡然闪起凶光，随即脚掌重重一跺地面，大地崩裂，深黄色的元力，以一种惊人的速度在其面前化为一层层深黄色龟甲，龟甲之上，闪烁着奇异的纹路，充斥着一种无可摧毁的坚固。

而在龟甲成形时，一只被青光包裹的拳头，也是呼啸而至。

嘭！

低沉之声响彻开来，旁边那四人见到，那足以防御一名半步死玄境圆满强者的龟甲之盾，竟直接崩碎开来，而在龟甲崩碎时，那道单薄拳头，已穿梭而过，重重地落在那男子胸膛之上。

肉眼可见的力量波纹散发开来，那道身影，直接如同炮弹般倒飞而出，在那地面上擦出数百米，狠狠地射进一处山壁之中。

碎石飞溅，一地的狼藉，此时，那篝火旁的青年方才微笑着抬头，望着那四名瞠目结舌的悍将。

"现在还有什么怀疑吗？"

那种笑容让一旁那四名悍将浑身一冷，原本眼中的轻视，也缓缓地收敛起来。

先前被林动一拳轰飞之人，实力与他们相仿。虽说时间短暂，但在面对林动的攻击时，他却依旧施展出了擅长的防御手段。那种龟甲防御，即便是换作他们也是相当棘手，想要做到林动那般一拳蛮横轰破，根本就是不可能的事……

面对质疑，眼前的青年，并没有任何的废话，只是简单粗暴的一拳，便让他们将到嘴的怀疑尽数吞了下去。

这种时候，再蠢的人也明白，眼前的青年，可不是他们肉眼所见的那点实力。

篝火升腾，照耀着四人的脸庞，他们的面色变幻着，好半晌后，紧绷的身体才缓缓地放松下来。

"我说，可以了吗？"那一直在一旁未曾说话的小炎，终是冷笑一声，开口道。他盯着四人的目光中，有着凌厉凶芒闪烁。

"炎兄别生气……"那赤裸着上身，面容粗犷的男子闻言顿时连忙笑道，"只是此事事关重大，关系着我们几人以及手下那么多人的生死，总归是要谨慎一些。"

小炎盯着那人，猩红虎目让人不寒而栗："你们也少给我玩什么其他心思，明日的事，真要说来，我兄弟两人已能够解决，至于你们身上的暗渊鬼符，我看还是继续留着吧！"

四人尴尬一笑，对于小炎，他们显然忌惮，当下也不敢多说什么。

"呵呵，几位别在意，小炎脾气不好，大家也知道明日事情的重要性，所以到时候还要倚仗几位。"林动含笑，旋即话音一顿，再度道，"不过……现在几位应该对我没什么怀疑了吧？"

"林动兄说哪里话，本是我们得罪在先。"那四人连忙道，不过在看着林动那笑容时，他们却丝毫没有感到和善，反而有一阵阵令人心悸的危险。如果有得选择的话，他们觉得，还是那时刻展露着凶横的小炎更让人心安。

砰。

远处山壁爆裂，一道有些狼狈的身影掠了出来，再度落到篝火旁，他面色青

红交替，不过最终还是冲着林动一抱拳："林动兄好力量，先前是我们眼拙了……"

"都自报下身份吧。"小炎走过来，冷哼道。

"林动兄，在下铁狮将，陈通。"那赤裸上身，面容粗犷的男子抱拳笑道。

"魔猿将，墨猴。"一名双臂显得格外修长，双掌也异常庞大的男子咧嘴一笑。

"金雕将，雕翎。"说话的是一名有着锐利双目，身体干瘦的男子。

"豹将，纪牙。"那腰间缠绕着一根犹如精铁般黑色尾巴的汉子抱拳道。

"山甲将，破山。"最后说话的，便是先前被林动一拳轰飞的男子。

林动也冲着四人一抱拳，笑道："林动。"

各自报了姓名身份，气氛倒是稍微松缓一些，那五将有了破山的前车之鉴，倒再不敢对林动有什么小觑，林动的那一拳，已足以震慑他们。

"将手臂给我，我帮你们将暗渊鬼符破解。"林动坐下来，看向五人，没多说废话。他很清楚这五人心中最大的怀疑是什么，他们之所以会答应与小炎联手，很大的原因，是听说林动能够为他们解除体内的暗渊鬼符。

而那陈通五人见到林动如此不遮掩，也是一愣，毕竟这可算是一种要挟他们的筹码啊……

"呵呵，还是林动兄大度。"陈通率先一笑，然后将手臂伸出来。在其手臂之上，有一道暗黑色符文，只不过其颜色比起小炎那个还要深上一些，显然这暗渊鬼符，已深入了他的体内。

林动手掌落在那陈通手臂之上，指尖处，黑色光线闪烁，旋即那陈通手臂上便有白烟升腾起来。那道暗渊鬼符，竟隐约有着尖叫声传出，在其手臂上不断地蠕动着，犹如一张诡异的脸庞。

一旁几人都紧张地望着这一幕，大气都不敢出。

伴随着林动指尖黑光的跳跃，那道暗渊鬼符，竟逐渐地变淡，十数分钟后，林动眼神猛地一凝，掌心黑光大盛，曲掌一抓，只见到那陈通手臂之上的暗渊鬼符，竟直接脱离而出，化为一道黑光符文，出现在林动掌心。

黑色符文犹如鬼脸一般在林动掌心游离，一股阴煞的波动散发出来。

"这……解除了？"陈通五人目瞪口呆地望着林动手中的那鬼脸符文，眼中开始有一种狂喜涌出。

林动微笑着点点头，旋即掌心一握，便将那道鬼脸符文生生捏爆，掌心黑光闪烁，吞噬之力涌动，将其吞噬而去。

"林动兄果然不同凡响。"陈通激动地道。他们很清楚这暗渊鬼符的难缠程度，也想过很多办法，但这东西却深入他们的身体，令他们无可奈何，而现在，眼前的林动，却以一种轻松的姿态，将其解除……

"刚好有一些克制这种东西的手段而已。"林动笑道。凭借着体内的吞噬祖符，他显然可以从源头处将这种符文破坏。

"你们难道还以为我之前是诓你们不成？"小炎皱眉道。

"呵呵，炎兄不要生气，只是这暗渊鬼符的厉害你也知道……"陈通有些尴尬。他们之前对小炎所说，的确只是抱着五分信任。

林动摆摆手，看向另外四位眼巴巴看着他的大将："下一个谁来？"

"我！"

"我来！"

四人竟是异口同声，不过旋即老脸都是有些发红，讪讪一笑，互相推让一下，这才让刚才被林动赏了一拳的破山先来。

"嘿嘿，林动兄，刚才得罪的地方还望你大人有大量，多多包涵。"破山冲着林动笑道，那笑容有点儿讨好的味道。

林动笑笑，然后出手。依旧是先前那套程序，十数分钟便将破山体内的那道暗渊鬼符吸扯而出。

那破山摸着失去了黑色符文的手臂，激动得眼睛都有些泛红，想来这种被禁锢强行控制的生活，让他极其难受。

而接下来，林动如法炮制，将另外三人体内的暗渊鬼符也尽数破解。

"好了，你们体内的暗渊鬼符应该都被解除掉了。"林动拍了拍手，冲着五大悍将笑道。

"多谢林动兄。"陈通五人连忙道谢。这体内的炸弹被解除，显然是解了他们的心头大患。

林动微笑着摇了摇头，道："大家现在都在同一条船上，帮忙是理所当然。"

"林动兄就这样帮我们解了暗渊鬼符，就不担心我们直接远遁吗？毕竟对付徐钟可是有着很大风险的。"那雕翎锐利的目光突然看了林动一眼，问道。

而他这话一说出来，其余四人面色便是一僵，一旁的小炎身体也是微微前倾，眼神凶狠慑人。

不过林动面色倒是如常，他目光只是盯着那簇篝火，道："明天的事，的确会有些惊险，不过说句不怕诸位笑的话，即便明日真只有我兄弟二人动手，那徐钟也必死无疑，只是少了诸位，会稍微麻烦一些……"

话到此处，他顿了顿，抬头看着面色各异的五人，微笑道："仅此而已。"

篝火旁一时间有些安静，陈通五人望着眼前青年年轻的脸庞，后者虽然一直笑容温和，但他们却感觉到那笑容之下的深不可测。难怪凶横如小炎，都会如此心甘情愿地称其为一声大哥，眼前的人，的确不简单。

"那徐钟毕竟还没有踏入转轮境，而且即便是踏入了……也不见得他就能赢……呵呵，这样说的话，还希望诸位不要认为我不知天高地厚。"

夜色宁静，篝火升腾，那陈通五人隐隐地感觉到一股莫大的压力。这种压力与小炎显露在外的凶气不同，犹如一柄未曾出鞘的青锋，即便是古朴平和的剑鞘，也掩饰不住其下所蕴含的惊人锋芒……

林动的话的确狂妄，特别是在他仅仅死玄境小成的实力前提下，但此时此刻，这五大将，却无人敢有丝毫的质疑。

陈通五人对视一眼，最终缓缓点头，而后对着林动抱拳沉声道："只要林动兄能够解决掉徐钟，其余诸多麻烦，我们便能够帮忙解决，而到时候，炎兄便是这雷渊山新一代妖帅！"

林动望着五人，这才轻轻点头，站起身来，望着远处那夜色中犹如匍匐凶兽般的雷渊山，双目微眯……

妖帅吗……明天就来会会你吧。

雷渊山脉是一片在整个兽战域中都相当有名气的地域，最主要的原因，就是身为兽战域最为顶尖的八大势力之一的雷渊山坐落在此。

作为这一片地域的龙头，雷渊山统治着以雷渊山脉为中心，周围数万里的庞大疆域。

雷渊山是这里当之无愧的霸主！

而今日，显然是雷渊山一年之中最为热闹的一天。雷渊山每年都有一次盛大的山聚，而每一次的山聚，那些平时各自领队在外征战的大将都会出现，同时那些在雷渊山疆域之中大大小小的势力，也会带着供奉前来朝拜，规模异常隆重。

因此，当随着小炎进入雷渊山脉的范围，望着那些从四面八方汇聚而来的各方人马时，林动眼中有着惊异划过，看来这雷渊山，果然是有着几分威风呢……

"雷渊山疆域达数万里，其中生存着无数大大小小的势力，虽然对于他们之间的争斗雷渊山素来不理会，但他们每年必须向雷渊山缴纳供奉……"小炎见到林动这番惊讶之色，也出声笑道。

林动微微点头，这就如同一个王朝，雷渊山是王族，而其余的那些势力便是臣子，他们需要奉雷渊山为首，方才能够在这片地域中生存下来，不然的话……待得雷渊山大军来到，必然会是一场血腥的杀戮。

弱肉强食，是这妖域中唯一不变的真理。

虎噬军在接近雷渊山脉时速度减缓了许多，黑色洪流缓缓而过，引来无数道带着畏惧之色的目光。对于雷渊山中这支最为强大的战斗力，只要是混迹在雷渊山范围的人都不会陌生，其中一些势力，还在其手中吃了不小的瘪……

在进入雷渊山的一道关卡处有着重兵把守，一道道锐利的目光扫视着进入雷渊山的人马。

虎噬军的接近让这座关卡气氛微微凝了凝，关卡中原本面色冷厉的部队，面色也略微不自然起来，眼中有着浓浓的忌惮。

"呵呵，原来是炎将到了……"

在那高耸的关卡之上，一名面色黝黑、身上布满黑色鳞甲的男子望着下方的虎噬军，双手抱拳，一脸的笑容。

"想来炎兄应该知道进入雷渊山的规矩，任何部队，都只能在雷渊山下驻扎。"

小炎看了那关卡上的男子一眼，嘴角一咧，道："天鳄将，你这天鳄部，也拦得住我这虎噬军？"

关卡上，那面色黝黑的男子表情一变，旋即干笑道："炎将说的哪里话，我只是按照规矩办事而已，你若是有意见，便去找妖帅大人好了。"

关卡周围还有不少各方人马，他们望着这一幕，暗暗咂舌，但是没人敢说话。谁都知道在这雷渊山中，炎将与天鳄将有些不对头，当初双方还打过一架，不过结果却让人跌破眼镜。那素来以战斗力强横著称的天鳄部，却在那建立不久的虎噬军手中惨败，也正是那一战之后，虎噬军之名，方才逐渐成为雷渊山战斗力最强的军队……

听得天鳄将搬出徐钟来压他，小炎淡淡一笑，那双目深处有着杀意掠过。这天鳄将乃是徐钟嫡系势力，若是要对徐钟出手，他们也会是一块绊脚石。

"虎噬军听令，山下休整！"小炎大手一挥，喝声如雷。

"是！"整齐低沉的应喝声带着一股掩饰不住的煞气传开，大批的虎噬军人马，竟直接是原地盘坐下来，将那关卡口堵了一半。

那天鳄将见状，面色有点儿阴沉，小炎此举，显然是没给他丝毫面子……

"大哥，走吧，去雷渊山。"小炎跃下巨兽，冲着林动笑道。

"嗯。"林动点点头，也翻身而下。

"等等，此人是谁？为何陌生得很？！"关卡上，那天鳄将突然喝问道。

小炎霍然抬头，一对猩红虎目杀意毕露地盯着天鳄将，语气森森地道："你还真以为我不敢在这里把你给宰了不成？"

天鳄将面色一变，体内立即有着雄浑元力涌出，那番模样，竟真担心生性凶戾的小炎会暴起出手。

"呵呵，在下林动，与炎将是兄弟，今日山聚，也想趁机见见妖帅大人。"林动止住小炎，冲着那天鳄将笑道。

"兄弟？"

此言一出，不仅那天鳄将愣了愣，周围那诸多势力的头脑也错愕地看过来，什么时候，那杀人如麻的凶虎有了一位兄弟，而且看这模样，竟还是人……

"这是我大哥。"小炎冷哼出声。不过他这话一出来，周围的人便有些色变了，他们什么时候见过这桀骜得连妖帅都难以镇服的凶虎会心甘情愿地称人为一声大哥？

"林动？莫非是那个打败了血蟒城城主的人类林动？"天鳄将皱眉想了想，突然道。之前林动的事倒是传出了一些风声，即便是他都有所听闻。

林动笑着点点头。

天鳄将见状，深深地看了林动一眼，略作沉吟，便点头一笑："那两位请上山吧。"

虽然他听说过林动打败曹赢的事，不过那曹赢只是一个小小城主，根本无法与雷渊山相比，这林动或许有些本事，不过却远远不及小炎有威胁……

"多谢天鳄将了。"林动一抱拳，方才与小炎穿过那守卫森严的关卡，两道身影，在那山道上迅速远去。

天鳄将望着两人远去的身影，双目微眯，将一名属下叫来："去将这里的事禀报妖帅大人。哼，我倒是要看看你能玩什么花样。"那名属下退下去，天鳄将冲着林动二人消失的山道冷笑一声。

雷渊山异常巍峨，而在那山峰之上，一座座大气的殿宇成片而立，天空上，时不时有一些光阵浮现，那是雷渊山的防御手段。

雷渊山的主峰之上已是人山人海，种种嘈杂之声汇聚在一起，冲上云霄，仿佛连云层都撕裂而去。

林动随着小炎直奔主峰最顶端，那里有着一座巨无霸般的殿宇，人流不断地涌进去。这雷渊山的山聚，的确隆重得有些惊人。

小炎毕竟是这雷渊山第一将，因此直接带着林动进了大殿，在那无数道目光的注视中，在那大殿最前方的席位上堂而皇之地坐下。

小炎在雷渊山算是仅次于妖帅徐钟的大人物，他这一坐，立马便有各方视线射来，而后一些转移到林动的身上，眼中闪过疑惑，想来是在猜测着他的身份。

林动对于这些目光视而不见，双目微垂，犹如老僧入定，在这般喧嚣之地，显得有些格格不入。

在小炎两人入席后不久，又陆陆续续有大将前来，其中五人，正是昨夜碰过头的陈通等人，不过他们见到小炎两人，却只是眼神交汇一下，然后便各自入了席位。

不过，以林动老辣的眼力，还是从他们眼中看出了一些紧张，毕竟今天他们要做的事，会让这兽战域掀起滔天大波……

除了这五将，林动也见到了另外三个徐钟的嫡系大将，其中一人，正是先前见过一面的天鳄将，另外一人，也算面熟，是那率人前去九尾寨试图抓获林动的山将蒙山。

此人见到林动二人，面色有些阴沉，一声冷哼便入了席。

那最后一位大将，竟是一名有着姣好容貌和异常性感火辣身材的美丽女子，她那尖俏的脸颊上，有着一道猫纹，看上去令她多了一种野性的美感。

她出现后吸引了不少目光，不过她却未曾埋会，直接望向林动这边。准确地说，是望向小炎。

那视线有些不太对劲，甚至说……幽怨。

林动眉头微微挑了挑，看了一眼一旁头都没抬一下的小炎，笑道："这是怎么回事？"

若是别人询问，小炎想来是理都不会理会，不过林动开口，他只能无奈地道："不知道……挺难缠的一个女人，曾经被我收拾过一顿……然后就一直烦我。"

"她也是徐钟的嫡系？"林动诧异地问。

"并不算……她似乎是九命天猫族的人，欠了徐钟一个人情，所以在这里还人情。"小炎道。

"九命天猫族？"林动一怔，有些讶异。那可是八大王族之一呢，看来这女人也不简单啊。

"喂，你这家伙上次赢了我，说好的下次再较量，为什么这么久都不找我？"

211

在林动与小炎低声说话间，那女子突然走了过来，没有丝毫的掩饰，直接盯着小炎。这让林动大感惊奇，漂亮女子他见了不少，但第一次见到这么火辣大胆的……

小炎皱了皱眉头，有些不耐地道："没空。"

"你！"女子显然平日也是性子极傲，被小炎这么一说，柳眉顿时就竖了下，不过旋即又软了下去，撇撇嘴看向一旁的林动，诧异地道："你竟然会带人来参加山聚？一个人？"

从她的目光中，林动看出一些奇特的意思，想来如果他是个女人的话，前者恐怕会有拔剑的冲动。

"这是我大哥。"小炎面色一沉。

女子闻言也愣了愣。她对小炎性格颇为了解，连徐钟都无法让他折服，这家伙，竟然会称人为大哥？而且从小炎的声音中，她能够听出一些真正的尊重与情感，这可是她头一遭见到这凶狠得仿佛六亲不认的家伙会这么对待一个人。

所以，女子那原本显得有些高傲的脸色，在林动那蕴藏着些许戏谑的目光中迅速地柔软下来，然后冲着他展颜一笑："林动大哥，初次见面，小妹霍缈。"

这话一出，周围众人，包括陈通那些大将，面色也变幻起来，一个个眼神古怪。什么时候，这性格骄慢得谁都镇不住的小野猫，也变得这么通情达理了？

第二十二章 妖帅徐钟

　　林动望着眼前那一脸笑容的女子，瞥了一眼周围众人的面色，当即忍不住笑着点点头，道："小炎在这里承蒙照顾了。"

　　"小炎？"那霍缈愣了一下，眸子中便露出古怪笑意，望向一旁的小炎。想来是没想到这个凶横得只是看上一眼都让人心悸的大家伙，竟然会有着这么一个……可爱的称呼。

　　"大哥。"小炎无奈地道。

　　林动笑了笑，道："现在还知道讲面子了……好吧，这是我兄弟，林炎。"

　　霍缈点点头，看着小炎，道："他可不需要我来照顾，我也没那胆子……"

　　从这姑娘的声音中，林动能够听出点点怨意，当即微微一笑，看来她是有些喜欢小炎啊。

　　"你在我大哥面前瞎扯个什么？"小炎眉头一皱，沉声道。

　　霍缈噘了噘嘴，被小炎这态度气得不轻，当下只能恨恨地一咬银牙，转身而去。在她转身而去时，一道细微的声音传进了林动两人耳中。

　　"你们今天要小心点。"

　　林动握着酒杯的手掌微微一顿，双眼微眯起来，看来这霍缈似乎知道点什么。难道，那徐钟这一次真是打算对小炎出手吗？

213

小炎那猩红的眼中，也有着森然杀意涌出，但很快便压抑下去。

"这姑娘挺不错的。"林动放下酒杯，冲着小炎笑道。

"大哥你瞎说什么。"小炎被林动此言搞得手忙脚乱，旋即苦笑道，"我对她可没那意思……而且我们大仇未报，谁有心情来说这些？"

"仇是仇，虽然一定要报，不过该享受的东西也得享受。"林动微笑道。他望着小炎的目光有些感叹，当年那跟在他身旁懵懵懂懂连灵智都未开启的笨虎，也终于成长起来了啊。

"再说吧。"小炎随口道，旋即眼神一凝，咧嘴笑道，"看来今天，这雷渊山注定是平静不了了啊……"

林动轻轻点头，那徐钟，果然也按捺不住了。

随着时间的推移，这辽阔的巨殿之中愈加热闹，能够进入这里的人，大多都是在雷渊山中有着一些名气的各方势力首脑，其中不乏类似血蟒城城主那种层次的存在。不过今日，他们都只能是陪衬。

咚！

在巨殿中气氛热闹间，突然低沉的钟吟之声响彻，而后整个巨殿安静下来，一道道目光看向巨殿尽头的王座。

"哈哈，今日我雷渊山山聚，感谢诸位前来捧场，我徐钟先在此处谢过！"

大笑之声陡然如雷鸣般在巨殿之中回荡不休，旋即那巨殿之外，突然有着暗黑光柱笔直呼啸而进，冲上王座。黑光凝聚间，黑色披风拂动，一道壮硕身影，已是大马金刀地坐在那王座之上，双目扫视之间，仿若厉雷奔涌，震人心魄。

"恭迎妖帅！"随着那王座之上的黑袍男子现身，巨殿之中，顿时响起恭迎之声。

"这便是兽战域八大妖帅之一的雷渊山掌控者，徐钟……"

林动望着那王座，那男子体形壮硕不弱于小炎，一身黑袍，一张脸庞棱角分明，眉宇间，有着常年身居高位的凌厉与威严，只是那双目深处，依旧能够看见一些狠戾之色。这番气势，丝毫没弱了那妖帅的名头。

而在这徐钟出现的时候，林动能够感觉到身旁小炎的身体都微微前倾了一点，那番模样，犹如猛虎扑食的前奏。

林动轻轻拍了拍小炎，脸庞上的微笑，让后者那紧绷的身体逐渐松缓下来。

"呵呵，今日难得我雷渊山盛事，诸位不醉不归！"徐钟笑望着眼前这番朝拜之状，那眼中掠过一抹享受之色，旋即大笑道。

"妖帅圣明。"

下方也是传出一片片奉承之声，看向徐钟的目光中，都有一些惧色。想来这八大妖帅之一的名头，的确相当有震慑性。

徐钟朗笑，大手一挥，便有歌姬开始手捧酒壶，穿梭在这巨殿之中。

"本王这雷渊江山，与手下九将密不可分，今日这一年一度的庆功宴少不了他们。来，赐酒！"在整个巨殿气氛火热间，那徐钟虎目一扫，突然看向下方的九员大将，而在掠过小炎与林动二人时，他的目光显然是顿了顿，然后移开。

"本王敬你们一杯，一年征战，辛苦了！"徐钟手捧酒壶，笑道。

下方九人面容微垂，捧着眼前酒杯，一饮而尽。

林动面色平静地望着这一幕。这徐钟能够成为一方妖帅，显然是有着一些手段，如果不是林动知道他给小炎等人施加暗渊鬼符进行控制的话，后者眼下的气度，倒是让人折服，可惜……

"呵呵，这位想来便是那位打败了血蟒城城主曹赢的林动吧？果然是人才，难怪连炎将这般性格的人都能称你一声大哥。"徐钟将手中的酒壶放下，突然看向了小炎身旁的林动，笑道。

此时巨殿中也有一些目光看过来，在听到林动这个名字时，窃窃私语声传开，想来也是有所耳闻。

"妖帅大人过奖了，胜过曹赢只是侥幸罢了。"林动微笑道。

徐钟笑了笑，目光在林动身上一瞥便是转向了小炎，虽然他清楚小炎的桀骜，想来林动应该也不是什么简单人物。但相对而言，他显然更为注重小炎，以他的实力，并不认为一个死玄境小成的人类会对他产生多大的威胁，即便他不简单……但难道，他徐钟就简单了？

他盯着小炎，眼神深处，有着浓浓的贪婪涌动，而后者仿佛也有所察觉，当下也缓缓抬头，那对猩红虎目，竟丝毫不让地与徐钟对视着。

两双虎目对望，周遭的空气缓缓凝固，一种隐晦的杀意，皆从两人眼中掠过。

两人的这种对视，很快被一些敏锐之人察觉，当即面色便微微一变。

大殿中不知不觉安静了许多。

陈通等人也悄悄地放下手中酒杯，浑身的肌肉紧绷起来，背心处，更有汗水浮现。

那霍缈望着这一幕，眸子中闪过一些焦急。她没想到先前的提醒一点作用都没有，这头笨虎还敢这样与徐钟针锋相对……

她看了一眼林动，这个时候，似乎能阻挡小炎的也就他了。不过让她无言的是，此时的林动仿佛并没有察觉到这种古怪气氛，只是低着头，盯着手中的酒杯。

"呵呵，炎将还是这般有魄力，真不愧是本王麾下第一悍将。"徐钟终是率先一笑，道。

小炎嘴角一咧，道："既然妖帅认为我们功劳这么大，不知道可不可以答应我一个要求？"

徐钟眼神一凝，淡笑道："炎将有何要求，尽管提来。"

"把我们身上的暗渊鬼符解开。"小炎缓缓地道。

徐钟脸上的笑容一点点地收敛，他身体微微前倾，双掌落在膝盖上，整个身体充满着一种惊人的压迫力。他盯着小炎，道："炎将，你在挑战本王的耐心底线？你真以为本王会对你一忍再忍？"

小炎猩红虎目中，终是有着无法掩饰的森森杀意涌出："徐钟，你我都是心知肚明，何必这般虚伪？你用暗渊鬼符逼我留在雷渊山，不就是想要我体内的另外一半传承精血吗？"

整个巨殿瞬间犹如死寂，各方人马首脑望着这转变的气氛，眼中皆是震惊之色，这一幕，是雷渊山顶层的决裂吗？

今日这山聚，倒是不一般起来了啊……

不过，那炎将竟然敢这般挑衅徐钟，倒是让他们有些意外。毕竟不管炎将凶名有多么强盛，与徐钟这种闻名的妖帅比起来，依旧是差了不少啊……

徐钟面色阴沉地盯着小炎，手掌缓缓紧握起来，旋即淡淡地道："本王很好奇……以往你面对本王，只会躲避，为何今日，竟敢这般？莫非，你以为你找到了什么靠山？"

随着最后一句话落，徐钟那泛着阴森的目光，看向了小炎身旁一直未曾说话的林动。

巨殿中，那一道道目光也开始转移，是因为有了这林动的存在，那炎将方才敢这般正面挑衅妖帅徐钟？

就这么一个死玄境小成的人，竟然能给炎将如此魄力？

嗒。

在那一道道目光的注视下，林动手中的酒杯，突然轻放而下。他缓缓抬头，那对黑色眼瞳盯着王座之上的徐钟，轻声传开："徐钟妖帅，小炎留在雷渊山为你打拼，我不会有任何的意见，甚至连传承精血被你抢夺一半，我也能够接受……"

216

话到此处，林动话音一顿，那眼瞳深处，一股暴戾杀意犹如风暴般席卷而开。

"不过……你千不该万不该，不该给他种暗渊鬼符来控制威胁他……"

林动冲着面色阴冷的徐钟一笑，露出森森白牙。

"我林动的兄弟，还轮不到你这种货色来控制！所以今天，老子是来跟你讨债的！"

满场寂静，所有人皆已目瞪口呆。

巨殿之中一片死寂，殿内所有人的面上都呈现一种滞然，他们望着最前方席位上的那名青年，一些人揉了揉耳朵，似是有些怀疑先前所听见的话的真实性。

"他是来找徐钟讨债的……"

一些人对视了一眼，旋即嘴角咧咧，心中觉得这林动倒是够霸气，不过，说出这种话，可是要付出不小代价的啊，那王座上的人，可是这雷渊山的主宰，同时他也是闻名兽战域的八大妖帅之一啊……

那是踏入了死玄境圆满顶峰的顶尖强者，距离转轮境，也仅有一步之遥！

而现在，这个看上去仅仅死玄境小成的青年，却要来找他讨债……这一幕，看上去略显滑稽，只是不知道为什么，他们又笑不出来。能够成为一方首脑的不可能是普通人，眼前的林动看上去也并不是笨蛋，但他却依旧肆无忌惮地将这种话说了出来，而且他那年轻的脸庞上，并没有什么畏惧之色。

如果不是林动本身无知到极点的话，那想来他应该是自信的……虽然众人并不明白他这种自信从何而来，但现在下结论的话，无疑显得有些愚蠢。

巨殿最前方，气氛更是格外凝固，其余八将，包括陈通他们，都是浑身发冷地望着那不远处的青年，他们知道小炎和林动今天会发难，但还是没想到，林动竟然如此霸气……

不过这样一来，就真是彻底没回头路了啊。

王座上，徐钟身体微微前倾，双目死死地盯着林动，其中仿佛有着阴冷的血丝在缓缓地攀爬出来。

"讨债？"徐钟嘴角一咧，有着笑声传出来，旋即他身体抖动着，那大笑声终于在这死寂的巨殿中传开。片刻后，他方才缓缓低头，嘴角有着嘲讽阴森涌出来："跟我徐钟讨债，就怕你没这种资格！"

"那你就来试试！"小炎虎目之中凶光暴涌，一掌猛地拍在面前石桌之上，石桌当即呼啸而出，夹杂着惊人的劲力，狠狠地轰向那徐钟。

砰！

徐钟眼神一寒，身体却纹丝不动，那石桌在距他尚有丈许距离时，已凭空爆开，然后化为粉末徐徐飘落。

"诸将，给我将这两个反贼抓起来！"徐钟阴冷喝道。

唰！

那山将蒙山以及天鳄将瞬间起身，而就在他们目光凶狠间，却察觉到一些不对劲，当即面色微变地望向一旁的陈通等人，却见到他们紧握着酒杯，面色变幻。

那霍缈看了一眼眼神凶戾的小炎，旋即咬了咬牙，竟也未站起身来动手。

"陈通，你们在干什么？！"那天鳄将怒喝出声。

陈通五人对视一眼，旋即他们眼中同样有着凶光涌出来。他们毕竟也都是有着一些血性，如今局面已是无法后退，既然如此，那就拼了吧。

"我们要干什么，你不是很清楚吗？"陈通咬了咬牙，道。

"你们竟敢反妖帅？你们找死不成？暗渊鬼符的厉害你们忘了？"山将蒙山冷笑道。不过他的眼中，倒的确出现了一些慌乱，眼下这局面，出乎了他们的意料，谁能想到，九大将中，竟然有七人都起了反心？

巨殿最前方这一幕，也是让在座所有人震动。眼前这是什么情况？诸将夺位？

"呵呵，原来是有备而来……"徐钟望着那陈通等人，眼中的阴厉也是愈发浓郁，又看了看小炎，"炎将，真是没看出来啊，短短一年时间，竟然策反了本王手下五大将。"

"霍缈，莫非你也打算跟着炎将反对本王？"

徐钟视线突然转向了霍缈，后者与其余大将不同，她本身便有连徐钟都不想轻易招惹的背景，如果连她都要帮着小炎……

霍缈轻咬了咬嘴唇，犹豫了一下，道："我欠你的人情应该也还完了，不过今日的事，还望妖帅能够大度一些，不然雷渊山实力怕会遭到重创。"

徐钟淡淡一笑，道："这些事你便不用管了。你说得对，你欠我的人情已经还了，从今以后，你便可以脱离雷渊山。"

霍缈身份不同，其身后的九命天猫族也是八大王族之一。在她的身上，徐钟自然不敢下什么暗渊鬼符，不然被她那些长辈知晓，雷渊山怕也是经不起怒火。

虽然徐钟本身也是暗渊虎族，不过他们显然不可能会因为一个徐钟去与同为八大王族之一的种族开战。

霍缈手掌轻握，眸子闪烁，也不知道她在想些什么。

"呵呵,诸位,今日原本是想请大家来高兴一场,奈何出现了这些事,不过无碍,待本王清理完山事,山聚照常举行。"徐钟缓缓站起身来,淡笑道。

巨殿中众人面面相觑,旋即干笑着应和,其中一些人目光闪烁。如今雷渊山发生这么大的事,就算能够平定下来,实力也将会减弱,而他们到时候就有可能趁机脱离雷渊山的掌控。毕竟就算徐钟能耐再大,没了手下悍将打拼江山,他也很难面面俱到。

不过,对于下方那些闪烁的目光,徐钟却未曾理会,在他眼中,他们不过是一些杂鱼罢了,待得清理了门户,让他们知晓了他的力量,这些人自然不敢生什么异心……

只是,为了杜绝以后再出现这种情况,看来今日,是需要下一些狠辣手段了啊。

"陈通,本王给你们一个机会,十息之后,动手擒住炎将,此事,本王可以既往不咎!"徐钟淡淡地道。

陈通五人闻言,面色僵硬,却并没有动手。

十息转瞬即过,那徐钟眼神涌上狠毒之意,旋即他手掌虚握,一道黑色光符便是出现在其手中,而后掌心一握,陡然捏爆。

然而,他想象中的爆炸却并未出现,陈通五人嘴角微微抽搐,那盯着徐钟的眼神,终于涌上了狰狞,之前的畏惧,也在愤怒之下,一点点地消散而去。

他们很清楚之前那道黑色光符是什么,若是他们体内还存在着暗渊鬼符的话,恐怕此时早便是爆体而亡。

"他们体内的暗渊鬼符,已经被我解了。"林动望着那徐钟一人的表演,这才淡淡地出声笑道。

"这样啊……"徐钟深吸了一口气。他面色隐隐有些铁青,缓缓转头盯着林动,一张脸庞扭曲得恐怖,"那等我将你擒住之后,我会在你身上种一百道暗渊鬼符,让你好好尝尝这种味道!"

"老子先宰了你!"

小炎终是暴起,滚滚凶气弥漫而开,身后磅礴元力凝聚,竟化为黑暗光虎仰天咆哮,而其整个身形,直接化为一道凌厉黑光,狠狠地轰向那徐钟。

然而就在即将相撞时,只见得大殿中一道黑光闪烁,一道黑影便如同影子般出现在了徐钟前方。

嘭!

仿佛有两道巨拳相撞在一起,一股令人窒息的能量劲风自那交触点席卷而开,

而后两道身影，皆倒退数步，脚下砖石，直接化为粉末。

众人望去，只见得在徐钟身旁，一道黑影闪现出来，他全身都笼罩在黑袍阴影中，唯有那散发出来惊人元力，让人明白他那强大的实力。

"影子卫！"

陈通等人望着那道黑影，眼神微沉，但却并没有吃惊，想来早便是知道他的存在。

林动看了一眼那影子卫，眼中同样没什么意外，死玄境圆满的实力，这影子卫的确挺厉害……

"本王早便知道你这孽畜心怀杀意，你以为，只有你有准备不成？"徐钟冷笑道。

"一名死玄境圆满的影子卫，意料之中。"林动微微一笑，道。

"是吗？"徐钟嘴角泛起一抹讥诮，旋即咧嘴阴冷地道，"那再来一位妖帅呢？"

巨殿之中，所有人猛地一惊，再来一位妖帅？

"哈哈，徐钟，看来真如你所说，你手下这第一悍将，是打算在这山聚中对你出手啊！"

大笑之声，突然犹如雷鸣般在大殿之中响彻，然后那巨殿上方，陡然炸裂而开，巨石掉落，一道身披狮甲的男子，携带着惊人气势，出现在了众多目光之中。

"那是……百兽岭的妖帅……秦狮？！"众人望着那出现的狮甲男子，面色顿时一变，而那陈通五人，面色则陡然煞白起来。显然，谁都未能料到，徐钟竟然还请来了一位妖帅！

"徐钟，本王答应帮你一个忙，不过那代价，你可是知道得很清楚的……"秦狮的大笑声，犹如狮吼般回荡在巨殿中，令人双耳震痛。

"你杀了这个人类小子，我便答应你的条件！"徐钟森然道。

半空中，那秦狮凌厉目光望向林动，咧嘴一笑："看来这次是我捡便宜了。好，如你所言！"

吼！

秦狮大笑一落，便有狮吼传开，其身形一动，竟化为一道璀璨金光，金光凝聚，犹如一头奔腾的金狮，狠狠地爆轰向林动。

然而，面对着他这般凌厉攻势，林动却依旧纹丝不动。

唰！

金光一闪，便出现在林动上方。感受着那股极端狂暴的能量，陈通等人眼中不由得涌上绝望之色。

嘭！

低沉之声响彻而起，那片地面瞬间崩塌下去，一道道裂缝，犹如蜘蛛网般蔓延出来。

无数道目光望过去，那个人……被一击毙命了吗？

徐钟冷笑地望着那里，秦狮实力与他相仿，全力一击下，莫说是林动，就算是一名寻常死玄境圆满的强者，都得重伤甚至毙命！

尘雾逐渐消退，接着，那里的景象浮现出来……

一道瘦削的身影，依旧静静地盘坐着，在他的手中，还能看见那轻握的酒杯。只见其举起酒杯一饮而尽，缓缓抬头，黑色双瞳淡然地望着那脸庞上冷笑缓缓凝固的徐钟，微微一笑："抱歉，我也有些准备。"

满场寂然，在那青年身旁，一道通体暗黑的身影不知何时出现，一只黑色的手掌，正紧紧地抓着那秦狮的手掌。

一位妖帅的全力一击，居然便是这样……被轻易地抵挡了下来……

第二十三章

雷渊山之战

　　黑色身影静静地站在林动身旁，在其脚下丈许之内，地面完好如初，甚至没有丝毫的裂纹侵进来。显然，那来自秦狮的凌厉攻击，没有一丝力道波及进去。

　　巨殿中，不少人都因为这一幕而骇然，倒吸了一口冷气，脸庞上有着浓浓的惊疑之色涌出来。

　　这黑影人究竟是何方神圣，竟然连身为八大妖帅之一的秦狮都奈何不得？

　　"是傀儡？！"

　　不过很快便有人察觉到不对，那道黑影表情木然而空洞，显然是没有任何的灵智。这，居然是一具傀儡！

　　一具堪比妖帅的傀儡？！

　　察觉到这信息的人，皆是震惊地咽了口吐沫。

　　巨殿前方，原本因为秦狮的出现而感到绝望的陈通五人，也愣了下来，他们怔怔地望着那在黑影的庇护下犹如山岳般沉稳的青年，脸庞上，依旧是常见的那种笑容。

　　高深莫测。

　　陈通五人那提起来的心，也终于逐渐坦实下来。他们此时方才明白，为什么桀骜如炎将，都会心甘情愿地称那青年一声大哥。

与素来凶戾的小炎相比，显然，他这个一直以微笑待人的大哥，才是最为可怕的。

"一具傀儡，也想拦住本王？！"那秦狮的面色，也不断地变幻着，而后他猛地冷喝出声，璀璨金光自其身体之上暴涌而出，双拳犹如暴雨般轰出，每一道金光拳影，都化为奔腾金狮，铺天盖地地轰向吞噬天尸。

然而，面对他这种暴雨般的攻势，吞噬天尸却纹丝不动，双掌在面前轻滑而开，犹如一个无底深洞，将那足以轰杀一名普通死玄境圆满强者的可怕攻势尽数接下……

嘭嘭嘭！

众人只能听见秦狮狂猛攻势落到吞噬天尸身体之上的低沉之声，不过让他们骇然的是，无论秦狮的攻击有多么凶横，那道黑影人影都如磐石般稳固，双腿甚至没有丝毫的后退。

而且在它的身后，青年连头都没偏过去，那张年轻的脸庞上，淡淡的笑容令人心生寒意。

金光终于开始消退，那面色青红交替的秦狮身形暴退，他望着那纹丝不动的吞噬天尸，目光泛着一些震动，原本还有些不屑的眼神，终于变得凝重起来。

"徐钟，看来你也招惹到了一些麻烦的家伙啊……这小子，可不简单。"秦狮看了一眼王座上眼神同样阴沉下来的徐钟，道。

能够拿出一具堪比死玄境圆满顶峰的傀儡，谁敢说这林动简单？

"难怪敢上我雷渊山捣乱……原来是有点儿手段。"徐钟阴森的目光盯着林动，缓缓地道。

林动微微一笑，手掌轻握，手中的酒杯化为粉末飘散而开，旋即他站起身来，盯着徐钟："我说了，我是来帮我兄弟讨债的。"

"就凭那傀儡？"徐钟双目微眯。

"还有我呢……"林动笑着，一步步对着徐钟走去，璀璨的青光开始从他的体内席卷出来，接着，一道道青龙光纹凝聚而出，仰天咆哮，龙吟之声，将这座巨殿震得发抖。

而伴随着青龙光纹的缠绕，一股强大的威压，也缓缓地散发出来。

"这股威压……龙族？"

无数人骇然变色，惊骇地感知着那从林动体内散发出来的威压。身为妖兽，他们对于这种威压明显有着超越人类十倍的感知，因此那种威压压制也更为明显。

那种威压，分明只有真正的龙族方才能够具备，但眼下……竟然出现在了一个人类的身上！

那陈通等人望着这一幕，眼中的震动也更为浓郁。他们发现，眼前的青年，真是愈加让他们看不透了……

"小炎，那影子卫就交给你吧？"林动双目萦绕着青光，轻声道。

"大哥小心点。"小炎犹豫了一下，然后点点头。虽然林动表现出来的实力仅仅只是死玄境小成，但这番波动，就连他都心惊不已。

"秦狮，那傀儡交给你对付，如何？"徐钟嘴角也是有着狰狞涌出来，"那只是一具傀儡，等我收拾了这小子，那东西自然会失效。"

"哈哈，好。"秦狮大笑，旋即他目光一动，道，"不过待得收拾了这小子后，这傀儡得属我所有。"

一具能够匹敌死玄境圆满顶峰强者的傀儡，就算秦狮身为一方势力之主，也是无比的垂涎和心动。

徐钟闻言，眼皮跳了跳，旋即点点头。这个时候，他显然是没办法说出任何拒绝的话，虽然让出一具如此强大的傀儡让他心痛，不过现在可不是心疼这个的时候。

"我会尽快解决掉这小子。"徐钟双掌一握，黑光在其身体表面涌动奔腾，旋即他的身体竟逐渐膨胀起来，皮肤迅速变得黝黑，一道道虎纹浮现出来，黑色的如同钢刺般的虎毛从皮肤下生长出来，短短数息的时间，这徐钟便是化为一头浑身充满着惊人凶煞气息的半兽！

所有人都能够清晰地感觉到，那半兽身体之中所蕴含的一股恐怖力量，足以摧毁山岳。

这是暗渊虎族的战斗状态！

"小子，我会在这雷渊山，为你们兄弟选一处好坟！"徐钟那张虎脸之上，煞气散发出来，骇人心魄。

"那地方，还是留给你吧！"

林动一笑，旋即其脚尖一点，龙吟响彻，身形直接化为一道光影暴掠而出，而在身形掠出时，其手掌一握，那雷帝权杖便闪现出来，璀璨的雷光流溢闪烁。

"吼！"小炎也在此时怒吼出声，血光涌动，凶煞之气如潮水般涌出，然后扑向那影子卫，两人迅速纠缠在一起，一股惊人的能量波动散发出来，所过之处，一片狼藉。

整个巨殿变得无比混乱，众人纷纷退避，生怕被这惊人的战斗波及。

那陈通等人也是退开，不过他们的目光，则盯着蒙山等人，整个雷渊山的防卫，他们也同样有一些了解，只要林动真的能够打败徐钟，那他们也有着信心将雷渊山掌控下来……

铛！

闪烁着雷光的雷帝权杖，重重地点在那虎掌之上，隐约有火花暴射，两股惊人的能量对冲所形成的冲击波直接将殿内所有石桌石椅震成粉末。

唰！

林动面色漠然，身形一动，便如同鬼魅般地出现在徐钟上方，手臂一抖，漫天雷霆响彻，无数道雷霆伴随着杖影的呼啸，直接对着那徐钟周身要害笼罩而去。

"暗渊金身罩！"徐钟冷笑，一声低喝，一道道黑光顿时自其皮肤之下游离起来。黑光闪烁，令他的身体犹如黑色精铁所铸。

铛铛铛！

雷霆狠狠地轰在徐钟身体之上，火花暴射，但他却纹丝不动，妖帅实力之强，终于展露出来。

"就这点程度？还是本王高看了你？！"徐钟任那些雷霆攻击落到他身体上，眼中凶芒闪动，嘲讽一声，旋即掌心陡然紧握，一拳轰出。

"暗渊拳！"

黑色元力犹如火山般自徐钟拳上喷涌而出，仿佛是黑虎咆哮，蕴含着惊人杀机，轰向林动。

吼！

林动身处半空，一道道青龙光纹迅速升腾，而后他的一条手臂也膨胀起来，化为一条青龙之臂，丝毫不让那徐钟的攻势，正面怒轰！

嘭！

虎拳龙掌怒撼，那一霎，仿佛空气都静止下来，再接着，一股肉眼可见的可怕冲击波席卷开来。巨殿之中，一道道巨柱崩碎，巨殿之上，巨石不断掉落，一副崩塌之象。

众人纷纷逃出巨殿，而后便见到，那巨殿终于彻底崩塌，整座大山，仿佛都颤抖了一下。

砰！

而在那废墟之中，一道身影倒射而出，手中雷杖重重触地，直接在地面上撕

裂出一道千丈长的深深沟壑，身形方才稳下来。

废墟中，一片巨石炸裂，那满身弥漫着凶煞的徐钟大步走出，他的脚步所过处，所有东西都崩碎成粉末。那种可怕的破坏力，看得人眼皮急跳。

这徐钟能够成为八大妖帅之一，显然也是拥有着极端强横的战斗力。

"你就这种程度？"徐钟大步飞踏，望着远处被震飞的林动，嘲讽地怒笑道。而后其脚风一甩，一犹如小山般的巨石便是呼啸而出，狠狠地对着林动砸了过去。

先前的对碰，显然是徐钟占据了上风。

林动抬头，望着那呼啸而来的巨大阴影，黑色双瞳中，却有着炽热的战意开始涌动。

"吼！"震天动地的龙吟，在那巨石砸落下来时响彻而起，青龙光纹陡然自林动体内呼啸而出，龙尾一甩，便是将那巨石扇成粉碎。

吼！吼！吼！

一道道震耳欲聋的龙吟声，不断地响来，足足百道青龙光纹，从那一道瘦削的身影之中，腾飞而起。

百龙奔腾，这一刻，天地皆颤。

吼！

龙吟震天，一道道青龙光纹腾飞，百龙齐啸，那股强大的威压席卷开来，几乎令整片雷渊山脉的妖兽发抖。

雷渊山上，所有目光皆震惊地望着那道在百条青龙光纹缠绕之中的瘦削青年，那每一道青龙光纹之中，他们都是能够清晰地感觉到一股磅礴的力量，而这百道之势，更是令人心惊胆寒。他们实在是无法想象，为什么在那具单薄的人类身体中，会蕴含着这种恐怖的力量。

而且那种威压，的的确确是源自龙族……难道眼前的青年，还与四大霸族之中的龙族有着关系？

"厉害。"陈通等人眼神凝重地望着眼前这一幕，旋即对视一眼，皆咧咧嘴。他们这时候方才清楚地知道，那天晚上他们对林动的怀疑有多么滑稽。

而且……他们也终于明白，为什么那天晚上，林动会说出他们两兄弟就能够解决徐钟那种听起来格外狂妄的话。

原来，他的确有这种本钱。

徐钟踏出的步伐也终于是在此时顿了下来，他望着那在百道青龙光纹围绕中的林动，虎目之中，一抹凝重涌现出来。

"龙族炼体武学吗？这才有些意思啊！"徐钟猩红的舌头舔了舔嘴唇，眼中有着浓浓的煞气涌动："不过……不管你有多么强大的手段，这实力也不过只是死玄境小成而已！"

徐钟大步踏出，直接化为一道黑光暴冲而出，沿途大地都爆裂而开，犹如一头撕裂大地的黑暗之虎，咆哮着向林动掠去。

"是吗？"林动眼瞳之中，青龙盘踞。他的身躯虽然单薄，但那股气势，却已犹如大海般浩瀚，旋即他一脚踏出。

咔嚓！

庞大的裂缝，犹如蜘蛛网般蔓延了千丈范围，而那空气，则爆炸开来，所有人都只能见到青光撕裂空间，再下一刹那，青黑光影，已在那山岳之巅相撞！

嘭！

青黑两色所形成的冲击波瞬间爆发开来，一座座山峰直接爆成粉末，那一片片葱郁的森林，也被夷为平地。

半空中，无数道身影悬浮着，他们震撼地望着下方的狼藉，又看向那冲击波的源头。那里出现了一片巨大的凹陷，在那凹陷中心，两道身影接触，两只拳头扛在一起，可怕的力量波纹犹如实质般扩散出来，令空间呈现一种极端扭曲之感。

这一次的硬碰，林动竟未曾退后丝毫！

不分上下！

无数人心中狠狠地吸了一口冷气，之前的对碰，林动虽然能够接下徐钟的攻击，但显然尽落下风，毕竟不管怎样，他仅仅只是死玄境小成，而徐钟却是死玄境圆满顶峰！

按照常理，一名死玄境强者这般与徐钟硬扛，恐怕瞬间连肉体都得爆成末，但眼下，林动的肉体强横程度，显然已达到了一种相当惊人的程度。

"小子，真是有能耐啊！"徐钟望着前方周身缠绕着青龙光纹，双瞳映着青龙盘踞的青年，咧嘴森然道。

"你也不赖啊。"林动一笑，那漆黑双目中，战意如同火山般澎湃。这是他第一次真正与这种等级的强者正面硬扛，让他有些热血沸腾。

徐钟算是无限地接近转轮境，这个曾经在林动眼中近乎无敌的层次，如今却被他一步步地接近着，他相信，终有一天，他能够轻松抗衡这个层次的强者！

而那时候，便是他林动重回东玄域之时！他也会让整个东玄域的人知道，当

年那被元门追杀得如同丧家之犬的人，再度杀回来了！

"元门老狗，你们等着吧！"林动双瞳之中，澎湃战意疯狂涌动，旋即他冲着徐钟狰狞一笑，"而现在，就用你们来当我的磨刀石吧！"

吼！

百道青龙光纹，在林动周身盘旋咆哮，而后他一拳轰出。那一拳，仿佛蕴含了他体内澎湃的战意。

"青龙天座印！"

百道青龙光纹在林动拳下凝聚，在踏入死玄境之前，林动体内只能凝聚出五十道青龙光纹，但经过突破以及炎神殿那死炎灵池的淬炼后，他的实力，显然有着惊人的精进。

拳出，整座雷渊山都颤抖起来，那股气势，犹如能毁天灭地。

青光在徐钟眼中璀璨起来，他的眼神也愈加凝重。他终于收敛了心中的所有小觑。

"暗渊乾坤掌！"

徐钟后退数步，滔滔元力如同大海般滚滚而出，其双掌之上，竟凝聚出一头黑色巨虎，巨虎脚踏奇异步伐，口含乾坤。

吼！

虎啸龙吟，而后那两道凌厉得恐怖的攻势再度呼啸而出，顿时间，整片天地都在那惊人的对碰中颤抖起来。

一道道泛着浓浓骇然的目光望着那交错的两道身影，这番战斗，竟是凶悍到了这种程度！

或许开始的时候，谁都未曾想到，那个看起来瘦削的人类青年，居然能够与一名闻名兽战域的妖帅，拼斗成这样！

此战过后，无论成败，林动之名，也必将在这兽战域传扬开来。

吼！

血红光虎仰天咆哮，小炎身形掠过，手掌一抓，直接将一座千丈巨岩抓在手中，狠狠地向着前方那道黑影砸去。

砰砰砰！

黑影也异常凶狠，拳拳轰出，将那千丈巨岩一片片地轰爆而去，漫天碎石飞溅，下一霎，两道身影重重地冲撞在一起。

嘭！

空间扭曲，两道身影皆倒射而出，将两座山峰震爆，漫天巨石四溅，两道身影已再度冲出，凶狠交手。

在另外一处天空，战斗也看似激烈，不过那身为主角之一的秦狮却是异常吃瘪，眼前这具傀儡面对他的攻击，基本没有丝毫要躲的迹象，而且不管秦狮的攻击有多么凶猛，都见不到傀儡身体上出现丝毫损伤。

攻击无用，但面对吞噬天尸的反击，他却必须全力防御。这种攻击虽然厉害，但还不至于让他过于狼狈，但这种战斗，怎么打就怎么憋屈。

"这该死的东西……"秦狮忍不住一声咆哮，旋即攻势陡然加剧，但那吞噬天尸，依旧是那般木然模样，身体闪动间，尽数将攻击防下，然后再度反击……

"这傀儡古怪，只能让徐钟尽快收拾掉那小子……"

秦狮面色铁青。他终于明白过来，他与这傀儡的战斗，根本分不出胜负，而且这种拖延对他显然并不好。他虽然是妖兽，但也会有疲累的时候，而眼前的傀儡却不会……所以，一直拖下去的话，他迟早要狼狈而逃。

因此，他也只能祈祷着徐钟赶快解决掉林动。

不过，当抱着这种想法的他看了一眼下方那一处惊人的战斗后，眼瞳也是一缩，旋即心中开始泛起一些不安……

他为这次答应出手有些后悔起来，这突然冒出来的林动，怎么看都不是一盏省油的灯啊。

林动眼神炽热，他身影如电般掠出，双拳轰出，每一次的拳风，都蕴含着百道青龙光纹之力。

随着实力的精进以及对青天化龙诀修炼的炉火纯青，他体内凝聚出来的青龙光纹也愈加凝实，不会再像以前那样，一拳轰出便消散而去。如今的他，只要体内元力足够，便能够让他的攻击始终处于百道青龙光纹的程度。

到了这种程度，所谓的招式精妙已经微乎其微，一力降十会，那是一种绝对的力量。

两道光影交错，而后两道身影倒射而出，脚掌在地面上擦出千丈长的痕迹。

"好惨烈的战斗……"

一道道目光望着那两道身影，此时林动与徐钟身体上的衣袍皆是破裂，他们那极度强大的肉体上，也布满着一些血痕，甚至连他们的呼吸，都因为这种猛烈的交手变得粗重了许多。

滴答。

鲜血顺着徐钟的手掌滴落下来,他眼神赤红而狰狞地盯着林动,森然笑道:"好久没这么痛快地跟人交手了……"

林动也是冲着他一笑,那笑容同样凶狠。

"你知道我暗渊虎族吧?"徐钟手掌举起,他看着满手的鲜血,突然道。

林动双目微眯:"那有什么关系?"

"那不知道你有没有听说过……"

徐钟眼中赤红愈发浓郁,旋即他竟缓缓地趴下,一股股黑光从其体内冲击出来,然后,所有人都见到他的身体突然以一种惊人的速度膨胀起来,手脚也开始化为锋利的虎爪。

短短数息的时间,一头千丈庞大的灰暗色巨虎踏着雷渊山变幻而出,而在那巨虎身体上,覆盖着一层灰暗的鳞甲,同时,一根根巨大的灰色骨刺,从其背后伸展出来,化为一道闪烁着锋利寒芒的骨翼。

一股可怕的凶暴气势冲天而起。

巨虎脚踏山峰,对着林动一声咆哮。可怕的声波冲击,直接带出无数道巨大裂缝,而在那虎啸之中,有着惊人的杀意,响彻天地。

"那是……"陈通等人望着这一幕,眼瞳陡然一缩,"暗渊虎族的最终战斗形态……暗渊天虎体?"

这徐钟,终于被逼到这一步了……

吼！

千丈巨虎仰天长啸，可怕的声波冲击开来，大地崩裂，连那天空之上，都因为这恐怖的凶煞之气使得黑云凝聚而来。而那巨虎，则犹如灭世凶物，猩红巨瞳弥漫着惊天杀意。

"竟然把徐钟逼成这样……"

徐钟乃是暗渊虎族，战斗力本就惊人，这种最终战斗形态，一般只有在面对同为妖帅级别的对手时方才可能会动用，但眼下……

一些人看了看远处那道单薄身影，虽然面对徐钟那千丈巨虎的身体，他显得渺小，但却是无人敢小看他，甚至连徐钟都收敛了小觑。

眼前的这种战斗，即便是在兽战域，也不经常能够看见啊……

"连暗渊天虎体都开启了……"那正被吞噬天尸纠缠得焦头烂额的秦狮目光瞟了一眼，旋即其眼神一凝，神色有些凝重，惊疑地看向远处的林动。

"那个小子……真有这么强？真是个怪胎啊。"

秦狮同为八大妖帅之一，平日里百兽岭与雷渊山也没少摩擦，两人当初也拼斗过，所以他很清楚开启暗渊天虎体的徐钟究竟有多么强横，而平日里，能够把他逼到这一步的人，放眼整个兽战域，都屈指可数……

"这小子究竟是什么来路？不仅身怀如此厉害的龙族炼体武学，而且还有这么难缠的傀儡……"

秦狮目光闪烁，心中已生出了一些后悔之意。他是听说只对付小炎，这才答应出手，但哪料到，却凭空杀出林动这么一号凶狠人物。

林动抬头，望着眼前那足踏山峰的庞然凶物，从后者身体上，他也能够觉察到极其危险的波动。显然，此时的徐钟，已将其战斗力催动到了极致。

妖帅之名，果然名不虚传。

"林动，死在本王这暗渊天虎体之下，你也不冤了！"巨虎低头，血瞳盯着林动，下一霎，它巨嘴一张，一股令人头皮发麻的能量波动疯狂地汇聚而来，一道灰黑光芒，呼啸而出。

那道灰色光束，直接洞穿了虚空，所有人都仅仅只能见到天空灰芒一闪，再然后，那蕴含着毁灭波动的光束，已狠狠地轰在了林动身体之上。

嘭！

低沉之声响彻，那片大地瞬间崩塌，那道单薄身影倒飞而出，沿途直接将数座山峰震爆，在冲击到第十座山峰时，方才彻底停歇下来。

众人望着那一路崩塌的山峰，头皮都炸了开来。这就是徐钟在开启暗渊天虎体之后的战斗力吗？竟然恐怖到这种程度，先前一击，恐怕就算是一名寻常的死玄境圆满强者，都得瞬间重伤失去战斗力。

"不知道那林动还活着吗……"

漫天目光望向那片废墟，片刻后，他们见到，一只手掌从巨石间伸了出来，将周围的巨石推开，一道略显狼狈的身影闪现出来。

"不愧是暗渊虎族啊……"

在那一道道惊愕目光中，林动抬起头来，他的嘴角有着一丝血迹出现，在他的肩膀处，一道人头大小的赤红光鼎悬浮着，而在那鼎身之上，有着一个拳头大小的凹陷。

"用那鼎炉挡了这必杀一击吗？"一些人望着那赤红光鼎，眼中划过一抹诧异。

"不过……也没我想象中那么霸道啊！"

林动那双黑瞳中，凌厉陡然涌起，他身形一动，已是鬼魅般掠出，手掌一握，雷帝权杖再度闪现，天空之上，顿时有着雷云呼啸而来。

轰！

雷帝权杖之上，雷霆奔涌，那权杖顶端的九条雷龙犹如复活一般脱离而出，狠狠地轰在了下方那灰暗巨虎身体之上。

砰砰砰！

雷龙爆炸，那徐钟庞大的身躯之上雷光四溢，但看上去似乎根本没办法轰破那层灰暗色的奇异鳞甲。

"这种程度的攻击，也想破本王的暗渊甲？！"徐钟嘲讽般的笑声传出，旋即其虎目一寒，又是一道黑色光束狠狠地轰向林动。

林动见状，身形暴退，焚天鼎在面前瞬间膨胀开来，徐钟这种攻击的确厉害，即便是他都不敢轻易地用身体去硬扛。

铛！

金铁之声响彻，焚天鼎倒飞而出，在那表面上，凹陷再度出现，这让林动双目一眯，焚天鼎的防御程度他心知肚明，想要在这上面留下这种痕迹，可不是什么简单的事。

林动手握雷帝权杖，脚掌猛地点在焚天鼎上，身形一闪便出现在徐钟上方，手中雷帝权杖化为道道极端凌厉的杖影，犹如暴雨般轰向后者庞大的身躯。

而在那每一道杖影之上，皆有着青龙光纹盘旋，那股攻势，异常猛烈。

叮叮当当！

火花在徐钟庞大身躯上溅射开来，但那灰暗色的鳞甲，却纹丝不动。

"哈哈，此时的你，倒是有些像小丑般滑稽！"徐钟大笑，背后锋利得犹如能够撕裂空间的骨翼呼啸而山，狠狠地向着林动划过。

这天地间，众人望着又开始转变的局势，皆忍不住地咂了咂嘴。

"那徐钟，好恐怖的防御……"

"暗渊虎族最厉害的手段便是暗渊天虎体和暗渊甲……林动若是破不了这层防御，根本伤不了徐钟，战斗也将没有悬念。"

"那暗渊甲可不容易破，当年秦狮与徐钟交手，面对着徐钟的暗渊甲，他足足狂轰了一天时间都未能将其破去，最后两人平手收场……"

"这林动，倒是倒霉了点，不过能把徐钟逼到这一步，也不容易了。"

"……"

铛！

雷帝权杖狠狠地轰在徐钟那庞大的身体之上，一股惊人的力道传来，令林动手臂都有些发麻，而他的面色，也开始阴沉下来，这徐钟显然并没有他想象中的那般容易对付。

锋利的骨翼闪电般掠来，林动身形急退，不过一缕发丝还是被那股锋利之气割断。在开启这所谓的暗渊天虎体之后，徐钟无论是攻击、防御，还是速度都上升了许多。

"真是麻烦的暗渊甲啊……"林动身形后退，望着徐钟喃喃道。

"林动，这就放弃了？"徐钟虎目泛嘲讽，先前后者躲闪的动作让他心中极感爽快。

林动看着徐钟，眉头微微一皱，声音平淡地道："你高兴得过早了点吧。"

"是吗？"徐钟仰天大笑，"连我的防御都破不了，你又能做什么？"

林动双目微眯，扫视了一圈徐钟那覆盖着暗渊甲的庞大身躯，也不作声，旋即其指尖轻点，精血掠出，在其掌心，一道奇特光阵飞快地浮现出来……

精血涌入光阵，其中顿时轰鸣传来，再接着，众人便见到那光阵以一种惊人的速度膨胀开来，短短数息间，便达到了数千丈庞大，遮天蔽日。

徐钟也仰头望着那巨阵，虎目中掠过一道惊疑之色。

"乾坤古阵，乾为天，坤为地，乾坤逆转，分解天地！"

林动双手印法闪电般变幻着，而天空上那光阵，也开始逆向旋转，一股极端奇特的波动，如同风暴般汇聚而来。

嗡！

光阵颤抖着，旋即一道庞大的光柱呼啸而下，将那徐钟巨大的身体笼罩而进。

人们见到，徐钟身上覆盖的那层足以抵挡任何死玄境圆满顶峰强者全力攻击的暗渊甲，竟是以一种惊人的速度融化而去……

而且，在暗渊甲被融化分解时，那徐钟周身浓浓的煞气，也在迅速消散。

"怎么会这样？"众人一惊。

"怎么可能？！"

那徐钟也是大惊，在那道光柱的笼罩下，他感觉到连体内的元力都在逐渐地消散……

"老子看你现在还拿什么来挡？！"

林动面容陡然狰狞了下来，身形暴冲而出，手掌一握，百道青龙光纹盘旋，旋即一拳便狠狠地轰在徐钟那失去了暗渊甲保护的身体之上。

砰！

低沉的声音传荡开来，那徐钟顿时发出凄厉的惨叫之声，千丈庞大的身躯，竟直接飞了出去，将那一座座山峰尽数压垮。

天空上，光阵转动，那道光柱再度将徐钟笼罩。

"你不是很嚣张的吗？"林动身形鬼魅般出现在徐钟身后，脚掌化为一只青龙之爪，狠狠地击出。

嘭！

巨虎再度被踢飞，鲜血倾洒下来。

"你再给我叫啊！"

林动沐浴在那漫天鲜血中，咧嘴一笑，白森森的牙齿令人心头泛着阵阵寒意，旋即他身形一动，双掌虚抓，抢起一座巨大的山峰，一下下狠狠地砸在那徐钟庞大的身体之上……

嘭嘭嘭！

低沉的声音传开，这片天地，空气仿佛都凝固了下来，所有人望着那抢动山峰并且嘴中还不断轻骂的青年，面色……尽数呆滞。

"你叫啊！"

嘭！

"再叫啊！"

嘭！

远处的陈通等人，望着这一幕，尽数石化。

嘭！

凄惨的虎啸之声，回荡在天际。

"怎么会这样……"陈通等人喃喃道。半晌后，他们突然看向天空上那巨大的光阵，那道光柱，笼罩着徐钟，而每当徐钟身躯表面磅礴元力涌出来时，便会被那道光柱分解而去。

"是那阵法让徐钟战斗力大降？"

众人目光一闪，这才恍然大悟，旋即又暗感心惊，这光阵究竟是什么东西？竟然如此厉害，不仅能够分解掉徐钟身体表面那异常强大的暗渊甲，甚至连后者体内的元力，都能够分解消化……

"好恐怖的家伙……"

虽然对于那道光阵相当陌生，但这却并不妨碍他们对眼下林动那震爆眼球的举动表示震撼。

砰！

235

　　林动手中的山峰，终是爆裂开来，而那下方的徐钟，则是浑身被鲜血所浸染，身上甚至连白森森的骨头都露了出来。

　　林动随手丢开手中仅剩的一块巨岩，轻轻地喘了几口气，看了一眼那浑身鲜血异常狼狈的徐钟。后者并不是不想反抗，只不过是被乾坤古阵压制住了体内的元力，也就是说，在这一个短暂的时间中，林动将他变成了一个毫无力量的普通巨兽。

　　这种压制，是林动实力晋入死玄境后，方才能够催动乾坤古阵办到的。以往的话，乾坤古阵也仅仅只能分解一些能量，但万万做不到类似这种彻底压制一名死玄境圆满顶峰强者的地步。

　　这种能力相当变态，一个强大的对手在一个时间段中变得只能勉强动用体内元力……

　　虽然时间短暂，也基本能让一场战局分出胜负。

　　当然，这能力厉害是厉害，但只要不被锁定的话，也是无法起到作用。之前也是徐钟大意，摸不透这阵法，这才被罩了个正着，当即便从生龙活虎，变成了一头只能挨打的蠢兽……

　　而林动显然很擅长痛打落水狗，抓住这个破绽，一顿狂殴，直接是将原本还威风凛凛的徐钟暴打得凄惨无比。

　　天空上，巨阵开始颤抖，那笼罩着徐钟的光柱也是开始虚幻。这乾坤古阵虽然强大，但毕竟要彻底压制住一名死玄境圆满顶峰的强者也不是一件容易的事。

　　"要压制不住了吗？"

　　林动望着这一幕，淡淡一笑，一步步走向那暗灰巨虎，后者满是怨毒的猩红虎目中，露出一丝惧色。

　　"只能先废了你啊。"

　　林动停在徐钟面前，手掌一握，雷帝权杖闪现出来，其上雷霆疯狂地奔涌着，再接着，其眼中凌厉之色一闪而过，没有丝毫的犹豫，手中雷帝权杖，狠狠地捅进了徐钟庞大的身躯之中。

　　嗷！

　　凄厉的惨叫声，顿时响彻，一道道雷光在徐钟身体之上疯狂地闪烁。而他那庞大的身躯，也开始以一种惊人的速度缩小，片刻后，便化为了人形，在其肩膀处，雷帝权杖穿透而过，鲜血滚滚地流下来。

　　林动手掌一握，抽回雷帝权杖，杖身狠狠地甩在徐钟身体之上，庞大的力道，直接将其击飞出数百丈。

"你输了。"

林动淡漠地望着眼前那面色煞白的徐钟，后者的气息已相当萎靡，显然先前林动给他造成了极大的伤势。

他再没了战斗的力量。

这场战斗，已是有了胜负。

那漫天目光汇聚过来，谁都未能想到，这场战斗，竟然会有这般结果。

而那蒙山、天鳄将二人也面色煞白，特别是前者，他一想到当初竟然试图抓捕林动，便浑身冒冷汗。所幸那时候林动没动手，不然他恐怕根本就没逃脱的机会……

徐钟吐出嘴中的血沫，目光怨毒地盯着林动，冷笑道："手段倒是不少，真要斗起来，你以为你是本王的对手？"

"生死之斗，任何手段都是实力，你好歹也是一方妖帅，不至于说出这般可笑的话吧？"林动目光古怪地看了徐钟一眼，道。

徐钟一滞，只是那眼神的怨毒却没丝毫减弱。

"那里的战斗也该分出胜负了……"林动却并不理会徐钟，抬头望着远处的天空。那里滔天血光弥漫，一道虎啸，响彻天宇，而后血光喷薄，其中一道黑影也倒射而出，最后在地面之上，擦出一道数千丈长的深深痕迹。

跟着，一道血红光影从天而降，此时的小炎，也呈现半人半兽的战斗形态。他的身体上，同样有着诸多的血痕，鲜血流下来，令他本就凶狠的面目变得更加可怕。显然，之前的他，也是经历了一场相当激烈的战斗。

他大步上前，一把抓住那气息萎靡的影子卫，甩向徐钟，一脸森然："你还记得当初你抢走我一半传承精血的时候，我跟你说过什么吗？我说，那是我的东西，你迟早会还给我的！"

徐钟望着那被甩到身旁的影子卫，眼神阴厉。他抹去嘴角的血迹，当初小炎的确这么说过，不过那时候的徐钟，会把一个刚刚达到生玄境实力的他放在眼中？

那时候的小炎，在他眼中，或许就是蝼蚁，一只蝼蚁的挑衅,他理都不会理……但哪能想到，这个曾经的蝼蚁，如今，却是真的将他给掀翻了去。

"把传承精血交出来吧。"林动看着徐钟，轻声道。

徐钟抹了一把脸上的血迹，目光阴鸷地盯着林动二人，旋即站起身来，同时也将身旁的影子卫给抓了起来。他抬起头，望着这片天地间那无数的围观者，他

从来没想到过，有一天，他徐钟竟会落得如此狼狈。

"呵呵，我堂堂妖帅，若是被你们给打败了，未免也太丢人了吧……"徐钟声音有些嘶哑地喃喃道。

"到了现在你还想挣扎？"小炎冷笑道。

徐钟偏头望着林动与小炎，突然笑道："你们对这影子卫好奇吗？"

林动眉头微微一皱。

"给你们看看他的真面目……"徐钟咧嘴一笑，那笑容有些扭曲，旋即他一把扯碎了那笼罩在影子卫身上的黑袍，再接着，一张熟悉的面庞出现在了众人视线之中。

"那是……徐钟？"

漫天一静，旋即便爆发出惊愕之声。那影子卫竟然与徐钟长得完全相同，只是后者的眼神相当空洞……那是傀儡？

"这是我的同胞兄弟，不过在出生的时候，我强夺了他的生机，所以他一出生便是极其虚弱，后来逐渐长大，终是虚弱而死……"

徐钟摸着那影子卫的脸庞，那笑容却是让人从骨子里面感到一股阴寒："在他死后，我用秘法把他炼制成了同命鬼胎。这秘法虽说恶毒，不过却是有着一个好处，待得日后，能够将鬼胎的能量，尽数化为己有。呵呵，其实这影子卫，便是我饲养的鼎炉，一个用我亲生兄弟养出来的……"

漫天寂静，不少人听着这些话，面色微变，这徐钟的心性之毒，简直出人意料。

"而现在……就该是我这兄弟回报我的时候了呢。"

徐钟咧嘴一笑，他的脚下，突然一道道血线蔓延开来，犹如一个血阵，将他与影子卫尽数笼罩，而他的手掌，则犹如刀锋，一把插进了影子卫胸膛之中，鲜血滚滚流出，旋即影子卫的身体迅速枯萎，而徐钟的气息，却以一种极端恐怖的速度膨胀着，那种程度，竟是达到了突破至转轮境的界限！

可怕的气浪，疯狂地扩散出来，让人根本靠近不得。

"这混蛋！"小炎惊怒，显然是没想到会生这般变故。

"那徐钟，是要冲击转轮境了？！"

众多惊呼声传出，他们能够感觉到，一股压得人喘不过气的气息，在飞快地凝聚成形……

"大哥，怎么办？"小炎看向林动，沉声问道。

林动淡漠地望着那仰天狂笑、状若恶魔的徐钟，那双目之中，终是掠过一抹几乎浓成实质的杀意。他缓缓地抬起手掌，双指并曲，一根手指，呈现漆黑色泽，而另外一根手指，则是璀璨银色，其上仿佛还有着雷光溢开……

"兄弟……不是让你这么用的。"

在林动的双指之间，殷红的鲜血不断滴落，而他的面色，也以一种惊人的速度变得苍白，指尖之处，隐约有着两道细小符文浮现着……

"所以，你还是去死吧。"

随着林动声音落下，其双指间，一道鲜血陡然喷射而出，在那鲜血之中，黑芒雷光交缠在一起，两种力量，竟是犹如阴阳，完美相合。

噗！

血线笔直地射出，那徐钟周身可怕的能量场几乎是摧枯拉朽般地破碎，血光一闪，直接从其眉心洞穿而过。

徐钟脸庞之上的狰狞狂笑，陡然凝固。

咻！

单薄的血色光线掠过天际，而后仿佛是撕裂虚空，一闪即逝。

但此时所有人的目光，都停留在徐钟那逐渐凝固的表情上，从后者那猩红的眼瞳中，他们能够看见那飞快消失的生机以及残留的恐惧……

"怎么……可能……"

鲜血从徐钟眉心流下来，他眼前的世界开始灰暗，摇摇欲坠中，能够看见远处那抬起手掌的青年。即便是这一刻，他都无法相信，林动竟然撕裂了他要冲击转轮境的能量场，施展了致命一击。

先前的那种能量场，就算是同为死玄境圆满顶峰的强者都无法冲进，但却被林动的攻击摧枯拉朽般地击碎。

那是……什么攻击？

"这个家伙……竟然还留有手段……"

徐钟眼前迅速黑暗，身体摇晃着，最终轰然倒地……

"真是……不甘心啊……"

随着最后的声音在他的心中响起，徐钟的意识，也彻底暗了下去。

一代妖帅，就此陨落！

整个雷渊山上变得寂静无声，一阵风刮过来，却吹不散这雷渊山上凝固的气氛。

徐钟，陨落了……

一道道目光望着那倒下去的身影，瞳孔仿佛都放大了一些。这个雷渊山的妖帅，就这样被那个叫林动的人类青年解决掉了？

"怎么会这样……"一些人喃喃道。那可是兽战域八大妖帅之一啊，虽然在这八大妖帅中，徐钟实力并不突出，但不管怎样，他都是一方巨擘，在这兽战域中，能够胜他者也是屈指可数。他们可以想象，当此事传出去后，将会在这兽战域引起多么可怕的震动。

满山寂静无声，林动缓缓地垂下手掌，他的指尖，还有着鲜血不断滴落，一张脸庞显得格外苍白。先前的那一击，融合了他体内两道祖符的力量以及自身庞大的精血，那种消耗堪称恐怖，但林动也别无他法。他虽然知道即便任由徐钟吞食了他那胞弟，想要晋入转轮境也仅有不到三成的成功率，可他却并不敢去冒险。

一旦徐钟真的晋入成功，那今日的局面该会反转，虽然林动两人不至于被斩杀，但他们的目的，显然也难以达到。

"大哥，没事吧？"小炎见到林动这脸色，也是一惊，连忙道。

林动微微摇头，刚欲说话，面色突然一寒，猛地抬头，只见得远处一道光影暴掠而来，大手一探，就要对着那徐钟的尸体抓去。

"你找死！"林动冷喝，双指并曲，就欲点出。

那道光影之前显然是见到了林动那极端恐怖的一指，见状也是一骇，身形竟是顿了一下，而正是这一顿之间，小炎迅速反应过来，一声怒吼，凶狠拳风，狠狠地轰向那道光影。

嘭！

狂猛的劲风席卷开来，小炎急退数步，那道光影也是露出身影，正是那秦狮。

"哼。"林动眼神冰冷，心神一动，吞噬天尸也立即赶了过来，出现在那秦狮面前，将其拦下。

"你还想帮这徐钟报仇？"林动阴沉地盯着秦狮，缓缓地道。

秦狮闻言，顿时干笑一声，那看向林动的目光中充满着忌惮。徐钟陨落，对他同样造成了极大的震撼，而他的实力与徐钟相仿，这样说来，眼前的林动同样有着斩杀他的能力，更何况，在那一旁，还有着一具让他头疼无比的吞噬天尸……

他与徐钟之间，本就没什么交情，此番出手帮忙，完全是因为后者给予了极为丰厚的条件，但眼下徐钟都已陨落，那种交易就没了存在意义，再让他来对如此棘手的林动，那就没必要了。

"林动小哥说的什么话，我与徐钟可没深厚交情，犯不着为他报仇。"秦狮笑了笑，旋即看了一眼徐钟的尸体，目光闪烁，道，"只是想和林动小哥做个交易，要不，将这徐钟的尸体给我如何？"

林动双目微眯，盯着秦狮，后者也笑着，一脸的老奸巨猾。

"抱歉，这个要求恐怕我不能答应。"林动淡淡一笑。徐钟体内，有着另外一半传承精血，小炎需要这个，虽然那道传承精血已被徐钟炼化，但林动却是有手段将其逼出来。

秦狮闻言，面色微微变了变，干笑道："林动小哥不考虑考虑？在这兽战域，能够多结识一位朋友，总归是好的。"

"莫非秦狮兄不想交我这么一个朋友？"林动似笑非笑地道。

秦狮嘴角抽搐了一下，旋即他瞥了一眼一旁距他仅有不到十步的吞噬天尸，再看看那警惕地盯着他的小炎，身体最终还是缓缓松懈下来，声音略显干涩地道："怎么可能，能够跟林动兄不打不相识，本王也是高兴得很。"

林动微笑，旋即袍袖一挥，焚天鼎掠出，直接将地面上那徐钟的尸体给吸了进去。

而那秦狮见状，暗中叹了一口气，眼中掠过一抹失望之色。

他这神态，倒是被林动看在眼中，当即心中有些奇怪，这秦狮难道也知道徐钟体内那一半传承精血？不过他是狮族，即便得到了这传承精血，也无法完美地吸收啊……

而随着徐钟的尸体消失，这雷渊山上，原本凝固的气氛，也是悄然散开。那陈通等人见状，对视一眼，陡然单膝跪下，在那更后面，一些雷渊山的护卫犹豫着，但最终还是带着一些茫然地跪了下去。在雷渊山，陈通五将显然都有着不小的号召力……

"请炎将封帅！"低沉的喝声，在这雷渊山上传荡开来，而那些雷渊山的护卫，也是跟着喊出声来。一时间，雷鸣般的声响，在天空上回荡。

更多的雷渊山人马，有些慌乱地望着这一幕。这雷渊山，是要易主了吗？

蒙山与那天鳄将也有些惊慌，但徐钟的陨落，也令他们失去了所有的底气，这个时候，竟不敢出声阻拦。

轰隆隆！

而此时，那雷渊山之下，突然有着声音响起，一股钢铁般的黑色洪流，携带着惊天的凶煞之气，席卷而来。

那是虎噬军。

"请炎将封帅!"虎噬军在距山巅还有一些距离时陡然停顿,而后皆是单膝跪下,整齐的低吼声传出。

哗啦啦。

随着虎噬军那股气势冲击,那一些还在犹豫的雷渊山强者,也终是一咬牙,然后那漫山遍野便又有着黑压压的人影跪伏下来。

"请炎将封帅!"

天空上,那些属于雷渊山疆域范围内的势力头脑,见到这一幕,也是明白了眼下情形。徐钟陨落,而雷渊山中,有着威望成为妖帅的,也就唯有小炎……

既然结果无法更改,那还是赶紧和这位新任妖帅打点好关系吧,免得以后日子难过。

林动望着眼前这壮观的一幕,苍白的脸庞上也有着一抹笑容浮现。他是人类,不管实力有多强,这雷渊山的人都很难认同他成为新任妖帅,而且他本身也并不喜欢,所以,这个位置若是能够让小炎掌控,那自然是最完美的结果。

所以,他此时也是看向了小炎,微微点头。

小炎见状,略作犹豫,也是应了下来。雷渊山是一个相当不错的势力,如果能够掌控在手,对他们而言会有着不小的好处,若是日后杀回东玄域,说不得这还是他们手中一张相当强大的底牌……

万众瞩目之下,小炎身形一动,掠上半空,虎目扫视全场,最后看向那蒙山与天鳄将,沉声道:"你二人可服?"

蒙山两人闻言,面色顿时微微一变,犹豫再三,终还是单膝跪了下来。这个时候,他们丧失了所有对抗的勇气。

小炎见状,这才点头,接着看向那唯一还站着的霍绡,道:"你若是不愿留在雷渊山,便可离去。"

"哼,真是威风呢。"霍绡盯着那虎背熊腰的小炎,轻哼了一声,脸颊却是逐渐泛红起来,然后也是单膝跪下,竟再没了以往的那种骄慢。而且,最让陈通等人惊愕的是,这姑娘当初在徐钟收其为将时,都未曾这般乖巧过。

此时此刻,雷渊山上下,方才彻底地失去了所有的抵抗。

小炎脚踏天空,虎目扫视,最后大手一挥,颇有一番威严,那低沉喝声,也是在这雷渊山上,回荡而起。

"雷渊山中,一切事物不变,保留前任,除了……妖帅之位!"

"恭贺炎帅！"

无数人垂下头颅，那蕴含着恭敬的整齐喝声，在这天地间回荡而开。

这雷渊山，终是易主！

第二十五章

精血传承

雷渊山上所发生的事，在短短三天的时间里，便席卷了整个兽战域。整个兽战域，都因此而沸腾，一名妖帅的陨落，对于兽战域而言，可不是什么稀松平常的事。

徐钟虽说在八大妖帅中并算不得出众，但不管怎么样，他毕竟是妖帅。这些年来，无数实力不弱的强者对其发起挑战，但最终都成了徐钟头顶上那妖帅光环的一道光斑，只是让后者的名声，愈发响亮而已……

然而现在，这位矗立在兽战域十数年的妖帅，却陡然陨落。

而且，将其斩杀的，并不是兽战域中的强者，而是一个人……这个消息传开，无疑引起一片哗然，不少有实力的强者略感不忿。一个人竟然敢在兽战域如此张狂。不过，不忿归不忿，但这一次，却没有如同林动打败曹赢那次一般，有不少强者前去寻其麻烦。毕竟无论如何，拥有斩杀妖帅实力的强者，在这兽战域之中，堪称凤毛麟角……

当然，这种大震动，自然也引来了兽战域中那些不弱于甚至超越雷渊山的庞然大物的注视，一些势力蠢蠢欲动，但最终还是按捺了下来。毕竟那雷渊山如今的妖帅，并不是那人类，同样是一位妖兽强者。

林动让小炎去坐那妖帅之位，显然是一件明智的事情。如今的他虽然有实力，但并没有达到可以无视天下群雄的地步，所以，他还是需要略作收敛，因为他很清楚，如果这妖帅之位由他来坐的话，不仅那雷渊山诸多强者不会服从，恐怕第二天，就会有其他妖帅大举进攻而来。

不过即便是如此，这段时间，雷渊山显然也是处在了风口浪尖。好在雷渊山易主之后，那安静的大山之中，仿佛除了妖帅有所变动之外，其余的，皆是如同寻常……

而随着时间的推移，那些紧紧注视着雷渊山的视线，终是开始收回，但唯有知情人方才知道，暴风雨总会在暗中凝聚。

在妖域，特别还是这混乱之极的兽战域，想要守得安稳，可并不是什么简单的事……

雷渊山。

幽静的后山中，林动盘坐青石之上，磅礴的元力滚荡在其周身，而后顺着其呼吸，化为条条气龙，钻入他鼻息之间。

而在元力的灌注下，林动的气息愈加平和，而在那平和之下，是一种犹如大海般的无穷无尽。

唰。

远处破风声传来，而后一道熟悉的壮硕身影落下，林动双目微睁，望着来到身旁的小炎。这段时间，小炎逐渐掌控了雷渊山，那原本便显得有些凶狠的脸庞，如今也隐隐地有了一丝威严。

"雷渊山如今应该彻底平定了吧？"林动望着小炎，问道。

虽说徐钟陨落，雷渊山中，大部分的大将都选择归顺，但依旧有一些强者对徐钟有所忠诚，这十天时间来，倒也出现了一些动乱，不过这些动乱刚起，便被小炎以雷霆手段彻底抹杀，也并未传出太多的风声。

凭借着陈通等人的协助，这雷渊山逐渐地尽数落入小炎的掌控。毕竟这一年之中，他在雷渊山中的声望仅次于徐钟，如今徐钟陨落，他顺位而上，倒是理所当然，至于所谓的夺位，在妖域并不算太过反逆的事。

这里信奉力量至上，若是一个首领的实力尚不及属下，那即便被人取代，也是理所当然。

"嗯。"小炎点点头，咧嘴笑道，"蒙山与那天鳄将心中怕是有些反意，不过暂时也不敢有什么动静。我会让陈通盯着他们，只要他们敢露点苗头，我就能够将他们抹除。"

　　林动缓缓点头。那蒙山二人倒是老鼠屎，留着是有点儿麻烦，不过也不能明着除掉，等他们自己按捺不住再动手方才是上策。

　　当然林动也不怕他们翻出什么浪花来，没了徐钟撑腰，他们也难以造成什么威胁……

　　"大哥的伤势怎么样了？"小炎望着林动。后者的状态在这段时间的休养中逐渐恢复，再也不复当日那般虚弱。

　　"已无大碍。"林动摇摇头，旋即低头看了一眼双指。他击杀徐钟的力量，是晋入死玄境后凭借着体内精血以及祖石之力，将雷霆祖符以及吞噬祖符的力量略作平衡而来，而显然，那种攻击异常可怕，两大祖符合并的力量，可并不是说着玩的……只是可惜，这种力量，对自身的损耗太大了。

　　"倒是你……你的实力虽然已是不弱，但放眼如今的八大妖帅，你或许是最弱的。"林动看向小炎，道。

　　小炎点点头，虽然他是变异体质，但与那些老妖怪比起来，还是差了一些，而这种差距，他只能用其他的方式来弥补，比如传承精血……

　　林动看着小炎望过来的目光，也是一笑，旋即袍袖一挥，焚天鼎掠出并且迅速膨胀开来，而后其身形一动，掠进鼎中。

　　"跟我来，这精血传承，也该取出来了……"

　　焚天鼎中，一具庞大的灰暗巨虎尸体漂浮着，一股浓浓的血腥味道弥漫开来。随着徐钟生机散去，他的身体，最终变回了本体模样。

　　林动望着那灰暗巨虎的尸体，双目微眯。

　　"大哥，那传承精血已被徐钟炼化，难道还能弄出来不成？"小炎跟进来，望着那巨虎尸体，问道。

　　"别人或许挺难办到……"林动笑笑，手掌一握，一道黑色旋涡浮现出来，一股强大的吞噬之力弥漫而开，"你忘记我的吞噬祖符了吗？"

　　话音一落，林动屈指一弹，那黑色旋涡便呼啸而出，悬浮在那灰暗巨虎身体之上，吞噬之力散发间，犹如一张巨口，将那灰暗巨虎，一点点吞噬而进。

　　灰暗巨虎在黑洞之中逐渐消失，半个时辰左右，终于连一丝血肉、骸骨，都没有留下。

　　嗡！

　　而当那灰暗巨虎彻底消失时，那个黑洞，也陡然间震动起来，旋即竟有一道道极为磅礴而精纯的能量光柱自其中穿射而出，远远看去，犹如烈日升腾，霞光万丈。

林动望着这一幕，手掌一握，那黑色旋涡便化为黑光钻回他的体内，而那半空中，一个人头大小的血色光球，则凭空浮现。

在那血色光球之中，林动能够察觉到一股异常精纯的能量波动，光球表面，血纹凝聚，仿佛化为了一头仰天咆哮的血虎。

"果然是那另外一半传承精血！"小炎望着那个血色光球，脸上喜色升腾起来。

林动微微一笑，这传承精血虽然被徐钟炼化，但毕竟也是炼化进他的血肉中，而现在林动连他的血肉都给炼化了去，这些传承精血自然也就再度出现了。凭借着吞噬祖符的力量，只要徐钟体内的力量并没有彻底地与传承精血融合在一起，林动终归是有办法的。

"将这一半传承精血吸收了，你应该有很大的可能冲击死玄境圆满……"

林动说到此处，却是咂了咂嘴。想他辛辛苦苦一路苦修，到现在都才死玄境小成，但小炎却直飙死玄境圆满，虽说这跟变异体质有些关系，也着实让人不太平衡，不过转念一想自己那超越实力的战斗力，他这才稍感欣慰，总算是弥补了一些……

林动声音落下，袍袖一挥，那血色光球便是落下来，被小炎一把抓住，然而，就在他将要动手炼化时，嘴中却发出一道惊疑之声。

"嗯？"林动抬头，看了一眼小炎。

小炎抓住血色光球，轻轻一握，只见那血色光球中一道血色光华升腾起来，旋即光华一丝丝散去，竟化为一道约莫巴掌大小，三角形的古老铜片……

铜片之上，布满着暗绿色泽，看上去犹如岁月所留下的污垢，而在那铜片一角，能够隐约地看见两个古老的字。

"物……宝？"林动凑过去看了一眼，眉头却皱了起来，什么东西？

小炎摩挲着这古老铜片，手掌轻抚下巴，似是在想着什么，好半晌后，手掌方才重重拍在了那铜片上，虎目中泛着灼灼亮光。

"大哥……我知道这是什么！"

"哦？"林动挑挑眉头。

小炎咧嘴一笑："大哥听说过远古神物宝库没？"

"远古神物宝库？"

林动双目微眯，对于远古神物，他自然不陌生，体内的祖石，正是那神物榜排位第二，而当日青雉为了对付异魔王，也祭出了远古神物榜上排名第六的灭王

天盘。

这些远古神物，皆拥有莫大的力量，若是在实力强横的人手中，则能够发挥出惊人的威力，有时候，即便是越级杀敌也不是什么不可能的事。

每一件远古神物，都会引得无数强者眼红争夺，而眼下这远古神物宝库，又是个什么情况？

"据我所知，在兽战域之中，有一座远古流传下来的远古神物宝库……在那宝库之中，有诸多远古神物，每一件都有着巨大的威力。"小炎咧嘴笑道，"这座远古神物宝库，由兽战域八大妖帅共同守护，而且每三年，宝库便会开启一次，那时候，也会是整个兽战域最为火爆的时段，甚至连一些不属于这里的势力都会插手进来，试图分得一杯羹。不过……"小炎声音顿了顿，"似乎并不是所有人都能够收取远古神物，据说上一次宝库开启，也就仅有屈指可数的几方势力成功得到了……而那些神物中，最为厉害的，貌似便是一件名为九天重峰的神物吧，听说在那远古神物榜中，排名三十二。"

"九天重峰……"林动喃喃自语，对于这种远古神物，他颇有兴趣。虽说他手中的祖石排名高得离谱，但因为远古那场天地大战受创太过严重，即便是现在，都很难给予林动太过明显的战斗增幅，顶多是凭借着它那温和的特性，稳固着林动体内两大祖符之间的平衡。

"若是那远古神物宝库开启的话，谁都能收取吗？"林动问道。

"怎么可能……"小炎摇了摇头，旋即他扬了扬手中那古老的青色铜片，"如果我猜得不差的话，这应该便是在兽战域那些大势力之间传得相当火热的……古神牌。"

"古神牌？"林动眉头微皱。

"那远古神物宝库相当奇妙，那里似乎有着一种极为神奇的力量，而想要透过那股力量收取神物，就只能依靠这个古神牌。一枚古神牌，在每次远古神物宝库开启时，只能收取一件神物。"

"竟然还要靠这东西去收取……"林动有些惊讶，他自小炎手中取过那古老的三角铜片，轻轻掂量了一下，倒有一种奇特的沉重之感。

"那上次远古神物宝库开启，徐钟得到了什么？为什么没见他使用过？"林动有些疑惑地问道。若是那徐钟手中有着这种厉害神物的话，林动想要胜他还会更为艰难。

小炎面色古怪，道："因为他得到的神物，都上缴了……"

"上缴?"林动一愣,这徐钟乃是八大妖帅之一,他获得的神物,竟然要上缴?上缴给谁?

"大哥,兽战域共有八大妖帅……但妖帅之间,有着极大的差距。徐钟不过是这十几年内升起来的妖帅,但八大妖帅中……有着三尊大妖帅,却是足足在这兽战域屹立了上百年!真要说起来,他们才是这兽战域中最强悍的存在……而面对着这些老牌妖帅,就算是徐钟,都只能依附其中之一。"小炎道,"当初的徐钟,便是依附着那三尊大妖帅之中的天龙妖帅,而上一次徐钟在远古神物宝库获得的神物,最后也是上缴给了天龙妖帅……"

"天龙妖帅……"林动喃喃自语,皱眉道,"难道这尊大妖帅,是龙族的人?"

"喊,只不过是一头拥有一点龙族血脉的八翼飞龙而已……号称天龙,倒是有些口出狂言。"小炎撇撇嘴,道。

"如果这一次夺取徐钟妖帅的,并不是我,而是雷渊山之外的人,或许那天龙妖帅便会有些动作,不过我想即便如此,我们被天龙妖帅找上来也只是迟早的事。"小炎眼中掠过一抹忧色,道。

"那天龙妖帅实力很强?"

"嗯……转轮境的实力。"小炎点点头。

"转轮境啊……"

林动抿了抿嘴,这才感到不小的压力。虽然徐钟号称无限接近转轮境,但真要比起来,那差距依旧是一步万里,不然的话,想来他也不会选择依附天龙妖帅。

"一般说来,依附在天龙妖帅之下需要付出一些代价,而徐钟便需要将三次从远古神物宝库之中所获得的神物,上缴给天龙妖帅,三次过后,他才能将神物归为己有。

"而远古神物宝库三年开一次,也就是说徐钟得帮天龙妖帅近十年时间……算起来,似乎时间刚好达到,不过可惜,他却是没这个福分去享受神物了。"小炎咧嘴一笑,道。

"这种古神牌,一共有多少?"林动扬了扬手中的铜片,道。

"据我所知,一共有十三块吧,八大妖帅中,三尊大妖帅,便占据了六块,其余五妖帅,一人一块,还有两块也是兽战域两方颇为强大的势力,虽然比起妖帅势力差一线,但也不可小觑。"小炎道。

"那就是说,每一次远古神物宝库开启,便会有十三件神物出世?"林动有点儿惊讶,这宝库竟然这么厉害?这种神物,光是一件便足以引发诸多争抢,更

何况十三件一起出现……

"这种寻常神物，算不得太过稀奇，又不是神物榜上的那些……真要说起来，不比你的雷帝权杖强多少。"在林动惊讶间，突然一个声音自他的心中响起。那是岩，这位盘踞在远古神物榜第二的家伙，显然对此挺有话语权的。

林动倒是被岩的话呛了一下，旋即有些郁闷地在心中道："谁让我手头这排名第二的神物头子到现在都没多大作用。"

"咳……"岩也是干咳了一声。他也知道，这些年来，真要说起正面的战斗抗衡，他的确是没办法给予林动太多的帮助，毕竟他所受到的创伤太过严重。

"当然……那远古神物宝库可以去一趟，不过那宝库内的一些神物除了极少数厉害些，其他的倒是没什么，但它本身，却是一件很不错的神物。"

"你是说……神物宝库本身？"林动心中微怔，那也是一件神物？

"嗯，如果没料错的话，那应该是在远古神物榜上排名第十的天玄殿吧……"岩回答道。

"天玄殿？"林动再度表示茫然。

"那同样是当年我的主人炼制，你应该知道，我们要跟异魔大举开战，总归是少不了诸多的装备，而这天玄殿，便是一件可以自主炼制神物的超级神物……只要将材料丢入其中，天玄殿自然会将其炼制出来，最后装备大军，形成超级战斗力。"

"当然，这种批量炼制出来的神物自然比不上神物榜上那些，但在数量的堆积下，也不容小觑，而且，除了炼制之力，这天玄殿也拥有着封印之力，真要能力全开，即便是异魔王陷入其中都难以逃脱。在那一场天地大战中，这天玄殿可是有着无法磨灭的功劳。"

"竟然能自主地炼制神物……"林动有点儿目瞪口呆。这神物宝库，不是，这天玄殿，居然如此厉害。

"嘿嘿，你可以试试，若是能够获得这天玄殿，对你而言也将会是极大的助力。"

林动很是感兴趣，不提那所谓的炼制之力，光是天玄殿那种能够封印住异魔王的力量，就足以让他垂涎，他知道以他现在的能力要做到这一步挺困难。

"那神物宝库下次开启，还有多久时间？"林动抬起头，望着小炎，问道。

"下一次神物宝库开启，应该也就是在这两三月之间了吧……"

"我现在才想到，那秦狮想要徐钟的尸体，原来也是想要得到徐钟体内的古神牌，这样一来，在这次神物宝库开启时，他便是能够收取两件神物，其中一件上缴，他还能够留一件给自己……"小炎咂了咂嘴，道。

林动微微点头，他就觉得当日秦狮的举动有些古怪，原来是因为这个。

"大哥对那神物宝库也有兴趣？"小炎问道。

"若是能够收取一两件神物，对我们而言，总归是有着不小的好处。"林动笑笑，旋即挥了挥手，道，"不过在此之前，你得先将这传承精血炼化，不然到时候我们可没办法跟那些凶狠的家伙竞争。"

"嗯！"小炎重重点头。他也明白，盯着那远古神物宝库的强者不知道有多少，他们想要分得一杯羹，可不算什么简单的事。

林动袍袖一挥，两人便掠出焚天鼎。小炎得到了传承精血，也没多留，略作交谈便急匆匆地回去闭关炼化。林动望着他那火急火燎的身影，微微一笑，旋即手掌轻轻摸了摸手中的古神牌。

"神物宝库……我对你兴趣倒是不小呢……"

小炎闭关后，雷渊山的事，便丢给了林动，这让后者也是颇感头大。他毕竟没唐心莲那种能力，能够将一个庞大的势力打理得井井有条。不过好在如今的雷渊山，总体说来算是平稳，再加上陈通等人的帮助，虽然偶有波澜，但都算不得太大的麻烦。

而林动见到雷渊山平稳，也开始着手他的修炼。如今的他，虽说踏入了死玄境小成，但对于他所面对的一些敌人来说，还是略低了一些，虽然在战斗力这一项上，他能够凭借诸多手段来填补这之间的距离，但不管手段如何繁多，本身境界实力，都是至关重要的一个因素。

不过想要提升实力，元力修为方面，林动暂时只能循规蹈矩地修炼，所以在经过考量后，林动将主意打在了精神力之上。

在精神力这一方面，林动本身便有着连岩与小貂都惊叹的天赋，只是寻常时候，他大部分的重心都放在元力上，导致精神力经常滞后。虽说有时候会因为一些外在因素而暴涨，但比起元力这种水到渠成的晋级，无疑是要少一丝沉稳。

现在林动的精神力，处于仙符师小乘顶峰的程度，而若是能够再进一步，则是能够踏入仙符师大乘之境。那般时候，也是相当于死玄境强者，两相结合，能够发挥出相当强横的实力。

只是……想要让精神力再晋一步，却并不是什么轻松的事。在林动为此而感到苦恼时，那素来神龙见首不见尾的岩，倒是难得好心地出现并且给予了他一些

帮助。

在雷渊山的一座修炼专用的巨殿之中，林动盘坐于一方石台之上，此时在那下方，陈通正恭敬地将十个乾坤袋双手奉上。

"林动大人，这每一个乾坤袋中皆有一千万玄元丹，若是大人觉得不够的话，属下便再去库房为你取来。"陈通在说着这话的时候略感肉疼，一亿玄元丹，虽说他们雷渊山还算财大气粗，但要一下子拿出来，还是让管理雷渊山财政的他有点儿心疼。

"呵呵，暂时够了，麻烦陈通兄了。"林动微微一笑，手掌一挥，那乾坤袋便落进他手中。小炎掌控了雷渊山，也继承了这庞大势力那雄厚的资源，不然的话，要让他自己去凑齐一亿玄元丹，还真是会相当费神。

听到林动这样说，陈通方才悄悄地松了一口气，旋即告辞退去，心中却是想着得让雷渊山的部队出去一趟了，不然库房中的储存，可经不起林动这么折腾。

林动望着那退出去的陈通，这才笑道："你所需要的玄元丹已经到手，接下来要怎么做？"

一道白光自林动体内飞出，然后化为一道光影。岩将那十个乾坤袋吸入手中，点点头，道："还记得很久之前你使用祖石修炼精神力的时候吗？"

林动闻言倒是一怔，旋即点点头，那时候的他，恐怕还在大炎王朝历练吧，真是挺久远的事情了……

"祖石的确是有着磨炼精神力的能力，只是以往的你并不知道手段而已，而且，那时候你那孱弱的精神力，也经不起那种磨炼，所以我也一直未跟你提起，现在的话……倒是勉强可行。"岩说道。那时候的他虽然是沉睡状态，但也能够察觉到林动对祖石的一些运用。虽然那时候的林动对祖石的运用，粗浅到惨不忍睹的地步。

"我的主人也是元力和精神力双修，而在这两种修炼中，他都达到了最巅峰的层次。"

"两力双修……"林动有些惊讶，想来是没料到那位自远古到现在都算是最为强大的存在，竟然也是这种双修之路。这种路子，倒也不算稀奇，不少强者都对这两种力量有所涉及，不过无一例外都是一主一辅，甚至连林动，都偏向于元力。

"这两种力量皆是强大无比，但同存一体，就难免会有高下之分，而当年我的存在，便是平衡着主人体内的两大力量……

"虽然后来随着主人逐渐达到那种超越天地般的地步，便不再需要我来平衡，但在这之前，我的作用必不可少。

"如今的这片天地，异魔再现，谁也不知道下一次天地大战是否会再度开启，所以……你得尽量提升实力。想要真正抗衡异魔族的进攻，我们必须拥有第二位符祖。"岩看着林动，眼神竟是极端凝重。

林动也是第一次见到岩这么认真，当即苦笑了一声，道："你也太高看我了。虽然我对自己一直有着信心，但要说成为第二位符祖……应……冰主的可能性应该比我更大吧？"

"我知道你那小女友便是冰主的转世。"岩看了林动一眼，"我也知道……冰主的确是连我的主人都说过可能达到他那一步的人……但是，祖符选择了你！"

"什么意思？"林动眉头微皱。

"祖符是这片天地间最为强大的神物，它们有着属于自己的灵智，从某种意义上来说，它们无法共存于一人之身。"

"吞噬祖符可以。"林动提醒道。

"的确，吞噬祖符的容纳性是八大祖符之中最强的……但你要知道，就连当年的吞噬之主，都未能成功地炼化第二道祖符。

"在吞噬之主之后，吞噬祖符也有过其他主人，但他们都没有如同你这般，拥有第二道祖符，而以他们的能力，并不是找不到第二道祖符……"

"你的意思……"林动双目微眯，道，"我能够炼化雷霆祖符，与吞噬祖符没关系？"

这让林动颇感荒谬，因为他从来没感觉到这种所谓的亲和性的存在，在炼化雷霆祖符的时候，他也差点儿直接被活活劈死啊。

"有关系，但这却并不是最主要的……主要的，是你对祖符有着一种亲和性，所以，祖符选择了你。"岩目光紧紧地盯着林动，"这种亲和性，从远古到现在，仅仅只出现在了我的主人身上。"

林动目瞪口呆，旋即他头皮有点儿发麻："你最好不要跟我说，我会是符祖的轮回转世？"

这一点，他着实是有些无法接受。他是林动，一个完完全全属于他的意识，他并不希望其中被掺杂什么。

"若真是那就好了……"岩似是苦笑了一下，道，"我的主人燃烧了轮回来封印位面裂缝，他已是彻彻底底消失在了这天地间，不可能会有转世的机会。"

林动这才松了一口气。这一霎他感觉后背都湿了许多，对于那什么亲和性他

倒没什么感觉,他只知道,为了达到今天这一步,他已不知道多少次在生死间徘徊。

"不过这却是代表着,你很有潜力会成为第二位符祖,祖符不会乱选择人。"岩目光有些奇妙地看着林动,道。

"这对我而言,是太远的事情吧?"林动无奈。这种事情对于他而言,显然有些遥不可及。

岩不置可否,旋即他耸了耸肩,道:"算了,现在跟你说这个的确是早了点……还是先解决你精神力的问题吧。"

说着,他手掌一挥,那十个乾坤袋便是飞起,接着,十道由玄元丹组成的庞大丹河呼啸而出,犹如一条条巨龙,盘踞在这巨殿之中。

轰轰!

一亿玄元丹汇聚在一起,那股能量相当恐怖,由于能量的汇聚,竟是有着哗啦啦的水声传出来,一股股磅礴浩瀚的波动弥漫而开。

岩身处半空,双手闪电般地变幻着道道印法,而后一声低喝,那十道丹河竟轰然相撞,惊人能量波动席卷间,波浪滔滔,隐隐间,竟有着一个千丈庞大的庞然大物逐渐地凝聚成形。

那是一个极为巨大的奇异光盘,光盘之中,氤气缭绕,其中光彩弥漫,仿佛自成世界。

岩悬空而立,微笑着看向林动,而后微微弯身,冲着林动做了一个请的姿势。

"这里便是当年我的主人给座下弟子修炼精神力的地方……欢迎你,你是第九个能够来到这里的人。"

"这是什么?"林动看着那奇特的巨大光盘,从中却感觉到了一些危险的波动,而后有点儿不安地问道。

岩笑了笑,轻描淡写的声音,却是让林动浑身寒毛都竖了起来。

"无间神狱盘。"

图书在版编目(CIP)数据

武动乾坤. 16,山巅之战 / 天蚕土豆著. —杭州:浙江文
艺出版社,2018.1(2018.5 重印)
ISBN 978 - 7 - 5339 - 5056 - 9

Ⅰ. ①武… Ⅱ. ①天… Ⅲ. ①长篇小说—中国—当代
Ⅳ. ①I247.5

中国版本图书馆CIP 数据核字(2017)第 261397 号

责任编辑　陈富余
特约编辑　代　敏
装帧设计　80 零·小贾
封面绘制　享尔三告
责任印制　朱毅平

武动乾坤　16　山巅之战
天蚕土豆　著

出版　浙江文艺出版社
网址　www.zjwycbs.cn
经销　浙江省新华书店集团有限公司
印刷　杭州杭新印务有限公司
开本　700 毫米×980 毫米　1/16
字数　282 千字
印张　16.25
插页　1
版次　2018 年 1 月第 1 版　2018 年 5 月第 2 次印刷
书号　ISBN 978-7-5339-5056-9
定价　34.80 元